윤선이

지은이 | 리진

1930년 함남 함흥 출생. 1948년 평양 종합대학 영문과 입학.
1950년 6 · 25 참전. 1951년 모스크바 유학, 국비생.
1950년대 초 시와 소설로 문단 데뷔.
1957년 소련 국립 영화예술대학 극작과 졸업.
1958년 반체제운동 참가(죄)로 부득불 소련에 망명.
한국의 문예지들에는 1980년대 말로부터 시, 소설 발표.
지금까지 시선집『해돌이』,『리진 서정시집』,
『하늘은 나에게 언제나 너그러웠다』를 비롯하여
수많은 시, 소설, 평론, 정론, 번역물을 냄.
1992년 해외문학상(한국문인협회 주관) 수상. 현재 러시아 재주.

윤선이

초판 인쇄 | 2001년 5월 30일
초판 발행 | 2001년 6월 5일

지은이 | 리진 **펴낸이** | 유명자
펴낸곳 | 도서출판 장락 **본문 · 표지디자인** | 임은경, 홍정현
마케팅 | 홍정현 **인쇄** | 신화인쇄 **제본** | 성하제책

출판등록 | 1991년 7월 25일(제21-251호)
주소 | 110-290 서울시 종로구 인사동 153-3 금좌빌딩 205호
전화 | 02-735-0307, 8 **팩시밀리** | 02-735-0309

정가 7,000**원**
ISBN 89 - 85262 - 84 - x

윤선이

권진소설

서관 장락

일러두기 |

1. 맞춤법은 현행 '한글맞춤법'에 따르는 것을 원칙으로 하되, 북한식 언어 관습에 의한 문장표현이 다소 어색한 면이 있어도 작가의 문체를 훼손시키지 않기 위해 그대로 두었다.

2. 본문중에 북한에서만 쓰이는 낱말에 대해서는 편집자가 임의로 *를 표시하고 하단에 용어풀이를 했다. 단, 『조선말대사전』(사회과학출판사 刊, 북한)을 참조했다.

3. 대화체는 " "로, 인용문은 ' '로 표시하였다.

4. 책 제목에는 『 』로, 편제목에는 「 」로 표시하였다.

독자 여러분께

　나의 가까운 벗인 김문수 소설가가 잘 아는 《장락》 출판사에서 이와 같이 한국에서의 나의 첫 소설집이 나오게 된 것을 기쁘게 생각합니다.

　돌이켜 보면, 나에게 있어서도 시 문학과 소설 문학 사이에 넘어설 수 없는 경계가 없었습니다. 중학 시절부터 시도 쓰고 소설도 쓰느라고 하였습니다. 그런데 그 해방 직후 주위에서 수령 숭배와 정권 찬송의 문학이 성해 가고 있었음에도 불구하고 나는 그와 같은 본을 따를 수 없었습니다. 시만 아니라 소설도 나에게는 우선 그 어떤 참회 수단 같은 것으로 여겨졌습니다. 그 시기 내가 나의 아직 어린 시나 소설을 가까운 동무들에게만 읽어주는 것으로 만족할 수 있었던 것은 이것으로도 설명될 수 있습니다.

　그러나 차츰 나는 쓰고 싶은 글을 쓰는 과정 자체도 인식의 길, 자기 인식과 주위 세계 인식의 길이라는 것을 깨달았습니다. 때로 문학의 인식적 기능과 표현적 기능을 갈라놓고 보곤 하는데, 나는 이 둘을 언제나 하나로 보아 왔습니다. 심지어 문장 퇴고와 같은 순전히 형식 면에서의 작업으로 보이는 일까지도 인식 자체를 '다듬고' 심화하는 과정으로 되지 않을 수 없다고 생각합니다.

이와 같은 말은 구상이 거의 도식적으로 뚜렷한 『이끼 푸른 바위』, 『고초』, 『청렴』, 『살아나는 그림』, 『도깨비 장난』에 대해서도 할 수 있을 것입니다. 이 글들은 내가 '옛날 얘기'라고 묶어 칭하고 있습니다.

형상이란 어떤 예술에서나 되풀이될 수 없이 구체적인 동시에 이를테면 '열린 체계'입니다. 상상 앞에 길을 열어 주지 않는 것은 예술 형상일 수 없습니다. 그런데 그 상상에 자기가 원하는 곬을 주려고 하지 않을 수 없는 것이 예술 창작이라는 순전히 개인적인 일을 하는 사람들일 것입니다.

중편 소설 『윤선이』와 『싸리섬은 무인도』는 6·25라는 우리 민족의 비극을 배경으로 하고 있습니다. 전쟁은 언제나 우선 비극입니다. 그런데 동족 상잔보다 더 비극적인 전쟁은 없습니다. 우리 땅에서의 그 동족 상잔은 나의 세대의 많은 젊은 이들의 앞에 길의 선택을 피할래 피할 수 없는 급선무로 내세웠습니다. 그것은 실로 고통스럽고 책임적이고 운명적인, 두뇌와 심장의 최대의 긴장을 요구하는 선택이었습니다. 그와 같은 선택을 그와 같이 절박한 과제로 내세우고 그와 같은 규모로 강요한 것이 바로 우리 당에서의 그 무자비한 전쟁이었습니다. 아마도 이 세상의 제일 나쁜 사람이 아니었을 미군 비행사가 '장난'으로 쏜 로케트탄가지도 인간의, 인류의 가장 큰 복인 사랑을, 윤선이의 사랑 윤선이에 대한 사랑을 망쳐 버렸습니다.

　이 책에 들어 있는 산문 작품은, 지금에 와서 보면, 나의 초기 작품에 속합니다. 이와 같은 글을 쓴 때로부터도 어느덧 30~40여 년이라는 세월이 흘러갔습니다. 그 동안 '옛날얘기'라는 이름으로 묶은 작품들은 특히 그 알레고리적인 형식으로 하여 소련에서 우리말로도 러시아어, 카자흐어 등으로도 발표될 수 있었으나 『윤선이』와 『싸리섬은 무인도』는 이번 처음 세상을 보게 됩니다. 60년대 말에 내가 이 소설을 보일 수 있었던 대상은 극히 제한된 수의 나의 친우들 뿐이었습니다. 그 시기만 하여도 6·25의 진상과 그 책임에 대한 문제는 '사회주의 세계'에서 화제에 오를 수조차 없었습니다.

　'옛날얘기'로 말하면, 60년대에 나는 우리 앞에 언제나 있는 몇 가지, 나의 생각에 중대한 문제들에 대한 해답을 찾을까 하는 의도 밑에 썼습니다. 알레고리적인 형식과 극도로 절제된 간결한 문체는 그 시기 나에게 그와 같은 일에 가장 적합한 것으로 보였습니다.

　자기 글에 대한 얘기를 하는 것 보다 더 보람 없는 일은 없을 것입니다. 죄다 독자 여러분의 판단에 맡깁니다.

　끝으로 이 책을 내준다는 용단을 내리신 《장락》의 유명자 사장님께 진심으로부터의 사의를 표합니다.

2001년 5월 30일
모스크바에서 리진.

차례 | 윤선이

윤 선 이

부득불 망명의 길을 택하지 않을 수 없게 된 우리, 유학생 십여 명 가운데서 영욱이는 말이 아주 적은 것으로 유명했다. 이러저러한 문제를 놓고 흔히 격정적인 토론이 벌어질 때도 그는 한쪽 구석에 눈을 감다시피 하고 잠자코 앉아서 동무들이 하는 말을 유심히 듣고만 있었다. 그렇다고 해서 그에게 자기 견해나 의견, 주장이 없는 것은 물론 아니었다. 예로, 토론이 가결의 단계에 이르면 그는 반대든 찬성이든 제일 먼저 손을 드는 축에 들었던 것이다…….

우거의 나날은 무자비하게 되풀이되어, 처음 3년 많아서 5년으로 예상했던 망명 생활은 어느덧 우리를 무서운 영원으로 위협하게 되었다.

나도 이 고장 저 고장, 이 마을 저 마을 옮겨 다니며 살다가 마침내 당국의 허가를 받고 볼가강 우안의 한 크지 않은 마을에 정착해 사는 것을 낫게 여기게 되었다.

영욱이는 그의 말대로 내가 '역마살이 끼어 떠돌아다닐' 때에도 적어도 한 해에 한 번은 나를 찾아왔었는데, 그 해 내가 러시아 사람들이 골격식이라고 하는 가뿐한 나무집을 짓기 시작했다는 소식을 듣고는 곧 휴가를 받고 나의 새 마을을 찾아왔다.

이것은 그때 그에게서 들은 이야기이다.

종일 함께 톱질이며 대패질, 끌질, 도끼질 등 목수일을 하고 저녁녘에 내가 새벽마다 붕어낚시를 하는 종축장의 못에 나가서 멱감고 돌아와서 아직 창문이라고는 틀밖에 없는 방에 앉아 쉬기 시작했을 때의 일이다. 지금에 와서는 바로 무엇이 그의 이야기의 동기로 되었던지 생각나지 않는다. 그의 이야기 자체가 나의 기억에 너무도 깊이 새겨졌기 때문일 수도 있다.

……나에게는 흔히 첫사랑이라고 하는 것이 아마도 없었다. 게다가 첫사랑이라는 말은 어쩐지 두 번째 사랑, 세 번째 사랑을 그 어떤 불가결의 전제로 하는 것 같기만 하다…… 나는 책에서 읽은 그 어떤 목가적인 첫사랑만 아니라 다른 어떤 사랑이라고 부를 것도 아마 없었다. 나도 중학 시절에 이 동무 저 동무가 어느 여학생, 어느 집의 딸, 누구의 누이에 대한 사랑을 고백하는 말을 한두 번만 듣지 않았고 그들이 보여 주는 열렬한 연애 편지도 몇 번이나 읽어 보았으나 그것은 매번 모두 나와는 아득히 먼 일 같기만 했다. 솔직히 말해서, 그 시절의 나도 사랑에 미친다는 것이 무엇인가 하는 데 대한 짐작은 있었을 게다. 연애 소설이라는 것을 읽으면서 혼자 눈물을 흘린 적도 있었다. 그러나 나는 발육이 떴던지…… 나에게는 사

랑이 없었다. 아마 없었다.

그 대신 나에게는 윤선이 있었다. 나의…… 나의 윤선이 있었다.

윤선이는 나보다 근 한 살 위였는데, 우리는 여섯 살 일곱 살 때부터 한 거리에 두 집을 사이에 둔 이웃으로 살았다. 윤선이의 남동생 상준이는 나보다 한 살 아래였다. 그리고 나의 동생은 상준이보다 한 살 아래였고…….

우리는 날마다 함께 놀았다. 서로 집에 놀러다니기도 했으나 날씨만 허락하면 넷이 함께 산에도 가고 강에도 나갔고 부모들이 말림에도 불구하고 먼 호련천에 가서 준설기들이 흙탕물을 요란스레 퍼내는 광경을 시간 가는 줄 모르고 구경하기도 했다.

윤선이네 아버지는 후에 내가 다닌 중학교의 영어 선생이었는데, 해방 후는 그 교장으로 임명되었다. 점잖은 선비같은 분이었다. 집에 풍금이 있었다. 그것은 기독교 신자인 윤선이의 어머니의 악기였다. 언제 윤선이네 집에 가든 그의 어머니는 (우리는 보통 상준어머니라고 불렀다) 깨끗한 한복 차림을 하고 풍금에 마주앉아서 찬송가나 찬송가로 변한 서양의 명곡을 타고 있었다. 내가 처음으로 쇼팽이라는 이름을 알게 된 것도 그 집에서의 일이었다.

그런데 그 집에서 나를 제일…… 뭐라고 하면 좋을지?…… 제일 좋게 대해 준 이는 아마도 윤선이네 아버지였다. 그이는 내가 그리는 그림을 언제나 칭찬해 주었다. 때로는 내가 채 그리지 않고 내버린 수채화나 연필화, 파스텔화까지도 한참씩이나 들고 앉아서 눈여겨 뜯어 보곤 하여 나를 은근히 거북

해 하게 했다…… 잘 기억하고 있는데, 일제 말에 그 이에게 이런 일이 있었다. 내가 제 눈으로 본 일은 아니지만 온 중학에 소문이 퍼져서 모르는 학생이 없는 일이었다. 하루 교장이 (그도 조선인이었다) 교무실에서 윤선이의 아버지에게, '당신의 아내는 왜 한복 차림밖에 할 줄 모르오?' 하고 걸고 들었다. 그러자 윤선이의 아버지는, '내가 왜 당신의 아내는 몬뻬밖에 입지 않느냐고 물은 일 있었던가요?' 하고 태연스레 되물었다. 그 정말 선비같이 어진 분이 말이다. 교장은 뜻밖의 무례한 반응에 어이없어 입이 쩍 벌어지고 말았으나 마침 다른 한 교원이 히히 하고 웃는 바람에 이번에는 그에게 달려들어 종주먹을 지르며 을러대기 시작했다…….

"본얘기로 넘어가자." 하고 영욱이는 죄라도 짓는 사람같이 나의 눈치를 소심스레 살폈다. 그는 벌써 뜻밖에도 긴 말을 했으나 나는 조금도 놀라지 않았다. 부추기듯, 재촉하듯 말없이 끄덕여 보였다.

그때에 이르러 나는 허벅다리에 입은 관통상이 거의 다 아물어, 아직 쉽지는 않았으나 그래도 쌍지팡이만 짚으면 밖으로도 나갈 수 있었다. 군의들의 말에 의하면, 뼈가 상하지 않은 것이 천만다행이었다. 나는 연대에서 구급 치료를 받고는 사동 부근의 군단 병원에 실려 왔다. 그것도, 군의들의 말에 의하면 천만다행이었다는 것이다. 그 정도도 안 되는 부상으로 다리를 몽땅 잃는 사람도 때때로 있다는 것이었다…….
마침 오침 시간이었다. 나는 숲속의 겉흙을 1미터 반 가량 파내고 꾸린 병실에 열 대씩 놓인 소련제라는 니켈 침대에 누워 말 그대로의 단잠을 자고 있었다.

여름이 한창이었다. 나는 우리 병실 위에 덮쳐 자라는 늙은 떡느릅나무의 시커먼 가지들의 사이를 비쳐 내려 천장의 조그마한 유리창으로 병실로 새어들어온 가느다란 햇살이 코를 간지러 주는 통에 그만 재채기를 하고 말았다. 그리고는 눈을 떴다.

나는 놀랐다. 자기 눈을 믿을 수 없었다. 새물내 나는 흰 위생복을 입고 역시 흰 위생모를 쓴 윤선이 나의 침대에 걸터앉아 나를 지켜보고 있었던 것이다. 언제나 유별나게 새까매 보이던 그의 두 눈에 함박 맺힌 눈물은 금시로 볕에 약간 글린 뺨을 따라 흘러내릴 것 같았다. 마침내 나는 죄다 말짱한 현실이라는 것을 깨닫고는 윤선이의 눈에서 잠시도 눈길을 돌리지 못하며 그의 무릎에 놓인 손을 더듬어 잡았다. 바로 윤선이의 손이었다.

"난 널 찾아내고야 말았다." 하고 윤선이는 가쁜 숨을 몰아쉬듯 말했다. 눈물이 뺨을 적시기 시작했다.

"난 널 이렇게 찾아내고야 말았다…… 난 한번 맘먹은 일이면 언제나 이렇게 해내고야 말아……."

"정말 꿈같구나……."

이것이 그 순간 내가 할 수 있는 말의 전부였다.

나도 눈시울이 뜨거워지는 것을 느끼면서 윤선이의 손을 두 손으로 꽉 싸쥐고 가슴에 가져다 대었다.

그렇게 한참 지나고 보니 우리는 싱글벙글 웃고 있었다. 아니, 울면서 웃고 있었다. 서로서로 손을 꽉꽉 쥐어주곤 했다.

어느새 나는 우리 윤선이처럼 예쁜 여자는 세상에 정말 더 있
을 수 없어 하는 생각까지 하고 있었다.

　어느 침대인지 삐걱거렸다. 윤선이는 그쪽을 흘끗 쳐다보더
니 소학생 시절에 나에게 그 무슨 주의를 줄 때 보였던 것과
똑같은, 거의 똑같은 투로(비밀이었지만, 그 시절에 나는 윤
선이의 그런 투가 어찌도 재미 있었던지 일부러 구실을 자꾸
만들어 내기까지 했었다) 한마디 한마디 또박또박 서둘러 말
했다.

　"내가 널 어떻게 찾아냈는지 알고 싶을 테지만 그 얘기는
앞으로 하기로 하고…… 우린 시간이 많다. 옹근 한 달이나
있다. 네가 다시 전선으로 나갈 때까지는 너와 나의 세상이
다. 그 다음은 내가 널 또 찾고 기다리고…… 이렇게 만날 때
까지…… 난 오늘 잠깐 들렀다. 제2동의 군의이지만 한눈으로
라도 널 보지 않고는 견딜 수 없어 이렇게 찾아왔다. 모레부
터 이틀은 이 제3동의 당직 군의이니 널 합법적으로 볼 수 있
다. 이틀 건너 이틀씩 말이다."

　윤선이는 나의 손을 놓으면서 일어서려고 하다가 발작적으
로 덮치듯이 몸을 던져 자기의 뜨거운 뺨을 나의 뺨에 비비대
었다. 눈물 한 방울이 나의 입술 위에 떨어졌다. 그 눈물을 본
능적으로 냉큼 핥은 나는, '눈물이란 정말 짜!' 하고 제법 논
리 있게 생각했다. 그런데 입은 벌써 다른 말을 하고 있었다.

　"그런즉 넌 우리 군의이구나."

　"예, 그렇습니다." 하고 가까스로 미소를 지으며 윤선이는
자세를 바로했다.

　"군의 중위 왕윤선입니다, 대위 동무. 그럼 저, 가보겠습니

다."

윤선이는 휙 돌아서서 문쪽으로 걸어나갔다. 그가 돌아보지 않기 위해 어떤 노력을 하고 있는지 긴장한 걸음걸이로도 짐작할 수 있었다…….

죄다 정말 꿈같았다.

내가 소년 시절, 중학 시절을 함께 보낸 윤선이. 내가 대학으로 가기 전까지 나의 유일한 여동무였던 윤선이. 그 후 나의 앞에 어떤 여학생 어떤 여자가 나타나든 저도 모르게 내가 그 모습을 눈앞에 떠올리고 비교하곤 한 그 윤선이. 나의 가슴속 깊이 그 어떤 이름짓기 어려운 기쁨 같은 것과 미련 같은 것을 남긴, 아마도 영원히 남긴 듯하던 그 윤선이…….

나는 새삼스레 생각났다. 나의 그림이 처음으로 전국 전람회에서 상을 탔을 때도 웬일인지 나는 그 그림을 바로 윤선이도 보았으면 했었다. 죄스러운 일일 수 있겠지만, 그때 나는 부모님 생각보다 윤선이 생각을 먼저 했었다…….

그날 윤선이 돌아간 뒤 나는 쌍지팡이를 짚고 밖에 나가 비탈길에서 내가 속으로 '강행군'이라고 부른 걷는 연습을 어느 날보다 더 부지런히 하면서도, 나무 그늘에 꾸린 식당에서 다른 부상병들과 함께 저녁 식사를 하면서도 그와 맺어진 나의 지난날, 우리의 지난날을 더듬었다. 밤에도 여태 바로 회복되지 못한 몸이 다른 더 단순하면서도 엄한 법을 따라 깊은 잠의 구렁에 빠져들어 갈 때까지 윤선이 생각만 했다…….

내가 평양의 대학으로 떠난 해 윤선이는 우리 시의 의학 대학 1학년을 마쳤다.

내가 입학 시험 준비, 다음 평양에서의 입학 시험 등으로 아주 바삐 보내는 동안 윤선이는 북부 산지대의 삼수에 가서 실습 겸 방역 사업에 참가하고 있었다.

"넌 삼수에 가서 소학교 선생 노릇을 하면서 그림도 그리고 산지대 식물 연구도 하고 싶다고 했지? 그래 내가 먼저 그 삼수라는 곳에 가 보기로 했다……."

윤선이는 역까지 배웅 나온 부모와 상준이와 나의 동생의 눈앞에서 농에 대한 암시조차 없이 제법 정색을 하고 이렇게 말했었다.

나는 그 말에 꽤 점직스러웠으나 그래도 당황하지 않고, "먼저 가게 된 바엔 죄다 잘 봐 두어라." 했다.

상준어머니는 놀란 듯한 빛이 어린 눈을 하고 딸과 나를 재빨리 번갈아 보더니, "아니, 애들이 왜 모두 이 넓은 세상에서 하필 삼수 갑산에 간다고들 해, 글쎄……." 하면서 남편을 쳐다보았다.

윤선이의 아버지는 허허 웃고, "그리로는 윤선이 가오, 실습하러. 영욱이는……." 하고는 웬 말인지 더 하려다가 얼버무렸다.

정말…… 나는 삼수에도 갑산에도 가보지 못했다. 이렇게 이 나라에서 살다 보면 평생 단 한번도 그 고장에, 윤선이 나보다 먼저 가본 그 고장에 가보지 못하고 말 수도 있다…….

내가 평양으로 떠나게 된 날…… 늦저녁이었다. 역두는 번잡했다. 나는 나를 바래 주러 나온 동창생 너댓과 나의 동생과 상준이와 함께 떠날 시간을 얼마 앞두지 않고 평양행 열차의 발차장으로 나갔다. 거기도 몹시 붐볐다.

그런데 내가 차의 승강구에 올라 동무들에게 마지막으로 손을 저어 보이려고 머리를 돌렸을 때 발차장에 들어찬 사람들을 헤치며 이쪽으로 달아오는 의대 제복, 제모 차림을 한 윤선이 보였다. 나는 뒤따라 오르는 저마다 숱한 짐을 들고 지고 이고 한 여객들을 한쪽으로 밀면서 바삐 차에서 뛰어내렸다. 그때 그들이 나에게 퍼부은 욕에는 완전히 무신경이었다.

윤선이는, 실습지에 있을 터인 윤선이는 나에게 바싹 다가서서 숨을 돌리느라고 애썼다. 다음 그는 어딘지 나의 목 근처를 보면서 가까스로 말했다.

"네가 없이 난 어쩌면 좋니……."

나는 갑자기 숨이 막히는 것을 느꼈다. 순간 윤선이를 꽉 그러안았으면 하는 충동에 사로잡혔다.

그러나 그때 마침 마지막 발차 신호가 울렸다. 나는 윤선이의 손을 움켜잡고, "잘 있거라!" 했다.

나는 그 순간 나의 눈앞에서 그의 동그란 눈에 차넘쳤던 눈물을 잊을 수 없다. 그때 나는 그의 그런 눈물을 처음으로 보았었다. 아마 나의 눈도 말라 있지 않았다. 윤선이의 얼굴은 비에 젖은 창유리의 밖에라도 있는 것 같았던 것이다…….

우리는 편지 거래라고는 해본 일이 없었다. 서로 쪽지 한 장 써본 일이 없었다. 그 전에도 그 뒤에도……. 나는, 생각나는데, 여름 방학을 한 달 가량 앞두고 동생에게 방학이 시작되는 7월 초에 집으로 돌아가게 될 것 같다고 알리고 물론 교장 선생과 상준어머니와 윤선이와 상준에게도 좋도록 인사 전해 달라고 덧붙였다.

그러나 그 해 여름 우리 반은 연변 부근의 한 마을로 실습하러 갔다. 한 농가에 한둘씩 들어 '기생 생활'을 하면서 밭일도 조금씩 돕고 그림도 그렸다. 그러는 동안 나는 집 생각도 윤선이 생각도 거의 완전히 잊었다, 거의 완전히…….

실습이 끝나 기숙사에 돌아와 보니 동생이 근 반달 전에 보낸 편지가 나를 기다리고 있었다.

그 편지에는…… 다른 여러 가지 소식 이외에 맨 끝에 가서 윤선이 바로 얼마 전 결혼했다는 두 줄도 안 되는 말이 있었다.

처음 나는 난생 처음으로 어느 누구의 된주먹 맛이라도 본 것만 같았다. 눈에 보이는 모든 것이 의지할 곳을 잃고 천천히 흔들리는 것 같기도 하고 빙빙 도는 것 같기도 했다…….

그러나 사흘째 아침이었던 것 같다. 잠을 깬 나는 온몸이 가뜬했다. 기분 좋게 기지개를 켰다. 10시까지 대학의 화실에 나가야 했는데 그때까지 나는 윤선이 생각을 단 한번도 한 것 같지 않다. 그러나 대학에 채 닿기 전부터 다시 고통이 시작되었다. 그것은 정말 고통이었다. 고통이라는 말 이외의 어떤 말로도 규정짓기 어려울 것이었다. 나는 교사가 보이자 대학을 저주하였다. 웬 생각이 갈피조차 잡을 수 없이 꼬리에 꼬리를 물고 떠올라 머리 속을 감돌아치지 않았겠니. 삼수에 가서 훈장 노릇이라도 할 거지…… 하는 생각도 했다. 왜 그때 난 평양행 열차를 탔어? 하는 생각도 했다.

나를 괴롭히는 것은 그 어떤 괜한 질투 비슷한 것이 아니겠는가? 그런 생각도 해 보았다. 그러나 나에게는 대답이 없었다. 바로 세운 질문부터가 없었을 수도 있다…… 지금도 모른다. 그렇다고 나는 윤선이를 사랑했다는, 여태 사랑한다는 생각도 없었다. '너는 윤선이를 사랑하느냐?' 하고 스스로 물어 보지도 않았다. 혹 그렇게 물어 보기 은근히 무서웠던 게 아닌지? 하긴 그런 것 같지도 않다. 지금에 와서 그때의 일을 더듬어 보아도, 나는 '사랑' 이라는 말이 단 한번도 머리에 떠오른 적도 그 말을 머리 속에 불러 본 적도 없었다. '사랑' 이라는 말을 입에 내어 외워 본 일이라고는 더욱이 없었다…….
그러나 괴로웠다. 퍽 괴로웠다…….

닷새인지 엿새인지 끝도 시초도 없을 듯한 나날이 흘렀다. 그런데 하루 아침 마침내 나는 다시 가뜬한 기분으로 잠을 깼다. 온밤 줄거리도 이치도 없는 악몽에 시달렸다는 것이 믿어지지 않으리만큼 머리도 맑았다. 잠자리에서 일어나기 전에 벌써 나는 자기가 어제까지의 고통을 그 어떤 남의 일같이, 중병을 앓고 난 사람이 회복 후 그 물러간 병에 대해서 생각할 때처럼, 이를테면, 객체적인 입장에서 보고 있다는 것을 깨달았다…….

그것은 정말 중병으로부터의 완쾌의 시작이었을 것이다……. 하긴 모르겠다. 부끄러운 일일 수도 있으나 며칠이 더 안 지나서 나는 내가 그 어떤 힘에 부치는 무거운 책임에서 해방된 것 같이 느꼈다. 완전히 자유로운 몸, 자유로운 머리, 자유로운 가슴의 임자로 된 것 같았다. 나에게는 그림밖에 없었다.

바로 그래야 할 것이었다. 그림이 나의 생활의 전부이고 나의 전부여야 할 것이었다. 나의 앞에는 더 크고 더 넓은 (하긴 무엇보다 더 크고 더 넓은지 따져 보지 않았으나) 세상이 있을 것이었다. 그렇게 생각했다. 그런 기분이었다…… 때로 쌓아 둔 그림 가운데서 평양에 와서 기억에 의지해 그리곤 한 윤선이의 초상화가 우연히 눈에 뜨이는 경우도 있었는데, 그런 때 나의 머리를 스치는 것은 그 그림의 장점이나 단점에 대한 생각이었다. 아마도 그 이상이 아니었다…….

그 시기, 나는 자기 자신을 속이고 있었는지도 모른다. 아니면 그 뒤의 모든 일을 나는 무엇으로 어떻게 설명할 수 있겠니…….

다음다음날 아침 회진 때 키가 아주 작아서 부상병들이, '키다리'라고 부르는 제3동의 군의장이 서너 명의 군의와 간호원을 거느리고 우리 병실의 문의 역할을 하는 휘장을 젖히며 한 줄로 늘어서서 들어왔다.

"안녕들 하십니까!" 하고 군의장은 어느 때와 다름없이 깍듯이 인사했다. '사민' 시절, 즉 입대 전의 습관일 것이었다.

다음 그는 돌아서서 두어 명 건너 병실에 들어선 윤선이에게 다가가서 키가 자기보다 거의 머리 하나만큼이나 더 큰 그의 팔을 잡고 앞에 나섰다.

"새 군의 동무를 소개합니다. 왕윤선 군의 중위입니다. 보시는 바와 같이 대단한 미인입니다……." 하고 그는 역시 아마 사민시절의 습관대로 소개하기 시작했다.

그러나 그때 병실의 제일 명예로운 자리라고 하는 안구석의 침대에 앉아 있던 포병 중좌가 (이름이 무엇이었던지 잘 생각나지 않는다. 그는 그 뒤 며칠이 안 지나서 전선으로 돌아갔다) 두 손을 쩍 들면서 군의장의 말을 꺾었다.

"대단한 미인이라니요, 소좌 동무? 절세 가인이요!"

그 말에는 '소좌 동무'라고 자기보다 낮은 계급을 가리킨 데 뉘앙스가 없는 것은 아니었으나 조금도 악의가 없었다. 오히려 순진한 감탄의 말로 들렸다.

군의장도 포함해서 모두 얼굴이 미소로 환해졌다. 그저 윤선이만은 아무런 말도 듣지 못한 듯이 서 있었다. 나는 다시, '윤선이같이 예쁜 여자는 정말 더 없어…….' 하고 생각했다.

우리 제3동은 건강이 회복되어 가는 부상병들만 든 곳이라 회진은 군의장이 직접 나서서 할 때에도 얼마 시간이 들지 않았다.

그런데 군의장은 그 아침도 출구 쪽으로 걸음을 돌리며 마을 다니고 가는 사람같이, "그럼 편안히들 계시우." 했는데, 갑자기 생각난 듯 눈으로 윤선이를 찾더니 그의 얼굴을 올려다보았다.

그날 아침, 단 한번도 나와 눈길이 마주치지 않은 윤선이는 그 긴 목을 돌려 말없이 내가 있는 쪽을 보았다. 그러자 군의장은 키 작은 사람들에게서 자주 볼 수 있는 총총걸음으로 나에게 다가와서는, "외사촌 누님 만나 반갑겠습니다." 하며 축하의 악수의 손을 내들었다……

윤선이는 저녁 식사가 끝난 뒤 처음 왔을 때와 같은 차림을 하고 나를 찾아왔다. 그 이틀 내가 그를 얼마나 기다렸는지, 어떤 착잡한 마음으로 기다렸는지 너는 짐작할 수 있을는지……

우리는 병실의 입구의 바로 곁에 있는 긴 나무 걸상에 가운

데에 한 사람 겨우 들어앉을 정도의 사이를 띄우고 반신을 돌려 마주앉았다. 만나면 할말이 태산 같을 줄 알았었는데 진작 그렇게 마주앉고 보니 나는 무슨 말로 어떻게 말문을 열면 좋을지 몰랐다. 지기 시작한 해가 밤나무로 덮인 두 보랏빛 언덕이 이룬 허리에 걸앉아 유난스레 붉게 타고 있었다. 윤선이의 볕에 약간 글린 얼굴도 그 빛에 붉게 물들어 있었다. 그도 처음 잠자코 있었는데 어찌다가 나와 눈길이 마주치자 첫날처럼, "난 널 찾아냈다. 찾아내고야 말았다." 하고는 바싹 다가앉아 나의 어깨에 얼굴을 묻다시피 하고 조용히 흐느껴 울기 시작했다.

나는 한 손으로 그의 머리를 싸쥐고는 무엇을 어떻게 하면 좋을지 몰라 안달을 하며 그가 울음을 그치기를 기다렸다. 그는 아마도 꽤 오래 울었다. 오가던 부상병들이 눈이 동그래져서 걸음을 늦추다가는 흘깃흘깃 되돌아보며 지나들 갔다.

병실에서 금방 나온 포병 중좌는 또 두 손을 쩍 들며 만면에 웃음을 피우고 우리에게 다가오려고 하다가 눈치채고 두 손바닥으로 우리를 눌러 앉히듯이 하면서 뒷걸음질쳐 물러갔다……

느닷없이 어렸을 적의 일, 아니 내가 소학교 6학년이고 윤선이 여중 1학년 때의 일일 테니 어렸을 적의 일이라는 말은 좀 틀린 말일 수 있다, 그때의 일이 생각났다.

반룡산에서 내려오던 길이었는데, 강 건너 먼산 너머로 져가는 해가 가볍게 긴 구름을 시뻘겋게 물들이고 있었다. 종일 스케치 한 장 바로 하지 못한 나는 오래 망설이지 않고 오솔길가에 자리잡고 앉았다. 물병의 물을 한 입 가득 빨아 물고는 도화용지를 온 팔의 길이로 내들고 안개같이 뿜었다. 다음 그 물이 마르기를 기다리지 않고 제일 굵은 붓으로 빨강에 짙은 카드뮴 색을 약간 섞어 종이의 높이의 3분의 2쯤 되는 데에 단숨에 굵은 줄을 가로 그었다. 그러자 그 굵은 줄은 종이의 누기를 따라 아래위로 퍼지기 시작했다. 나는 붓을 바꾸지 않고 물에 잠갔다가 가볍게 털고는 그 퍼져 가는 빛깔을 슬슬 다듬었다. 나의 종이에는 바로 그날의 저녁노을이 살아나갔다.

"욱이 용감하구나, 아직 작아두……."

바로 귓전에서 윤선이 혼잣말같이 하는 말이 울렸다.

"또 날 나무라니?"

"왜 나무란다고 하니? 칭찬했다."

"칭찬했어?"

나는 그림이 뜻대로 되어 가는 것 같아서 기분이 좋아졌고 수다스러워졌다.

"난 네 칭찬 한번도 들어 보지 못했다. 훈계하는 말, '주의 주는' 말은 날마다 듣지만……."

"얘가 말을 해두…… 난 네가 여섯 살 때부터 날마다 칭찬밖에 하지 않았다. 그 '주의 주는' 말은…… 네가 싫다면 다시 안 하겠다."

"내가 어디 싫다고 했니?"

"말 말고 빨리 그려라. 또 너무 늦어 돌아가면 영욱이어머니 날 욕하실 거다."

우리 어머니는 윤선이에게도 상준이에게도 그리고 그들의

부모에게도 '영욱이어머니'였다.

"아니, 우리 어머니 널 욕한 일 있었니?"

윤선이는 자기에 대한 우리 어머니의 태도를 잘 알고 있었다.

"좋다, 좋다……. 네게 좋은대로 그려라……."

우리는 그런 실없는 실랑이질을 나의 스케치가 끝날 때까지 했다. 생각나는데, 여느 때와 마찬가지로 상준이와 나의 동생은 좀 떨어져 앉아서 목을 옴츠리고 귀만 기울이고 있었다…….

"넌 웬 생각을 하고 있니?" 하고 손수건으로 눈가를 훑으면서 윤선이 물었다.

나는 여전히 한 손으로 그의 흰 위생모를 쓴 머리를 싸쥔 채 그의 새까만 눈을 들여다보았다. '윤선인 정말 예뻐!' 하는 생각과 함께 '내가 스물 둘이니 넌 스물 셋이겠지…….' 하는 웬일인지 부끄러울 듯한 생각이 머리 속을 날아 지나갔다.

그러나 나는 물었다.

"부모님 잘 지내시니?"

윤선이는 나의 싸쥔 손에서 천천히 머리를 뽑다시피 하여 긴 목 위에 도로 얹고는 다시 손수건으로 눈귀를 몇 번 가볍게 눌렀다.

"정말…… 넌 늘 전선에 있었으니 모르겠구나."

윤선이는 어딘지 멀리 바라보았다. 다음 두 손을 무릎 위에 얌전히 놓고 나직이 이야기하기 시작했다.

"어머님이 인편으로 보내 주신 편지를 한 달 전 군의 강습소에서 받았다. 기차가 바로 다니지 않는 때이지만 이럭저럭 무사히 압록강변의 의주까지 가셨다더라. 독실한 신자들인 먼 친척들의 집에서 살고 계신다. 아버지는…… 아버지는 이 세상에 안 계신다.”

“웬 일 있었니? 폭격?……”

“아니다.”

한순간 윤선이는 얼굴빛이 새파랗게 질리는 듯하더니 곧 속 마음을 가다듬 듯 자세를 바로하고 얼른 이야기를 계속했다.

“너는 모를 수 있겠지만, 우리 아버지는 특히 교장으로 임 명된 때로부터 노동당에 들어야 한다는 말을 자주 들었다. 전 쟁이 터졌을 때는 시당 위원회에 불려가기까지 했다. 어떤 핑 계를 어떻게 하셨는지 모르겠지만, 끝내 입당하지 않았다. 아 버지가 면직 당하지 않은 것은 너의 모교가 시내에서만 아니 라 온 도적(道的)으로도 늘 모범 고중(고등학교)으로 꼽혔기 때문일 수도 있다…… 그런데 말이다. 인민군이 후퇴했을 때 전에 시민청의 지도원을 했다는 자가 부하들을 거느리고 제1 고중에 쳐들어 왔다. 이삼십 명 잘 되었다는데, 대다수가 전 쟁 개시와 함께 군대에 갔다가 탈주했거나 후퇴하는 부대에 서 낙오한 이전의 제1 고중 학생들이었다고 한다. 아버지는 그들의 손에 그만…… 그들은 아버지의 시체를 교정의 단 위 에 올려놓고 가슴에 ‘빨갱이’라고 쓴 종이를 붙여 놓았단 다……. 그들은 그날 아버지와 함께 일직이었던 화학 교원은 교무실에 무릎을 꿇게 했을 뿐 건드리지 않았다더라. ‘당원인 나는 그냥 두고 그놈들이 글쎄 그 어지신 분을……’ 하면서 그 선생은 어머니의 손을 잡고 울더란다……. 어머니 용하셨다. 상준이는 군대에 가서 거의 전쟁의 첫날부터 집에 없었고 나는 부전호 부근에 실습 갔다가 거기서 간호병으로 입대했었는데, 인민군이 후퇴하는 통에 장진 쪽으로 옮겨갔었다……. 어머니는 그놈들의 온갖 모욕을 무릅쓰고 아버지를 찾아다가 우리 산소에 묻어드리고야 말았다. 교인들의 도움이 컸다더라……."

다음 한참 말없이 앉아 있다가 윤선이는 갑자기 물었다.

"넌 한식 선생님 알았지?"

"아니, 그 선생님 어떻게 되셨니? 잘 알지는 못했지만…… 해방 전부터 시도 쓰고 평론도 하신 분……."

"그분은 후퇴 때 친척들의 손에 학살 당하셨다. 제자라는 것들의 손에 봉변 당하는 게 나은지 한집안 사람들의 손에 죽는 게 나은지……."

"한마디로, 소위 계급 투쟁이라는 것의 찡그린 상일 거다, 내전이라는 것의……."

왜 나는 그때 그런 말까지 했던지?

"아니, 그게 같은 말이니?"

"적어도 전쟁까지 일으키고 보면 같은 말로 되고 말겠지."

윤선이는 눈을 약간 치뜨고 나의 눈을 찬찬히 들여다보았다. 다음 마음이라도 놓은 듯 나의 손등에 자기의 가느다랗고 차가운 손을 올려놓았다.

"너도 인젠 어른이구나……."

나는 웬일인지 어머니한테서라도 듣는 말 같았다.

다음 우리는 한참이나 잠자코 있었다. 두 언덕이 이룬 허리에는 이미 해가 없었다. 그렇게도 붉던 하늘은 어느새 훤한 등색으로 변해 있었고 두 낮은 언덕은 보랏빛이던 것이 이미 짙은 자줏빛이었다.

"욱아!"

소리 없이 깔려 가는 땅거미 속에서, 아이고, 나는 언제 들은 부름 소리를 다시 들었던지.

"선아!" 하고 나도 어렸을 적의 부름으로 대답하며 그의 손을 잡았다.

웬일인지 이번 그의 손은 따뜻했다. 그래도 그것은 틀림없는 윤선이의 손이었다.

"욱아!"

"선아!"

"아니, 난 정말 부른다."

"왜 그러니?"

"넌 왜 자기 집 얘기 묻지 않니?"

"너도 군댄데 물어 어찌겠니?"

"너도 편지 없지?"

"없다. 벌써 근 이태나 아무 소식 모른다."

"그런 줄 알았어…… 그 대신 내가 영욱이 아버지, 영욱이 어머닐 찾아가 보았다. 반년 가량 전에. 지금 본궁 가는 길에 있는 사포동에 살고 계신다. 시에서 꽤 떨어져 있어 덜 위험한 곳이다. 단 아버지께서는 첫 폭격 때 파편이 어깻죽지에 맞았는데, 약도 변변치 못해 고생 많이 하셨다더라. 나를 보고 몹시 반가워들 하셨다. 어머니는, '나는 우리 애들 가운데서 군복차림한 앤 너밖에 못보았구나.' 하면서 눈물을 머금으셨다…… 네 소식도 네 동생 소식도 모르신다더라……."

사포동은 같은 시내로 치는 동이기는 했으나 시내에 모르는 골목 하나 없는 줄 안 나도 그리로는 가본 일이 없었다. '농사 지으시는가?' 하는 생각이 머리에 떠올랐으나 묻지는 않았다.

갑자기 취침 시간까지 반시간이 남았다는 것을 알리는 종소리가 어스름을 타고 은은히 그러나 끈질긴 데가 없지 않게 울려왔다.

"그럼 난 가야겠다." 하고 윤선이는 내 손에서 가느다란 손을 뽑으며 일어섰다.

나도 일어섰다. 또 할말을, 해야 했을 말을 채 하지 못한 것 같은 아쉬움이 나를 사로잡았다.

"난 내일 또 저녁 식사 후 오마……." 하고 윤선이는 조금도 망설이는 티가 없이 돌아섰다…….

그날 밤도 나는 무슨 생각을 하지 않았겠니. 동생의 편지에 있었던 윤선이의 결혼에 대한 몇 마디 안 되었던 말도 물론 생각났다. 아니, 그 일을 나는 단 한순간도 잊지 않고 있었을 수도 있다. 그러나 나는 그 일에 대해서는 절대로 묻지 않겠노라고 이미 마음먹고 있었다. 그리고 마음속 어느 한 깊은 구석에는 동생의 그 소식이 그 어떤 오해에 의한 것이었으면 하는 실낱같은 기대가 되살아나 있었다. 누가 지푸라기라도 잡는다더니……. 하긴 나는 어떤 질투 비슷한 것도 느끼지 않았다…….

또 나의 첫 중대에서 부대장이었던 (그 시기에는 문화 부중대장이라고 했다) 사람의 한쪽 눈, 왼눈이 지어* 언짢아 할 때에도 웃음기를 띠고 있는 듯하던 얼굴이 생각났다. 그는 나보다 다섯 살 위였는데, 해방 직후 고향 강계에서 노동당의 전신인 공산당에 들어 공청 일도 하고 나서 평양 공대에 다니다가 전쟁 개시 후 단기 정치 군관 학교를 나오고는 나와 거의 동시에 사리원 부대에 배치되어 온 사람이었다. 그는 웬일인지 해방전의 유행가를 몹시 좋아했다. 그것도 그의 특징이라면 특징이었을 게다. 정말 어딘지 감상적인 데가 있는 사람이었다. 나는 그와 근 한해를 함께 싸웠다.

그런데 말이다. 후퇴 때 본부대에서 떨어져서 제각기 행동하던 젊은 군관 둘이 곡산 근처에서 우연히 우리 중대를 따라온 일이 있었다. 그들은 사흘 가량 우리와 함께 산길을 걸었다. 둘이 다 해방 직후 철도 경비대라는 것에 들었다가 (너도 알다시피 그것은 인민군의 전신의 하나였다) 전쟁 개시 후 첫날, 첫순간부터 38선을 넘어서서 낙동강까지 갔었다는 것이었다. 그런데 말이다. 그들은 우리가 전쟁 전에 대학생이었다는 말을 듣고는 전쟁의 첫 순간에 대해서부터 자세히 얘기해 주었다. 나와 나의 부중대장이 (이름은 김명재였다) 자기들의 얘기를 눈이 동그래져서 듣는 것을 보고 두 소대장은 점점 더 신이 나서 앞을 다투어 가며 얘기했……. 작은 일일 테지만, 내 기억에 새겨졌는데, 오래 계속된 예비포사격이 끝난 뒤 남으로 쳐내려 가니까 국방군이 도망쳐 가고 남은 한 엄폐

*지어: '더 나아가서, 더욱이, 또한, 예상외의, 놀랍게도' 등의 뜻으로 앞에서 든 사실뿐 아니라 새로이 들어서 보여주는 사실을 두드러지게 내세우며 강조할 때 쓰인다.

호에서 큰 밥솥이 펄펄 끓고 있더라는 말도 있었다…… 나는 그들에게 아무런 죄의식 비슷한 것도 없는 것이 은근히 놀라웠다…….

그런데 전쟁의 첫순간에 대한 그들의 얘기를 듣고 나서 나의 부중대장은, "뒈질 놈들!" 하고 내쏘았다.

누구에 대한 말인지 알아맞히기는 어려웠다. 그리고 그는 길에 마침 굴러 있던 꽤 굵은 돌을 분풀이라도 하듯 차던졌다…….

그와 나는, 특히 후퇴길에서, 무슨 말을 하지 않았겠니. 하긴 말한 것은 주로 그였다.

"반혁명의 수출을 반대할 뿐 아니라 혁명의 수출도 반대한다고 떠벌리면서 동족 상잔의 전쟁을 터뜨리고 큰 나라들까지 끼어들게 한 놈들이 뒈질 놈들이 아니고 뭐야!……" 하던 그의 말은 지금도 귓전에 살아 있는 것 같다. 그것은, 생각해보면, 훨씬 더 멀 수 있었던 나의 길을 단축시켜 준 말이었다…….

윤선이와 저녁에 한 내전에 대한 말이 새삼스레 부중대장을 상기하게 했을 게다.

그와 나는 근 한해를 함께 전선 생활로 보내는 동안 정말 무슨 말을 하지 않았겠니. 아마도 주로 내가 아직 어린 탓으로 견해에 차이가 나는 때도 종종 있었으나 우리는 한번도 다투지 않았다. 적어도 나는 들은 말이 납득이 가지 않을 때면 두고두고 곱새겼다…… 그런데 머리 속에 깊이, 이미 깊이 들어앉아 설레는 그런 생각만 고려에 넣지 않는다면 그는 인민군의 다른 모든 척도로 보아 훌륭한 정치 군관이었다…….

그 이튿날의 회진 때도 윤선이는 나에게 특별히 주의를 돌리지 않았다. 그저 나의 겉으로 보기에는 다 아문 상처를 앞뒤로 가벼이 눌러 보고는, "용하세요!" 했다. 어쩐지 남의 귀를 위한 투로 들렸다.

저녁에 나무 그늘의 식당에 내려가 보니 뜻밖에도 한 상 앞에 넓은 혁대로 허리를 잘록하게 졸라맨 군복 저고리 밑에 남색 스커트를 받쳐입고 짧은 가죽 장화를 신고 단발 머리에 어디서 났는지 모를 눈부시게 푸른 베레를 쓴 윤선이 앉아 있었다. 중위의 견장은 그도 야전용 녹색이었다.

나를 기다리고 있었을 것이었다. 내가 가까이 오는 것을 보자 얼른 일어나서 제일 가까운 상까지 결부축하다시피 해서 앉히고는 자기도 그 상에 마주앉았다.

내 앞에 몇 가지 음식을 가져다놓고 취사원은 윤선이에게, "군의 동무도 여기서 식사하시겠습니까?" 하고 물었다. "예, 저도 주세요." 하고 대답하면서도 그는 내 얼굴만 살피듯 보고 있었다.

생각해 보니, 그와 한상에 앉아 식사한 것은 그가 삼수로 실습 떠나기 전날이 마지막이었을 것이었다. 왜 하찮은 듯한 그런 일까지도 그렇게 기억에 생생히 되살아나 이름짓기 어려운 애수에 가슴이 죄게 했던지……

우리는 묵묵히 서둘지 않고 저녁 식사를 했다. 식당에 반쯤 들어찬 부상병들과 남녀 취사원들이 우리에게 돌리는 주의, 그들이 이따금 던지곤 하는 서툴리 감춘 호기의 눈길이 두려워서만이 아니었다. 나는 윤선이에 대한 생각이 머리에도 가슴에도 꽉 차 있었고 그도 아마 나에 대해서 생각하고 있을 것이었다.

"오늘 좀 걸어 볼까?"

식사가 끝나갈 때 윤선이 별로* 묻는 투로 들리지 않게 말했다.

"군의 동무 손수 살펴 주신다면야 어딜 안 가겠습니까."

"그럼 오늘은 마을 쪽으로 좀 걸어 보지요."

우리는 서로 웃었다.

윤선이는 우리가 마을로 가는 길로 내려서자 나의 송엽장* 하나를 받아 들고 다른 손으로 나의 겨드랑이를 껴안았다. 그렇게 한다고 걷기 더 쉬운 것은 아니었으나 나는 좋았다.

우리는 그렇게 꽤 오래 걸었다. 이렇다할 말을 할 여유는 없었다. 여전히 나는 한 걸음 한 걸음 조심스레 옮겨디뎠고 윤선이도 쉽지 않을 것이었다.

"이렇게 가긴 가도 돌아올 수 있을까?"

나는 두리번거렸다.

"좀 앉아 쉬지……" 하면서 윤선이도 둘러보았다.

그는 바로 길가에 놓인 이끼 푸른 바위로 나를 이끌어갔다. 둘이 다 편안히 자리잡고 앉고 보니 우리는 서로 등을 맞대다시피 하고 있었다. 그는 밤나무골 쪽으로 얼굴을 돌리고 있었고 나는 멀리 앞의 나무밭 속에 몇 채의 집의 지붕이 바라보이는 마을 쪽을 보고 있었다. 낮에 뜨거웠을 바위는 아직도 온기를 보존하고 있었다.

*별로:따로 별나게, 따로 특별히.
*송엽장(松葉杖):쌍지팡이.

어제 두 언덕의 허리에 얹혀 있던 저녁해는 오늘 왼쪽의 보다 낮은 언덕의 거의 맨 꼭대기에 걸려서 대낮의 해보다 못지 않게 눈부시게 빛나고 있었다. 어디서 떠난 까마귀인지 두 마리가 마을 쪽으로 비스듬히 날아갔다.

"욱아."

윤선이 갑자기 나를 불러 나의 머리 속을 연달아 몰려가기 시작했던 지난날의 이 일 저 일에 대한 회상의 사슬을 끊어뜨렸다.

"넌 내 생각 더러 했니?"

나는 갑자기 어떻게 대답하면 좋을지 몰랐다.

"욱아, 날 그 동안 잊지 않았니?"

여전히 나는 어떻게 대답하면 좋을지 몰랐다. 한참이나 활시위 소리라도 울릴 듯한 긴장이 흘렀다. 이윽고 윤선이는, "난 네가 날 노엽히고 싶지 않아 잠자코 있는 게 아니라는 걸 안다." 하고는 바위의 생김새가 불편하기는 했으나 나의 쪽으로 돌아앉았다.

나도 본을 따르고는 그의 손을 잡았다. 이번에는 몹시 찬 손이었다.

"넌 모르겠지만, 난 아마 열 살도 채 되지 않았을 때부터 네 궁리 네 생각을 알아맞히는 연습, 훈련을 했다. 그래 중학에 들 임시에는 네가 무슨 생각을 하고 있는지, 어디로 가고 싶어 하는지 무엇을 먹고 싶어 하는지…… 죄다 알 수 있었다. 천 번 만 번이나 시험해 보았다. 거의 언제나 틀림없이, 거의 틀림없이 알아맞혔다……. 그리고 좀더 지나서는 네가 있는 곳도 알아맞힐 수 있게 되었다. 지명에 대한 말이 아니다. 너

를 둘러싸고 있는 환경이랄까 분위기랄까…… 그것을 알아맞
힐 수 있게 되었다. 그 속에 있는 너를 머리 속에 그려 볼 수
있게 되었다……. 군의 강습소에서 있은 일인데…… 나는 인
민군 전사 셋이, 앞에 한 사람 뒤에 두 사람, 한쪽 팔이 채*
위에서 축 처져 드리운 너를 들것에 눕히고 해질녘의 비 내리
는 진창길을 도망치듯 달려가는 광경이 머리 속에 떠올랐다.
어디선지 박격포탄 터지는 요란한 소리며 기관총 사격의 오
달진 소리가 울려오고 있었다…… 밤에 잠자리에 든 뒤의 일
이었기 때문에 잠시 반수반성으로 꿈을 꾸었다고 생각할 수
도 없지 않았으나 그것은 분명히 꿈이 아니었다."

"정말 그랬다. 그러나 그런 미신적인 얘기……."

나는 잘 닦였으나 벌써 한여름의 먼지가 골고루 뽀얗게 앉
은 윤선이의 맵시 없지 않은 군용 장화를 보면서 말끝을 흐렸
다.

"아니, 곧이들리지 않니? 그 일만 해도 너는 바로 그랬었다
고 하면서. 넌 생각나니, 어려서 네가 어디로 가든 내가 영낙
없이 널 찾아가곤 했던 일?…… 여중 시절의 일인 것 같은데,
네가 먼 채석장 뒤의 너덜에서 바위틈의 흑수정을 캐고 있었
을 때도, 생각나지? 난 널 찾아냈다. 동생들까지 데리고. 물
론 난 네가 있는 곳의 위치나 그 방향을 알 수 있는 게 아니었
다. 머리 속이나 눈앞에 떠오르는 그곳의 경치, 그 분위기 같
은 것이 네가 있는 곳을 알아맞힐 수 있게 했다……."

"그거 뭐 제 육감이라는 걸까……."

*채:(목도나 들것 같은 도구에서) 들거나 멜 때 쓰는 길쭉한 막대기.

나는 자신 없이 중얼거렸다.

"이 얘기 더 할까?" 하고 윤선이는 명랑해진 얼굴로 나를 놀려주기라도 하려 듯 물었다.

"해 주지! 어서 들어 보아라. 난 평양의 네 동무들도 거의 모두, 아마 거의 모두 안다. 본적도 없고 이름도 물론 모르지만. 그러나 어디서 우연히 만나기라도 하면 나는 그들을 알아 볼 거다. 알아보고는 필요하면 네 얘기 물어 볼 거다. 정말 미신 같은 얘기이지? 하긴 죄다 그저 나의 생각 탓일 수도 있다……. 난…… 난…… 대학 시절에 네가 어느 한 처녀하고도 가까이 사귀지 않았다는 것도 안다."

나는 적이 미심쩍어 윤선이의 신비로워진 눈을 들여다보았다. 그리고는, "나는 그림을 그렸다." 했다.

한순간 윤선이의 눈은 소심해 보이기도 하고 후회 비슷한 것의 그림자가 어려 있는 것 같이도 보였다.

"난 지난 일은 죄다 잘 기억하고 있지만 너 같은 재간은 없다." 하고 나는 화해라도 청하듯 말했다.

"어떻게 보면…… 난 늘 어젯날로 살아왔다. 늘 오늘보다도 내일보다도 어제가 더 중한 것 같았다. 앞으로 얼마나 더 살 팔자를 타고났는지 모르지만 난 늘 어젯날에 얽매여 있을 게다. 혹 꽤 오래 살고 죽게 되더라도 그 죽음은 바로 어젯날의 무게를 이겨내지 못한 죽음일 것만 같다."

이번에는 윤선이 두 손으로 나의 한 손을 꽉 쥐어 주었다.

"욱아, 난…… 난 또 뭘 알고 있는지 아니?"

어딘지 갑자기 투인지 기분인지 달라진 것 같아서 나는 다시 그의 눈을 들여다보았다. 그러나 아무런 것도 읽을 수 없었다. 떠 있는 눈이 감겨 있는 눈 같았다고 할까.

"웬 말 하려고 했니?"

"별말 아니다…… 하긴…… 알겠니, 난 내가 너보다 먼저, 훨씬 더 먼저 죽는다는 걸 알고 있다. 언제 있을 일일지 물론 모르지만. 이것도 네가 말한 것처럼 제 육감일까? 모른다. 그저 그 어떤 동물적인 예감 비슷한 것일 수도 있다. 난 아마도 그렇게도 단순한 조직이다. 그러나 너보다 먼저 죽는다고 마뜩찮게 여기지는 않는다……. 너를 찾을 수 없고 너를 찾을 필요가 없는 세상에서 내가 뭘 하니? 아이고, 정말 별말 다 했지……."

어스름이 깃들여 가는 초저녁의 연보라 공기 속에서 난데없는 달구지의 요란한 바큇소리와 율동적인 굽소리가 울려왔다. 해는 이미 진 지 오랬다. 이윽고 마을 쪽에서 큰 나무 물통을 실은 달구지가 나타났다. 한 중년 취사병이 고삐를 잡고 있었는데, 그는 우리를 보자, '투루루!' 하고 러시아식으로 소리쳐 자기의 키 작은 몽고말을 세웠다.

"이제 늦었는데 타고 가시지요, 군관 동무. 군의 동무?"

윤선이는 다시 송엽장 한 개를 왼손에 들고 오른손으로 나의 겨드랑이를 껴받쳐들었다.

취사병은 일부러 내려 우리가 물통 뒤의 좁은 자리에 될 수 있는 대로 더 편하게 앉게끔 도와주었다.

그날 저녁 우리는 그렇게 덜커덩거리는 물통의 뒤에 서로 손 잡고 나란히 앉아서 취사장이 있는 데까지 돌아왔다…….

그 다음의 이틀도 나는 윤선이 생각에 몽땅 바쳤다고 할 수 있다. 우선 그날 밤 잠자리에 든 뒤 나는 그 저녁 그와 나눈 이야기를 한마디 한마디 골똘히 되새겼다. 내가 지금까지도 그 시기의 일을 사흘 전 나흘 전의 일같이 생생하게 기억에 되살릴 수 있는 것은 그와 같은 '복습'의 덕일 수도 있다. 하긴 정말 나는 어젯날로 살 팔자를 타고난 사람일 수 있다. 지금도 지어 그림붓을 들고 있을 때까지도 지난 이러저러한 일, 멀고 가까운 일을 머리 속 어느 한 구석에 떠올리는 것이 습관이다. 나의 러시아인 친구들이 자주 하는 말인데, 내가 그리는 여자의 초상은 그때그때의 모델과 아무리 비슷해도 어딘지 그 어떤 다른 여자의 모습이 은근히 공통 분모같이 들어 있다고 한다. 처음 그런 말을 나는 나의 거의 우연히 이루어진 수법상 특징에 대한 말로 들었으나 지금에 와서는 그것이 무슨 말인지 알 수 있는 것 같다…… 이 세상에 나는 여자가 하나밖에 없다. 그 하나밖에 없는 여자와 조금이라도 비슷한 데가 없는 여자는 여자로 느껴지지 않는다고 할까…… 물론 지나친 말일 게다. 그리고 물론 여자마다 윤선이처럼 목이 헌칠해 보여야 한다는 말도 아니다…….

그날 저녁 길섶의 아직 뜨듯했던 바윗돌에 앉아서 반신반의로 들은 얘기를 더듬다가 나는 전에 어려서 있은 어떤 일을 상기하지 않았겠니.

이런 일도 있었다. 중학 시절의 일이었다. 장마철이 지나 성천강이 제 곬에 든 뒤의 일이었는데, 어려서부터 낚시에 미친 애라는 말을 들은 영준이, 오영준이와 함께 장마 전에 축축한 모래톱이었던 곳에 생긴 넓은 늪에 가서 낚시질을 했다. 낚시꾼은 이삼십 명 잘 되었는데, 언제 만들어 놓았는지 모를 덕에 올라앉아서 낚싯대를 휘두르는 이도 있었다. 꽤 잘 잡혔다. 손바닥보다 훨씬 더 넓게 생긴 고기도 꽤 자주 걸렸다. 그것은 내가 그날 처음 본 고기인데, 그때 누가 이름을 대주었으나 지금은 생각나지 않는다……

낮 열한시쯤 물고기들은 마치 약속이나 해둔 듯 미끼를 건드리기를 그쳤다. 낚시꾼들은 여기저기 마른 자리를 골라 앉아서는 가지고 온 음식 꾸러미를 끄르기 시작했다. 그러나 영준이와 나는 행여나 해서 아직도 찌를 지키고 있었다.

그런데 갑자기 뒤에서, "너희도 점심 먹지?……" 하는 윤선이의 목소리가 들려왔다. 뜻밖이었다.

"아이고, 윤선이다." 하고 영준이는 아직도 꽤 긴 담배 꼬투리를 축축한 모래 위에 냉큼 떨어뜨리고 발로 밟고 손등으로 입술을 훑었다.

나의 친구들은, 지어 제일 고약한 담배질쟁이까지도, 윤선이를 보면 꽁초를 감출 데를 찾았다.

윤선이 그 장마 전에 없었던 늪을 찾아온 것은 뜻밖의 일이었다. 그러나 나는 별로 놀라지 않았다. 낚싯대를 모래에 박아 세우고는 영준이와 함께 윤선이 벌써 자리를 골라 잡고 앉아 있는 둔덕진 데로 갔다.

윤선이는 벌써 보자기를 끌러 도시락 두 개를 가지런히 놓고 있었다.

"어떻게 왔니?"

나는 아마 그저 묻기 위해 물었다.

"어떻게 왔니라니?"

"걸어왔니, 가솔린차 타고 왔니?"

"차 타고 왔다."

윤선이는 두 개의 도시락을 뚜껑에도 나눠 담아 셋이 먹을 수 있게 했다. 그리고 나와 영준이 가져온 것은 그냥 두게 했다.

점심이 끝났을 때 영준이는 초조해 하기라도 하듯 두리번거렸다. 나는 그가 담배 생각 때문에 그런다는 것을 눈치챘으나 모르는 체했다.

윤선이 빈 그릇을 거두기 시작했을 때 갑자기 영준이 말했다.

"윤선아, 넌 네가 얼마나 예쁜지 아니?"

그는 얼굴빛조차 붉히지 않았다.

"안다." 하고 윤선이는 나를 흘깃 쳐다보았을 뿐 역시 얼굴빛이 조금도 변하지 않았다.

"그러나 모르는 애도 있다."

"누가 몰라?"

"얘가 모른다. 내가 날마다 나보다 더 예쁜 애 없다고 대주는데도 앤 모른다."

나는 어이없어 그들을 번갈아 보았다.

"아니, 내가 어디 널 밉단 일 있었니?"

그들은 크게 웃었다.

"왜 영욱이 네가 예쁜 줄 모르겠니, 그림장인데……."

이번에는 윤선이와 내가 크게 웃을 차례였다. 그러나 영준이는 제법 심각한 얼굴을 하고 말을 이었다.

"난 윤선이 같은 여자하고 결혼할래. 물론 만날 수 있으면 말이지만……."

벌써 담배질은 하지만 키가 나보다도 작은 데다가 애티가 온 얼굴에서 흐르는 듯한 중학 1학년생의 입에서 나온 말로는 어딘지 무게가 좀 이상했다.

"언제?……"

윤선이 예사로운 말하듯 물었다.

"십년쯤 지나서……."

"아이고 애두, 십년 지나서 할 일 벌써부터 짜 놓았니?!"

영준이는 일어서면서 호주머니에 손을 박았으나 담배를 꺼내지는 않았다…… 다음 윤선이는 앉은 자리에서 운동화를 벗어 던지더니 가볍게 뛰어 일어나서 물가에 가서 우리의 광주리를 들여다보았다.

"아이고, 벌써 많이 잡았구나!"

우리는 윤선이의 제의대로 저녁놀을 기다리지 않고 돌아오기로 했다. 우리는 영준이를 반룡산의 굴이 있는 데로 올라가는 길까지 바래주고는 가솔린차를 기다리지 않고 철둑을 걸어 돌아왔다.

마침내 다시 생각나서 나는 물었다.

"선아, 넌 우리가 저 늪에 있다는 말 어디서 들었니?"

"꼭 들어야 아나……. 하긴 아침에 너희 집에 갔더니 영욱이어머니 하시는 말이, 네가 낚싯대를 들고 새벽 가솔린차 시간에 맞춰 집을 나섰다고 하시더라. 그 나머지야 발이 걷는 대로 걸으면 되는 거구…… 널 찾긴 어렵지 않다……."

그때 나는 그것이 무슨 말인지 알아듣지 못했다.

대낮이라 꽤 더웠다. 나는 저고리를 벗어 광주리의 손잡이 사이로 걸쳐놓았다. 물고기들은 이미 파닥이지 않았다.

윤선이 멈춰서서 보고 있더니, "낚싯대 내가 들고 가마." 했다.

그는 낚싯대를 왼손에 옮겨 들더니 오른손으로 나의 왼손의 새끼손가락을 잡았다. 그렇게 우리는 서로 번갈아 손가락을 잡고 철길가의 좁은 길을 걸었다. 나란히 걸었다…….

나는 영준이 늦가에서 한 말이 느닷없이 생각났다. 윤선이의 긴 목의 뒤에 드리운 머리채는 중학에 오른 뒤 벌써 이태나 길렀을 테지만 아직 허리까지 닿지 않았다. 나는 내 손가락을 쥔 채 이따금 햇볕에 번뜩이는 레일 위에 올라 걷곤 하는 그를 살폈다. 그 시기에 이르러 나는 키가 윤선이의 키만 했으나 그는 어머니를 닮아 목이 길고 다리가 길어 키가 더 커 보였다.

"선아, 넌 정말 예쁘다!"

아마도 내 입에서 처음 나온 말이었다.

윤선이는 레일 위에서 두 발을 한데 모으고 몸균형을 유지하려고 하면서 그 새까만 눈으로 나를 보았다. 나는 그의 얼굴이 내 눈앞에서 새빨개지는 것을 보고는 변명이라도 하듯이 덧붙였다.

"정말이다!"

그런데 말이다. 그때 나는 점직해 하면서도 머리 속 한 구석으로는, '애 얼굴을 저렇게 새빨갛게 그리면 누구도…… 믿지 않을 거야.' 하는 생각도 했다. 난 참 한심하기 짝이 없는 사람이다. 일생의 아마도 중요한 시각, 그런 순간에 나는 얼마나 자주 둘로 갈라지고 셋으로 조각나곤 했던지…….

윤선이는 그때 아무런 대꾸도 없었다. 몇 초가 안 지나서 나의 새끼손가락을 놓고 두 팔을 양쪽으로 펴 들고 레일의 위를 제법 재간 있게 걷기 시작했다. 이번 나는 오래 망설이지 않았다. 그의 손가락을 얼른 잡고 보조를 맞추어 걸었다. 그는 긴 눈길로 나를 쳐다보았다. 그 눈길에 조금도 성난 빛이 없을뿐더러 그 어떤 기뻐하고…… 고마와 하기라도 하는 듯한 데가 있는 것을 느끼고 나는 얼마나 좋았던지…….

그때로부터 나는 그에게 예쁘다는 말을 하기를 꺼리지 않았다. 하긴 말을 한 것보다는 예쁘다는 생각을 점점 더 자주, 점점 더 용감하게 하게 된 것이 더 중요했을 게다…….

그런데 그때 사동에서는 한 가지 뜻하지 않은 일이 있었다.

아침 회진이 방금 끝났을 때 간호원이 와서 군의소에서 시급히 부른다고 알려 주었다.

군의장의 막도 우리 병실보다 낫지 못했다. 역시 반땅굴이었다. 내가 휘장을 쳐들고 들어서자 군의장은 하나밖에 없는 사무상에서 일어서면서, "어서 들어와 앉으시오, 대위 동무." 하고 상의 이쪽에 놓인 의자를 가리켰다.

"군단에서 오신 안전군관께서 대위 동무와 좀 담화하시겠답니다."

보니, 막의 왼쪽 구석에 후방용 금빛 견장을 단 낯선 중년 남자가 앉아 있었다. 그는 앉은 채 나를 뜯어보고 있었다.

"그럼 여기 내 상에서 담화하십시오. 저는 마침 둘러 봐야 할 곳이 있어서……." 하면서 문쪽으로 나가다가 군의장은 나에게만 보이는 얼굴에 '모를 일이요…….' 하는 뜻일 싶은 표정을 지어 보였다. 나는 아무런 반응도 없이 그저 가볍게 끄덕이고는 부상병의 특권을 이용해서 쌍지팡이를 두 팔로 그러안으면서 의자에 편하게 앉았다. 그리고는 그 낯선 남자를 쳐다보았다. 그도 나를 보고 있었다. 그렇게 한참이나 침묵이 흘렀다.

그 시기에 이르러 나는 안전군관이라는 사람들을 여러 사람 보았었다. 나의 첫 대대의 안전군관은 그 사람보다 훨씬 더 젊어 삼십 전후였는데, 첫 전투가 개시되기 바로 전에 나의 중대의 눈앞에서 후방으로 냅다 뛰고는 영영 행방불명이 되고 말았었고 그 뒤 새로 배치되어 온 안전군관은 그보다도 더 젊었었는데, 전투 때면 수류탄까지 날라다 주곤 했다. 한마디로, 안전군관들도 모두 사람들이었다.

내가 그 낯선 사람을 쳐다보면서 이런 생각을 하고 있는데, 그 사람은 나이에 어울리지 않으리 만큼 가벼운 동작으로 펄떡 일어서더니 한 손을 내들며 자기 이름을 대었다. 나는 바로 알아 듣지 못했으나 그의 꽤 무른 손을 잡았을 뿐 되묻지 않았다. 다음 그는 군의장의 상에 가서 선 채 다시 나를 쳐다보았다. 나도 그를 쳐다보았다. 나는 안전군관을 두려워할 아무런 이유도 없었다. 듣기는 나도 별애기를 다 들었었지만…….

한참이나 지나서 안전군관은 마침내 의자에 앉아 가뿐한 야전 가방을 상 위에 올려놓았다. 나는 그의 눈에서 어떤 악의 같은 것도 찾아 볼 수 없었다. 나는 그를 마주보다가, "이러다 간 점심 시간을 놓치겠습니다." 했다.

뜻밖에도 그는 볕에 타지 않은 얼굴을 호인다운 미소로 풀었다. 나도 웃었다.

"사리원 연대였지요?"

마침내 '담화'가 시작되었다. 그는 나로 하여금 연대장의 이름부터 시작해서 우리 대대의 모든 지휘관, 나의 중대의 소대장들의 이름까지 모두 대게 했다. 그는 나의 기억이 비틀거릴 때면 귀띔까지 해 주었다. 나는 기분이 좀 상했으나 그런 눈치 보이지 않기로 했다.

다음 그는 전선 생활의 주제로 넘어갔다. 그런데 그는 얘기 과정에 내가 우연히 좀 뛰어넘어도 별로 유의하는 것 같지 않았다. 그래 나는 차츰 웬만한 얘기는 고의적으로 빼놓곤 했다. 그러나 나의 중대가 평강벌에서 포위 당해 이른 아침부터 날이 새카매질 때까지 싸우고 나서 빠져나온 데 대한 얘기가 시작되자 그는, "흠, 그 얘기 재미 있소. 좀더 자세히 해 주오." 했다.

나는 생각나는 대로 얘기했다. 그런데 그 얘기가 거의 끝나갈 때 안전군관은 불쑥 말했다.

"동무는 그때 부중대장이…… 그 사람 이름 뭐더라?"

"김명재 중위."

"그래, 그래 그 김명재는 동무들이 그 다리 밑의 콘크리트 관을 몇 명씩 빠져나오는 동안 중대의…… 흠, 그 꼬리에서 뭘 하고 있었소?"

"언제 적의 습격이 있을지 모르니 자동총을 들고 제3 소대 대원들과 함께 어둠 속을 뚫어지게 살피고 있었겠지요."

"……겠지요요? 혹은 제 눈으로 봤소?"

"어떻게 제 눈으로 봅니까? 나는 선두에서 맨 먼저 다리 밑을 빠져나오지 않았습니까."

"흠, 보지는 못했다." 하면서 그는 끄덕였다.

"뭘 보지 못했다는 말입니까?"

"김명재가 그 근 두 시간 동안 뒤에서 뭘 하고 있었는지 본 사람이 없다는 말이요!"

그는 목소리를 높이지 않았으나 내가 예상하지 못한 날카로운 투였다. '아, 부중대장의 뒤를 캐는구나!' 하는 생각이 어둠 속의 섬광 같았다.

"대위 동무!" 하고 나도 목소리를 높이지 않으려고 주의하며 말했다.

"적군의 기계화 부대가 늘어선 큰길 밑에 깔린 콘크리트 관을 기다시피 하면서 빠져나와 본 일 있습니까? 우연한 실수 하나가 칠십 명의 목숨을 빼앗을 수 있는 그런 고비 겪어 보았습니까? 대열의 맨 뒤에 믿음성 있는 사람이 없을 때 내가 맨 앞에서 그 관에 기어들 수 있었을까요?"

나는 허탈감 같은 것을 느끼며 입을 다물었다.

안전군관은 아무런 표정도 없이 나를 물끄러미 쳐다보고 있었다. 이윽고 그는 말했다.

"전선 군인들이 얼마나 헌신적으로 싸우는가 하는 데 대해서는 나도 짐작이 있소. 그러나 당과 국가에는 다른 중요한 일도 적지 않소."

"안전 사업 말입니까?"

"안전 사업도 그 중 하나요."

"그런데 왜 하필 나하고 이런 담활 합니까?"

"그거야 우리가 결정하는 문제겠지…… 대위 동무는 아직 어리오, 순진하오, 대대장까지 하지만……."

다음 그는 갑자기 그 가느다란 눈을 크게 뜨려듯이 치뜨면서 급소라도 찌르듯 물었다.

"그런데 동무는 왜 지금까지도 비당원이요?"

'여기서두 또 이 소리구나…….' 하는 생각이 분한 생각같이 떠올랐으나 나는 이미 습관된 대로 대답했다.

"아직 자격이 없습니다."

"자격이라니? 온 인민군에 당원 아닌 대대장은 둘도 없을 거요. 국기 훈장 2급도 흔치 않고……."

"당당한 당원으로 될 자신이 생기면 입당 청원을 하겠습니다."

"대학 1학년 때도 입당 거절했다지?"

아마도 나는 눈이 동그래졌을 게다. 안전군관을 멍하니 쳐다보았다. 몹시 피곤했다.

"내가 잘못 알았소?"

"잘못 알았습니다. 나는 거절하지 않았습니다. 그저 아직 미숙하니 좀더 배우겠다고 했습니다. 그때로부터 삼 년이나 지난 지금에 와서도 안전군관 동무는 나더러 아직 어리다고 하잖습니까……."

중년 남자의 얼굴에는 이상하게도 단순해 보이는 웃음기가 떠올랐다.

"남자는 사회적 단련도 있어야 하오. 이런 담화도 사회적 단련이요……."

'겸사겸사 훈계도 하는가?' 하고 나는 생각했다. '하긴 이것도 정말 사회적 단련일 수 있지. 일이 어떻게 끝날지 모르

지만…….'

그리고 지어 웬일로 언짢아 할 때도 왼눈이 웃고 있는 듯하던 나의 부중대장의 얼굴이 눈앞에 떠올랐다.

점심식사 시간을 알리는 종소리가 울려 왔다. 안전군관은 이번에도 가뿐한 동작으로 일어서며 언제 꺼내 놓았는지 모를 문서를 가방에 넣었다.

"두시 반에 여기서 다시 만납시다." 하고 그는 내가 쌍지팡이를 짚는 사이에 벌써 문에 가서 휘장의 한 쪽 끝을 쥐었다.

그런데 그때 마침 반대쪽에서 군의장의 작아도 오달지게 생긴 몸이 나타났다.

그는 휘장을 받아들고는 안전군관을 밖으로 말없이, 흠할 데 없이 정중히 내보냈다.

다음 그는 쌍지팡이를 짚고 문쪽으로 걸음을 내디딘 나의 곁을 지나다가 혼잣소리하듯 말했다.

"윤선씨 얘긴 저쪽에서 묻지만 않으면 하지 마십시오."

우리는 눈길을 마주치지 않았다. 그러나 나는, "고맙습니다." 하고 문 쪽으로 걸어나갔다.

점심상에 앉았을 때도 나는 모든 것이 마뜩찮았다. 웬일인지 우선 자기 자신에게 불만이었다. 나는 안전군관이라는 사람들을 모두 밉게 보거나 적대시한 것은 아니었다. 그리고 오늘의 그 사람도 나는 미리 적대시할 생각이 없었다. 그럼에도 나는 그에게도 불만이었다. 왜 알아보아야 할 것이 있으면 솔직히 내놓고 물을 거지 하는 생각도 했다. 그는 능글맞은 늙은 여우일 수도 있을 것이었다……. 그러나 곧 부중대장의 얼굴이 또 머리 속에 나타났다. 나는 깨닫기 시작했다. 그자들

이 캐는 것은 정말 바로 그의 뒤일 것이었다. 나의 뒤를 조사
한 것도 역시 그의 뒤를 캐는 수일 수 있을 것이었다. 아, 부
중대장, 부중대장! 그는 지금 어데 있는지?…… 여기까지 생
각하자 나는 눈앞이 흐려지는 것을 느꼈다. 살아 있기는 한
지? 혹 놈들의 손에 잡히지나 않았는지?……

김명재 부중대장은 나의 여태 짧은 일생의 잊지 못할 은인
이었다. 그가 훌륭한 정치 군관으로서 나의 중대장 노릇, 아
마도 서툴렀을 중대장 노릇을 참을성 있게, 세심히 도와주었
기 때문만이 아니었다. 그는 정말 나의 은인이었다. 세상에서
그림 밖에 몰라 온 나의 눈을 아무런 가르치는 투도 없이 자
기의 모범으로 틔워 준 것이 바로 그였다. 책에서 읽은 것과
실생활에서 보는 것을 하나로 잇는 법을 가르쳐 준 것이 그였
다. 아마도 자기도 의식하지 않고 시사해 준 것이 그였다.

그는 웬일인지 나하고는 맨 처음부터 솔직했다. 나는 그가
우리 대대에서 어느 누구와도 나하고처럼은 개방적이 아니었
다는 것을 안다. 그에게도 여왕의 나귀 귀에 대해서 외칠 우물
이 있어야 했는지?…… 그래 나도 그 앞에서는 맨 처음부터
허심했다. 생각하는 대로 말했고 묻고 싶은 대로 물었다…….

그는 새로 배치되어 간 부대에서 실수라도 하지 않았는지?
아니, 암만 생각해 보아도 나는 아무런 것도 자신 있게 예상,
추측해 볼 수 없었다.

초산에서 갈라지게 되었을 때 그가 한 말이 새삼스레 생각
났다.

"나는 정치 군관의 일 더 하고 싶지 않네. 어떤 일도 좋으니
다른 일 시켜 달라고 할 테네. 공대에선 전신 공학이 전공이

었으니까……."

그런 사람이었다, 나의 첫 부중대장은.

그런데 보느라니, 야외 식당의 맨 끝에 있는 판자상에 안전 군관이 혼자 앉아 식사하고 있었다. 나는 자기도 몰래 그를 엿살피기 시작했다. 그는 젓가락을 아주 더디게 놀렸다. 어디라 없이 물끄러미 보면서 천천히 오래 씹곤 했다. 어쩐지 아주 외로운 사람으로 보였다. 그러나 나는 곧 머리를 프르르 떨었다. '경각성을 잃지 말라!'하고 누구인지 귓속말로나마 엄하게 일러 주기라도 한 것 같았다. 아, 부중대장, 부중대장! 지금 그는 어데 있는지?……

나는 점심 시간 뒤 반시간 가량 쉬고 나서 다시 쌍지팡이를 들었다. 그런데 병실에서 채 나오기 전부터 나는 지팡이가 어제처럼은, 아니 오늘 아침 오늘 낮처럼은 필요하지 않다는 것을 알아챘다. 뜻밖의 기쁜 일이었다. 나는 돌아가서 쌍지팡이를 침대의 머리맡에 세워 놓고 전에 한 부상병이 퇴원 때 나에게 주고 간 생나무 지팡이를 들었다. 몇 걸음 걸어 보았다. 괜찮았다. 나는 보다 용감히, 물론 아직도 절뚝거리면서 밖으로 나왔다.

군의장의 막에는 안전군관 한 사람밖에 없었다. 그는 내가 지팡이 하나만 짚고 들어선 데 주의를 돌린 것 같았으나 아무 말도 없이 상 앞의 의자를 가리켰다. 내가 앉기도 바쁘게 그는 말문을 열었다.

"시간이 많지 않소. 나의 질문에 간단간단히, 아는 대로, 생각하는 대로 대답해 주오."

나는 그를 쳐다보았다. 무표정이었다. 식당에서 본 그 외로워 보이던 모습이 생각났다. '이 사람은 친구가 있을까? 해방 후 칠년 동안에 이런 사람들을 어디서 그렇게 그러모아 연대마다 대대마다 박아넣었담……'

"알았소?"

"알았습니다."

나는 경어로 대답했다. 나이 탓이었다.

"또 언제 포위에 들었소? 후퇴 시기를 두고 하는 말이요."

"곡산에 채 이르지 못하고 들었고 다음은 성천 밖에서 들었습니다."

"그 곡산 포위 때는 김명재 어데 있었소?"

"어데 있었겠습니까, 우리 중대에 있었지……." 하고 나는 은근히 의아쩍어 하듯이 되물었다.

"우리 부중대장 얘긴 왜 자꾸 묻습니까?"

"흠…… 내 일이 그런 일이라고 생각하면 되오. 그래 그때 김명잴 보았소?"

"어떻게 보았던지 잘 생각나지 않지만 그가 한참이라도 곁에 없었다면 꼭 찾았을 겁니다."

"그래……."

"사실대로 말해서…… 나는 '햇내기 군관'인데다가 나이도 어려서 부중대장이 없이는 어떤 결단도 내리기 어려웠습니다."

"그럼 성천 밖에서 포위에 들었을 때는?"

"마찬가지였습니다."

다음 한참이나 침묵이 흘렀다. 나는 다시 피곤을 느끼기 시작했다. 거의 육체적인 피곤이었다.

이윽고 안전군관은 나를 응시하다시피 하면서 나직이 물었다.

"정치 얘기 더러 했소?"

"전투 얘기 정치 얘기 아닌가요?"

아마도 나는 딴전을 쳤다.

"아니, 좀더 좁은 의미에서의 정치 말이요."

"그거야 정치 군관의 일이겠지요. 부중대장은 짬만 생기면 대원들 속에 앉아서 이 얘기 저 얘기 많이 했습니다. 당 회의도 자주 열었고…… 이제까지 나는 정치 부중대장이 합쳐 셋이었지만 김명재 부중대장만한 사람 없었습니다. 그는 후퇴 뒤 국기 훈장 3급을 탔는데, 정말 공정하게 하자면, 내가 3급을 타고 그가 2급을 탔어야 했을 겁니다."

"훈장이야 타고 싶다고 주는 게 아니겠지……."

또 한참이나 침묵이 흘렀다.

'이 사람은 전쟁 전 무슨 일 했을까?' 하는 생각이 떠올랐으나 그런 것을 물을 처지가 아니라는 것은 너무나도 명백했다. 견장으로는 둘이 다 대위일 터이지만 그 값이 엄청나게 다를 수 있다는 것쯤은 그 당시의 나도 짐작이 있었다.

"그래 다시 묻소. 김명재와 동무 사이에는 정치 얘기…… 그 좁은 의미에서의 정치 얘기 얼마나 있었소?"

"무슨 말인지 잘 모르겠지만…… 잘 모르는 얘기 할 시간 있었을까요?!"

"흠."

또 한참이나 침묵이 흘렀다. 이번에도 안전군관이 그것을 먼저 깨트렸다.

"한마디로 말해서…… 동무는 김명재의 보증 설 수 있소?"

"그게 무슨 말입니까?"

나는 안전군관의 가느다란 눈을 마주보기 쉽지 않았다.

"김명재가 좋은 정치 군관이라는 데 대한 보증 말이요."

"물론 설 수 있습니다!"

나는 자신 있게 대답했다. 나는 나의 말이 사실과 조금도 어긋나지 않는다는 신심이 있었다.

"알았소. 혹 서명이 필요할 수도 있는데, 그건…… 두고 봅시다."

그는 전보다는 무거워 보이는 동작으로 일어서더니 상 위로 악수의 손을 내밀었다.

"회복기의 귀한 시간 많이 빼앗았소."

나는 김명재 부중대장의 안부를 묻고 싶었으나 잠깐 망설였을 뿐 그렇게 하지 않았다. 눈치로 보아 그는 내가 순간적으로 한 생각을 그대로 알아맞힌 것 같았다.

"가 보시오."

제법 연장자다운 투였다.

병실이 있는 데로 돌아오는 나의 걸음은 뜻밖에도 가벼웠다고 할까. 첫째로, 지팡이 하나만 짚고 꽤 잘 걸을 수 있어 기분이 좋았고, 둘째로, 그 놈의 '사회적 단련'인지 하는 것의 하나를 큰 대가 없이 겪어내고 치러낸 듯해서 좋았다. 그러나 미지수는 아직도 너무나도 많았다…… 아, 부중대장, 부중대장!…… 그때로부터 나는 하루빨리 전선으로 되돌아갔으면 하는 생각이 전에 없이 간절해졌다. 그러나 곧 나는 윤선이의 얼굴이 눈앞에 선해졌다. 하루바삐 전선에 나가서 전우들을

다시 만나고 그리고 군단 참모부의 친구들을 통해 김명재의
소식을 알아보았으면 하는 생각이 윤선이와 될 수 있는 대로
더 오래 함께 있었으면 하는 생각과 착잡하게 얽히는 것을 느
꼈다.

　그날 밤 잠의 구렁에 빠질 때까지 나는 윤선이 생각을 더 많
이 했는지 부중대장 생각을 더 많이 했는지 모른다. 윤선이는
나에게 있어 제일 훌륭한 여자, 유일한 여자일 것이었고 김명
재는 나와 갈라진 뒤 머리 속이 어떻게 더 변했든, 누가 어떻
게 나무라거나 욕하든, 어떻게 미워하든 가장 성실한 사람일
것이었다. 나는 나의 전우들에 대해서 이렇다 할 불만이 있는
것이 아니었다. 그러나 어쨌든 김명재만한 사람은 더 없었다.
적어도 나에게는……．

　이튿날 아침 나는 생나무 지팡이 하나만 짚고 밤나무 밑에
꾸린 세면장으로 나갔다. 그와같은 변화에 민감한 부상병들
은 한 주먹을 들어 보이며, '축하하오!' 했다. 정말 축하할 만
한 일일 것이었다……．

　며칠이 더 지났다. 그 동안도 윤선이는 우리 제3동에 올 때
마다 주로 저녁 식사 뒤의 네 시간을 늘 나와 함께 보냈다.
　하루 우리는 또 마을로 가는 길로 산보하러 갔다. 나는 절뚝
거리면서도 꽤 잘 걸었다. 그러나 전번 윤선이와 함께 앉아
쉰 바위가 보이자 나는 그의 팔을 끼고 그쪽으로 걸음을 돌렸
다.
　바위는 이번에도 따뜻했다. 우리는 전번처럼 편안히 자리잡

고 보니 또 서로 등을 맞대다시피 하고 있었다.

우리는 한참이나 그렇게 말없이 앉아 있었다. 아니 꽤 오래 그렇게 앉아 있었을 게다. 해가 지기 시작했다.

갑자기 마치 멀리, 정말 멀리 어디선지 흘러오듯 노랫소리가 나직이 울리기 시작했다.

저녁녘 어디선지
흘러오는 노래
들으면 들을수록
가슴에 사무쳐
오늘도 그대 생각으로
이 저녁 보내네
아......

윤선이었다. 아이고, 언제 들은 노래를 이렇게 예상치도 못한 곳에서 다시 듣는가! 그리고 누구의 입에서! 나는 온몸에 소름이라도 끼친 듯했다. 숨을 죽였다.

그리고 다음 순간에는 자기도 몰래 발작적으로 그의 땅벌의 허리같이 졸라맨 가느다란 허리를 두 팔로 겹으로 부둥켜안고 그의 어깨에 얼굴을 비비대었다. 윤선이는 노래를 그치고 이쪽으로 좀 돌아앉았다. 그가 나를 지켜보고 있는 것 같이 느끼고 나는 얼굴을 들었다. 그러나 보니 윤선이는 두 눈을 가볍게 감고 있었다.

무슨 소리인지 잠자코 엿듣고 있기라도 하는 것만 같았다. 나는 다시 얼굴을 그의 어깨에 묻었다. 윤선이의 심장이 그렇게 뛰고 있었는지 아니면 그것은 나의 심장의 의지가지 없는 고동 소리였는지…….

얼마나 지나서였는지, 나는 갑자기 그 어떤 죄스럽기라도 한 듯한 느낌에 놀라 윤선이의 허리에서 가락지팔을 풀면서 얼굴을 다른 쪽으로 돌렸다.

"구노의 세레나데……."

나는 안 해도 좋을 말을 어쩐지 목이 갈려 가까스로 했다. 윤선이는 나의 쪽으로 온 상반신을 돌려 앉으면서 두 팔을 내 어깨에 얹고 나의 눈을 들여다보았다. 나는 어딘지 서투르게나마 마주보았다.

"우리 노랠 넌 남하고 불렀니?"

"안 불렀다."

"나도 안 불렀다. 네가 대학에 가기 바로 얼마 전에 목소리가 변하기 시작해서 노래 부르기만 아니라 그저 말하기도 꺼리기 시작한 때로부터 나도 네가 좋아하는 노랠 부르지 않았다……. 그러나 그 후도 네 생각을 할 때면 웬일인지 바로 이 세레나데가 어디선지 울리는 것 같다…… 이건 네가 제일 좋아한 노래는 아니었을 텐데…… 하긴 이 세레나데를 너와 나는 별로 다 불렀지. 구노 선생 들었으면 대노하셨을 거야!"

"방해하지 않을 테니 다시 불러라."

"정말 넌 이 노랠 누구하고도 부르지 않았지?"

"누구하고만 아니라 누구 앞에서도 부르지 않았다."

"욱이 품행 만점!"

윤선이의 눈은 심각한지 웃고 있는지 알 수 없었다.

"또 놀려 주니……."

어렸을 적의 투가 튀어나왔다.

"놀려주긴…… 자, 이번엔 함께 불러 보자."

저녁녘 어디선지
흘러오는 노래
들으면 들을수록
가슴에 사무쳐……

성천강의 근 십리나 뻗어나간 방천이 눈앞에 떠올랐다. 이미 진 한여름의 해가 진홍색으로 물들인 하늘이 덮쳐서 같은 색으로 물들인 강물과 함께 윤선이의 얼굴에 비쳐 적동색으로 빛나게 하고 있었다. 윤선이는 어떤 노래든 어딘지 소심스러운 데가 없지 않게 불렀다. 그래 목소리가 변하기 시작하기 전에 때때로 멋없이 목청을 뽑기를 좋아한 나도 윤선이와 함께 노래부를 때는 저절로 그의 본에 끌려들어 소리를 낮추어 반주라도 하듯이 따라 불렀다. 그날 저녁도 그랬다, 아마 그랬다……. 나는 윤선이 이따금 숨을 돌리는 들릴락말락한 소리까지도 갑자기 어찌나 아까웠던지 그 노을이 그 언제도 꺼지지 않아 그의 노래가 끝없이 울리기를 바랐다…….

그날 저녁 처음 방천길로, 다음 골목길로 집에 돌아올 때도 나는 귓전에서인지 다른 어디서인지 윤선이의 잔잔한 노랫소리가 끊임없이 울리는 것만 같았다……. 이 세상의 무상에 대한 짐작이 도발한 나의 어린 아픔은 바로 그날 저녁이 아니면 그 시기에 나의 가슴을 에기 시작했을 게다……. 그런데 지금 다시 고향에서 먼 산골짜기의 저녁에 바윗돌에 걸터앉아서

우리는 그 영원과도 같이 오랜 지난날의 노래를 부르고 있었
다.

　……오늘도 그대 생각으로
　이 저녁 보내네
　아
　어쩌면 저 하늘
　저리도 붉고
　어쩌면 이 마음
　이리 설레느냐
　아
　아……

　나는 지금도 때때로 윤선이의 노랫소리가 들려오는 것 같기
도 하고 머리 속 가슴속에서 은은히 울리는 것 같기도 하다.
　조선이라는 나라가 세계 지도에 있다는 것조차 몰랐을 수
있을 먼 나라의 작곡가가 언제 지었는지 모를 노래가 견뎌내
기 어렵고 이겨내기 어려운 나의 설움으로 되고 아픔으로 되
었다. 나의 오늘과 내일, 나날을 영원히 삼켜버린 어젯날로
되고 이루어지지 못한 꿈의 잔해 같은 것으로 되었다. 절망적
인 회상거리로 되었다. 아마도 사람의 삶에 제 나름만의 뜻이
라도 줄 희망, 그 희망 이외의 모든 것으로 되고 말았다. 나는
내일이 없는 사람 같다……. 하긴 왜 나는 오늘 이렇게 말하
는지?…… 나의 이런 생각에는 아마 모순이 많다. 그러나 그
모순을 나는 어찌는 수가 없다. 구노의 세레나데를 그 뒤 나

는 아무 때도 부르지 않았지만 그 노래가 들려오는 듯할 때면 윤선이의 모습이 눈앞에 더 뚜렷이 떠오르는 것 같다. 그리고 산 날의 그를 그렇게 머리 속에 볼 때면 나는 내가 이 세상의 제일 불행한 사람은 아니리라는 위안 비슷한 것까지도 느낀다……

"송 박사 알지?"

갑자기 윤선이 물었다.

"송 박사라니?"

"시내 학생들의 음악회에 색소폰을 들고 나서서 우리의 귀에 선 곡을 불곤 하시던 그분 말이다."

"아…… 의학 박사 송명학 선생 말이지?"

"그분 말이다. 그분은 나의 은인이다."

"은인?"

"은인이시다. 그분이 우리 군의 강습소에 시찰 나오셨을 때 나는 네가 틀림없이 부상하고 어느 병원에서인지 치료 받고 있을 테니 꼭 알아보아 달라고 부탁 드렸다. 제자의 자격으로 그랬지. 우겼다. 그분은 최고 사령부 군의 총국의 고관이라더라……. 그분은 내가 부탁 드린 것보다 더 많은 일 해 주셨다. 내가 바로 이 군단 병원에 배치되도록 힘써 주신 것도, 정확히는 모르지만, 바로 그분일 게다……."

나는 속기라도 하는 것 같이 느끼면서 윤선이의 눈을 들여다보았다.

"나의 신통한 재간이 의심스럽니? 네가 부상했다는 걸 알아챈 건 정말 나다. 난 정말 들것에 실린 널 보았다."

"그런즉······ 송 박사는 나의 은인이기도 하겠지······."

윤선이는 나의 이런 말을 듣고는 나의 손을 꼭 쥐었다.

그런데 윤선이는 또 뜻밖의 말을 꺼냈다. 뜻밖의 말이라고 하는 것은 그때에 이르러 나는 그 말은 우리 사이에 아무 때도 없을 수 있다는 생각에 이미 습관되기 시작했었기 때문이다.

"욱아, 난 너에게 벌써부터 해야 했을 말을 지금까지 못했다."

윤선이는 나를 똑바로 보면서 나직이 그러나 뚜렷한 투로 말했다.

"난 네 앞에 큰 죄를 지었다."

그는 나에게 입을 열 틈이라고는 전혀 줄 생각이 없는 눈치였다.

"난 정식 파약이 없었으니······ 약혼자가 있는 처지이다. 네가 평양으로 떠난 뒤 나는 몸이 조금씩 안 좋아졌다. 이렇다 할 병이 있는 것도 아니어서 나는 강의 시간 한번 빼놓지 않았다. 그러나 정말 건강이 안 좋았다. 살이 몹시 빠졌다······ 그런데 그때 어머니께서 시집갈 때가 됐다는 말 자꾸 하기 시작했다. 물론 난 들은 체 만 체였다. 난 네가 방학에 내려오기만 기다렸다. 변명이 아니다. 그저 사실 그대로 얘기한다······. 마침 학년말 시험기였는데, 하루 집에 돌아와 보니 어머님네 교회의 목사가 괜히 키만 큰 것 같은 아들을 데리고 와 있었다. 어머님이 불러 큰방에 내려갔더니 그 청년이 먼저 일어서서 제법 시원스레 악수의 손을 내들었다. 이름도 댔는데, 잘 알아듣지 못했으나 되묻지 않았다. 몇 분을 손님들과 함께 앉아 있는 동안 내가 알게 된 것은 그 청년이 동경 상과 대학 중퇴이고 그때 은행에 다닌다는 것 정도였다. 나는 시험 준비를 핑계로 곧 일어나서 나오고 말았다……. 난 네가 듣고 싶지 않은 말 하고 있잖니?"

"아니, 잘 듣고 있다."

나는 웬일인지 자기 목소리 같지 않았고 그의 눈을 마주 볼 수 없었다.

"정말…… 하기 시작한 말 끝까지 하자. 그 뒤 얼마 지나지 않아 난 네가 방학에 집에 돌아오지 않는다는 걸 네 동생한테서 듣고 알게 되었다. 난 널 눈앞에 불렀다. 그런데 이상하게도 난 네가 보이지 않았다. 네가 어데 있는지도 뭘 하고 있는지도 알래 알 수 없었다……. 정말 변명의 말로 듣지 말어라. 난 밤마다 울었다……. 실습 떠나기 며칠 전의 일이었는데, 하루 저녁 어머님이 불러 갔더니 그 자리에는 아버지도 앉아 계셨다. 어머님은 단도직입하셨다고 할지. '아버님과 나는 죄다 영욱이의 탓이라는 걸 안다. 네가 몸이 안 좋은 것도 괜히 신경이…… 과민해진 것도 모두. 그런데 영욱이는 수도의 대학에 가 있다. 그 애는 이미 우리 도시의 사람이 아니다. 그 애는 다른 팔자를 타고났다고 할지.' 어머님은 신자답지 않은 말을 그렇게 하셨다. '그 애의 앞날은 우리와, 너와 아무런 관계도 없을 거다.' 나는 아버지를 쳐다보았다. 그러나 아버지는 잠자코 방바닥만 보고 계셨다. 너를 그렇게도 사랑하시던 아버지께서 단 한마디라도 나를 위해 너를 위해 해 주시기를 난 얼마나 간절히 바랐던지. 그러나 아버지는 잠자코 계셨다. 어머님은 하던 말을 이으셨다. '죄다 네가 중하니 하는 말이다. 아버님과 의논하고 우리는 너를 시집보내기로 했다. 너도 알다시피 훌륭한 청년이다. 집안도 좋고. 그래 네 생각을 묻고 싶다.' '미리 다 정해 놓고 내 생각 왜 묻고 싶다고 하세요?' 내 속에는 정말 악녀가 도사리고 있다. '싫다고 하면 몸이 안 좋은 것도 모두 내 탓이라고 하기 위해서예요? 욱이 탓이라고 하기 위해서예요?' 아버님이 놀라 얼굴을 쳐들었으나 나는 보지 않았다. '좋은 대로 하세요. 나에게는 조건이 하나밖에 없어요. 결혼은 약혼 후 만 일 년 이상 지나서야 해요!' 하고 나는 일어나서 나왔다. 그날 밤 나는 새벽녘까지 울었다. 상준이 와서 곁에 앉아 있었다. 내가 좀 진정할 때까지 그애는 그렇게 말없이 내 곁에 앉아 있었다. 나흘 뒤, 나의 실습도 있고 해서, 시급히 약혼식이라는 것을 차렸다. 상대방은 나의 조건에 동의일 뿐더러 그것을 지당한 일로 보기까지 한다는 것이었다. 주로 교인이 스무 사람가량 모였다. 아버지는 어느 한 친우도 청하지 않았다. 난 상준이를 시켜 네 동생을 불렀으나 그 앤 오지 않았다. 그 자리에는 나의 동무들도 없었다……. 난 또 네 생각을 했다. 넌 청했으면 그 자리에 왔을까? 그 황당한 생각은 나를 죽여버리고 말았다. 나에게는 처음부터 몸이 안 좋다는 핑계가 있었다. 나는 상회의 식장에서 일찌기 돌아왔다. 치명적인 실수를 했다는 생각, 네 앞에 씻을 수 없는 죄를 졌다는 생각은 나의 고집을 더 사나워지게 했다. 난 용감해졌다. 그 목사의 아들 앞에 죄를 짓는다는 것은 문제도 아니었다. 그들은 모두 나의 적이었다. 아무런 죄의식도 없었다. 네 앞에 이미 지은 죄에 대한 후회와 자책 이외에는 아무것도 없었다. 정말 나는 염치없어졌는지, 용감해졌는지. 더욱이 이상하게도 너는 내 눈앞에, 머리 속에 다시 나타나기 시작하지 않았겠니. 그리고 너의 곁에는 어떤 여자도 없었다. 난 네가 한동안 보이지 않은 것은 하느님이 나를 시험해 보느라고 하신 일일 꺼야 하는 생각도 했다. 난 목사의 외아들을 보지 않기 위해 모든 것을 다했다…… 으레 차츰 파혼의 말도 나왔다. 아버님 어머님은 한시름을 놓기라도 하신 듯한 태도였다고 할까. 난 한마디의 욕도 나무라시는 말도 듣지 못했다. 그런데 마침 뜻밖의 전쟁이 일어났다. 듣자니 그 사람은 바로 전쟁이 터진 날로 산 속으로 피해 갔다는 것이었다. 거게 숯 굽는 일을 하는 먼 친척이 있다는 것이었다. 징병을 면했다…… 얘기 길어졌구나."

윤선이는 나의 눈을 소심스레 들여다 보았다.

나의 손을 다시 꽉 쥐어 주고는, "죄 많은 애이지?" 했다.

나는 말없이 그의 어깨를 그러안았다. 웬일인지 그의 머리털의 냄새는 내가 오래 알아 온 그 냄새와 다른 것 같았다.

"욱아."

"응."

"넌 날 아무때라도 용서해 줄 수 있을까?"

"용서야 잘못이 있었을 때 하는 거겠지……."

이번에는 윤선이 달려들듯이 나의 목을 부둥켜안고 나의 빰에 자기 빰을 비비대었다. 그의 빰은 눈물에 젖어 있었다.

우리가 물통을 실은 말달구지를 놓쳤는지 취사원이 우리의 사정을 보아 주었는지…… 우리는 취침 시간보다 한 시간 이상 늦어서야 제3동의 첫 보초의 '섯!' 하는 소리를 들었다…….

그 어떤 이름 모를 밝은 희망과 기대, 역시 이름 모를 불안과 불행 비슷한 것에 대한 예감이 착잡하게 얽혀 뒤숭숭해진 가슴은 나의 머리에서도 순조롭게 차근차근 생각해 볼 능력을 앗아 간 것만 같았다. 나는 꿈속에서와도 같이 잠자리에 들었고 자면서도 머리도 꼬리도 없는, 달콤하면서도 은근히 어수선한 꿈으로 하여 몸을 뒤치락거렸고 아침에 몽유병 환자같이 일어나서는 인민군의 모든 후방 병원의 회복과의 부상병들이 하는 일을 역시 몽유병 환자같이 제정신이 아닌 정신으로 했다. 아마도 나는 다른 부상병들과의 아침 인사도 제대로 했고 또 간호원 처녀들과 식당의 접대원들과 죄없는 농의 말을 건넬 정신적 여유도 잃지 않았을 게다. 그러나……나는 하나가 아니라 둘이었다고 할까. 그 두번째 나는 바로 꿈속을 하루를 걷고 이틀을 걸었다. 그때도 역시 사랑이라는 말은 단 한번도 나의 머리에 떠오르지 않았다. 그러나 나는 나에게는 이 세상에 윤선이보다 더 귀중한 사람이 없다는 것을 어떠한 의심의 여지도 없이 알고 있었다. 그런데 그가 귀중하다는 생각에는, 어렸을 때와는 달리, 이상하게도 검은 구름 같은 것이 끼어 있었다……. 나의 행복에 대한 예감에는 그 어떤 가셔 버릴 수 없는 설움 같은 것의 그림자가 져 있었다…….

죄다 바로 전쟁 때문이었을 수도 있다. 정말 그렇게 생각하는 것이 제일 편리할 수도 있었다. 내가 일으키지 않고 윤선이 일으키지 않은 전쟁, 제자들의 손에 죽은 윤선이의 아버지와 한 쪽 어깨를 쓰지 못하게 된 나의 아버지가 일으키지 않은 전쟁, 나의 동창생들과 나의 전우들이 예상치조차 못한 전쟁…… 나로 하여금 그 나이에 벌써 숱한 죽음과 고통, 강물을 시뻘겋게 물들인 피와 둔덕에 널려 덮인 창자를, 사람의 창자를 보지 않을 수 없게 한 그 전쟁…… 도대체 누가 누구에게 묻고 그런 전쟁을 일으켰는가?!

 하긴 나는 지금에 와서까지도 잘 모른다. 왜 윤선이 귀중하다는 그 밝은 마음에 벗어던지기 어려울 듯한 짐이라도 짓눌리는 듯한 느낌이 섞여 있었는지, 덮쳐 있었는지…… 그때 나는 웬 굴 같은 것을 찾아 들어가서 누구도 모르는 데서 누구도 모르게 목놓아 울고 싶은 충동을 한두 번만 느끼지 않았다…….

 나는 나의 행복에 대한 예감이 맨 처음부터 불치의 병에 걸려 있었다고 말하려는 것이 아니다. 그 시기에 이르러 나는 이 세상에는 아무리 아름답고 훌륭해도 이루어지지 못하고 마는 희망이 얼마든지 있다는 것을 이미 잘 알고 있었다. 벌써 얘기한 일이지만, 이 세상, 이 세상살이의 무상에 대한 애틋한 예측이 주는 야릇한 아픔 비슷한 것은 어려서 성천강의 저녁의 방천에서 싹트고는 실제적으로 나를 한시도 내놓아주지 않았었다……. 그런데 밤나무골의 그 여름 나는 마침내 현실적인 약속같이 나를 찾아온 그 행복에 대한 예감이 끝없이 반가우면서도 나의 힘으로는 어쩔래 어쩔 수 없는 숙명적인 힘의 시커먼 날개 밑에 들어있는 듯한 예감과 얽히고 엉키는 것 같은 느낌에서 벗어날 수 없었다…… 죄다 정말 그 무서운 전쟁의 탓이었을 수도 있다. 혹은…… 그저 윤선이와 나는 그런 팔자를 타고났을 수도 있고…… 그것은 전에 느껴 보지 못한 것이었다. 그래 나의 마음은 더 어수선했다……. 이렇게 말하면 어떻겠는지, 그런 느낌에는 그 어떤 우주적인 무서운 힘에 대한 짐작 같은 것이 섞여 있었다고 할지…… 정말 지금에 와서도 난 잘 모른다, 모른다…….

하루 나는 하루를 더 기다리기 어려운 듯 나로서는 꽤 먼 제 2 병동을 찾아갔다, 역시 꿈속 길이라도 가듯, 이렇다 할 의지가 없이…… 그런데 우리 병동보다 훨씬 더 본격적으로 꾸리고 위장도 훨씬 더 세심히 한 그 병동의 아마도 정문일 입구에 들어서서 높은 상 앞에 혼자 앉아 있는 어린 소녀 같은 간호원에게 물었더니 그는, "왕윤선 군의는 아침부터 수술실에서 나오지 않았어요." 하는 것이 대답이었다.

나는 돌아서서 나왔다. 주위는 역시 밤나무숲이었는데, 한 나무 밑의 짙은 그늘의 벤치에 머리 끝부터 발끝까지 붕대를 한 사람이 하나 앉아 있을 뿐 더는 아무도 보이지 않았다.

나는 그에게 손을 들어 보이고는 또 꿈속이라도 걷듯 절뚝거리면서 우리 병동으로 돌아왔다…….

그 이튿날 아침 회진 때 윤선이는 오지 않았다. 그러나 나는 어쩐지 군의장에게 그 이유를 묻기 거북했다.

그런데 점심 시간에 식당으로 내려갔을 때 나는 한 상의 앞에 위생복 차림을 한 윤선이 앉아 있는 것을 보게 되었다. 그 순간 그 며칠 그렇게도 뒤숭숭하던 나의 마음에는 반가운 생각 하나밖에 남지 않았다. 나는 내달리려고 하는 걸음을 달래면서 그에게 다가갔다.

"어제 우리 병동에 왔었다지?……"

윤선이는 고갯짓 인사에 이어 상냥스레 물었다.

"응……."

나는 웬일인지 대답을 얼버무렸다.

"어제 난 좀 바빴다. 별일 없으면 이제 이틀은 여기서 쉰다……."

그런데 우리가 상 앞에 나란히 앉기도 바쁘게 군의장이 나타났다. "나도 함께 식사하지요." 하면서 긴 상의 맞은편에 앉았다.

마을에서 동원되어 병원의 식당에서 일하는, 사복 위에 위생복을 덧입은 접대원 처녀가 여러 가지 음식을 가져다 놓기 시작했다.

군의장은 느닷없이 얼굴에 능글맞은 미소를 띠고 눈을 약간 치뜨고 나를 쳐다보면서 말했다.

"전선에서도 이 모양인가요?"

나는 긴말이 없이도 그의 질문의 뜻을 바로 알아맞혔다.

"전선에서는 좀 다릅니다."

나는 좀 애매하게 대답했다.

"군대는 안전한 계급 사회요!"

군의장은 나직이나마 내쏘듯 말했다. 나의 예상과는 달리 그는 그 이야기를 계속할 작정이었다.

"전사들의 식당이 따로 있고 군관들의 식당이 따로 있고 장령들의 식당이 따로 있소. 군대는…… 병원까지도 바로 이 모양이요!……"

나는 군의장의 얼굴을 마주 볼 수 없었다. 웬일인지 내가 듣는 욕 같았다. 김명재 부중대장의 얼굴이 뇌를 스쳤다.

그리고 나는 내가 군관 학교를 마치고 사리원 연대에 금방

배치되어 갔을 때 치른 첫 연대 전사 식당 직일 근무가 생각
났다. 그때에 이르러 며칠을 예닐곱 가지 음식을 가져다 주는
군관 식당에서 식사한 나는 질이 의심스러운 된장을 멀겋게
풀어 넣은 배춧국과 잡곡밥 한 그릇을 주는 전사 식당을 보고
는 그 나이의 청년다운 분격을 감출 수 없었다. 게다가 곡창
재령벌을 낀 사리원은 잡곡보다 쌀이 더 흔한 고장일 것이었
다.

　사흘인지 나흘인지 지나서 문화 부연대장이 불렀다. 다행히
도, 아마 다행히도 그는 괜찮은 사람이었을 게다.

　"전사들에게는 전사 식당이 있고 군관들에게는 군관 식당이
있소. 동무도 군관인 이상 군관 식당에서 식사해야 하오. 이
것은 내가 세워 놓은 법도 아니고 우리 연대장이나 사단장이
세워 놓은 법도 아니요. 법은 지켜야 하오. 법에 결함이나 부
족점이 있으면 앞으로 시정할 거요…… 알았소?"

　나는 잠자코 중좌의 얼굴을 쳐다보았다.

　"시위로 보일 수 있을 행동을 하는 것은 좋은 일일 수 없소.
오해를 살 수도 없지 않소. 알았소?"

　나는 중좌의 그래도 은근한 참을성이 엿보이는 태도에 어느
정도 숙어 변명하듯 대답했다.

　"나는 대원들과 함께 식사하는 것이 더 편리합니다."

　그것은 적어도 완전한 진실은 아니었다. 그리고, 솔직히 말
해서, 나는 군관 식당의 좋은 음식이 목에 넘어가지 않게 된
것도 아니었다.

　"그럴 수도 있소."

　그는 나를 처음보다 더 날카로운 눈으로 뜯어보았다.

"그러나 내가 책임지고 명령하니, 오늘 저녁부터는 군관 식당에서 식사하오. 그럼 가오!"

부드러운 투에도 불구하고 이의를 말할 여지는 없었다. 나는 일어나 나왔다. 그것은 나의…… 패배였다, 군대 생활에서의 첫 패배였다…….

이태 전의 일이 그렇게 새삼스레 머리 속을 날아 지났음에도 불구하고 나는 그 자리를 뜬 상태는 아니었다.

"전선은 좀 다릅니다……." 하고 되풀이했다.

"그렇다면 기쁘오."

군의장의 얼굴에서는 그 능청스러운 웃음기가 사라지지 않았다.

"전시이니 다른 수가 없겠지만…… 나는 군대 생활이 부담이요. 게다가……."

군의장은 무슨 말인지 더 하려다가 그만두고는 서둘러 젓가락을 들었는데, 윤선이 그냥 앉아 자기를 쳐다보고 있는 것을 보고는 한 손을 약간 내들어 음식을 권하는 제스처를 깍듯이 해 보였다.

"그거야 알 수 있는 일이겠지요. 어느 시대에나 문관이 있고 무관이라는 것이 있었으니까……."

아마도 나는 하지 않는 것이 나을 말을 했다.

군의장은 긴 눈길로 나를 한참이나 쳐다보았다. 무엇인지 딱해 하는 사람의 눈길이었다.

식사가 끝나 갈 때 전번 윤선이와 나를 달구지로 데려다 준 그 취사원이 다가왔다.

"군의장 동무, 오늘 군의 동무랑 군관 동무랑 같이 대동강에 멱감으러 가시지요?"

"거 참 좋은 생각이지. 윤선 동무, 대위 동무와 함께 오늘 대동강에 가 보시지요. 상류라고 할 수 있어 물이 퍽 맑습니다."

윤선이는 나를 쳐다보았다.

"가 볼 수만 있다면 얼마나 좋겠습니까." 하고 나는 대답했다.

"먼가요?"

"저 산의 기슭을 돌면 빈 달구지로 한 40분 가면 됩니다."

취사원의 대답이었다.

"물을 실으면 1시간 10분이면 되돌아올 수 있구요."

군의장은 취사원에게 자기는 볼일이 있어서 오늘 못 가겠으니 두 군관만 모셔 가라고 했다…….

윤선이와 나는 취사원이 전번처럼 빈 물통의 뒤에 차려 준 자리에 앉았다. 조고마한 몽고말은 이번에도 보기와는 달리 잘 달렸다. 달구지는 처음 마을로 가는 길로 백 미터 가량 가더니 내가 전에 주의를 돌리지 않은 왼쪽으로 난 길로 방향을 돌렸다.

"마을의 네 개의 우물이 모두 말라서 벌써 한 주일이나 대동강으로 물 길러 다닙니다." 하고 취사원이 소리쳐 설명해 주었다.

"그 덕으로 우리 대동강에서 멱감게 됐군요."

윤선이의 대답이었다.

다음 우리는 서로 손을 잡고 앉아서 눈앞에서 자리를 빙빙 옮겨 앉기라도 하는 듯한 산비탈을 살폈다.

"사람은 알고 보면 누구도 정말 단순하지 않지……."

갑자기 윤선이 혼잣말하듯 말했다.

나는 그것이 군의장에 대한 말이라는 것을 알 수 있었다.

"아니, 단순해 보이는 사람인가?"

"첫눈에 생각할 수 있는 것보다는 훨씬 더…… 깊을 수 있는 사람일 거라는 말이다."

"네 말이 옳을 게다. 훌륭한 분이시다."

"그 식당 얘기 얼마나 비위에 거슬리면 했겠니."

"그리고 그 생각 얼마나 속으로 꿍꿍 했겠니……."

"그런데 그런 말 아무 앞에서나 해도 괜찮을까?"

"사람을 보고 하는 말이겠지……."

얼마 겸손하게 들리지 않을 대꾸일 수 있었다.

"응, 아버님 말씀 생각난다. 너희들이 그 신조 문고의 '삼민주의' 때문에 경쳤을 때 아버님 하시는 말이, '영욱이는 어려도 할 말 못할 말을 안다.' 라고 하시더라."

나는 그 일을 죄다 잘 기억하고 있었으나, "내가 꾀바른 애란 말이었는가?" 하고 딴전을 쳤다.

"애두, 빠히 다 알면서……."

"다 망해 버린 왜놈 얘길 지금 해서 어찌겠니……."

"넌 너의 김명재 부중대장과 같은 실수는 안 하지?"

나는 어이없어 입을 짝 벌리고 말았을 게다.

"그거 무슨 말이니?"

"나의 짐작이다. 넌 그런 실수 안 하지?"

"첫째로, 부중대장이 실수했다는 증거가 없고…… 둘째로,

네 생각에, 우리는 생각할 권리조차 없니?"

"그저…… 네가 옳다고 생각하는 대로 하여라. 그저…… 그저 때가 때라는 걸 잊지 말고……."

나는 대답하지 않았다. 윤선이도 그 이야기를 계속하려고 하지 않았다.

마침 길가의 둔덕진 곳들의 풀 속에 불길같이 새빨간 꽃이 무덕무덕 나타났다. 나는 동자꽃을 알아보았다. 고향 산의 절에서나 볼 수 있었던 꽃을 그렇게 많이 보게 된 것이 기뻐서 나는 멀리 앞에 고삐를 잡고 앉은 취사원에게 외쳐 물었다.

"저게 동자꽃이지요?"

"동자꽃이라고 하는가요. 우리 게에서는 불꽃이라고 합니다. 보통 제일 무더운 철에 피는데, 이 비탈은 북향이어서 좀 늦게 핀 모양입니다."

"우리 게라니요?"

"안주땅입니다. 여기서 멀지 않습니다."

정말 전쟁은 어떤 농간, 어떤 재간을 부리지 않는가! 내가 여태 보지 못하고 윤선이도 아마 보지 못했을 안주땅의 어른이 함경도에서 나서 자란 젊은 남녀 군관을 대동강 상류로 몽고말 달구지로 실어 가고 있었다!

이윽고 달구지가 갑작스레 왼쪽으로 더 급하게 돌자 앞이 환히 트이면서 멀리 높지 않은 산들이 나타나고 그 밑에서 가느다란 줄을 이룬 물이 번뜩였다…….

물은 우리 성천강의 물처럼 맑았다. 윤선이는 달구지가 멎기가 바쁘게 뛰어내려 장화를 벗어 던지고 물에 달려 들어갔다. 취사원은 굴레를 잡고 말을 바로 물가까지 끌어가면서도 얼굴에 만족스런 미소를 짓고 윤선이의 물장난에 눈을 팔곤 했다.

나도 신발을 벗어 던지고 물에 들어서서 취사원이 말림에도 불구하고 그의 일을 도왔다. 물통이 가득 찰 때까지는 아마 반 시간은 물을 줄곧 퍼올려야 했다.

윤선이는 거의 무릎까지 물에 들어서서 벌써 꽤 멀리 떨어져 가고 있었다.

"이렇게 더운 철 맑은 물보다 더 반가운 것 없지요."

취사원은 입가에서 감도는 담배 연기를 다시 삼키듯이 하면서 말했다.

"이렇게 강에 나온바엔 멱도 감고 천천히 푹 쉬기도 하십시오. 다음 번은 여섯시에 출발이니 일곱시가 안 되어 여기로 오고 늦어도 아홉시까지는 돌아갑니다. 저녁 식사는 제가 간단히 꾸려 오지요……."

그런데 취사원이 굴레를 잡고 말을 끌고 마을로 가는 길의 쪽으로 돌려세우는 것을 보았는지, '에!' 하고 소리지르면서 윤선이 이쪽으로 달아오기 시작했다.

취사원은 웃으면서 '투루루!' 하고 러시아식으로 말을 세웠다.

윤선이 가슴을 들먹이면서 멈춰서자 그는 귀여운 딸애라도 보듯이 (정말 그는 윤선이만한 딸이 있을 수 있을 나이였다) 기쁨을 드러내고 그를 보더니 나에게 말했다.

"단, 군관 동무, 주의해야 합니다. 저녁녘에 미국 쌕쌔기*가

---

*쌕쌔기 : 분사 추격기의 일종의 북한식 속명.

날아와서 장난질을 하곤 합니다. 살생할 생각은 있는 것 같지 않지만 장난질은 분명히 좋아하는 놈입니다."

"웬 장난질 말입니까?"

"멀리 빗나가게 기총 사격을 하곤 합니다. 다음 한 바퀴 돌면서 날개를 저어 보이고요."

"별난 놈 다 있군요……."

정말 산 짐승 하나 놓칠세라 적기들이 쏘다니는 땅에서 그것은 장난으로 보이지 않을 수 없는 일일 것이었다.

"그러나 조심하십시오. 저 나무 떨기 그늘에라도 숨으십시오. 물에 들어가든지……."

"조심하겠습니다."

전방군 대대장답지 않게 나는 공손했다. 취사원은 다시 고삐를 잡았다.

"우린 안 가요?"

윤선이 의아쩍어하듯 물었다.

"우린 다음 번 타고 가기로 했소." 하고 대신에 내가 대답했다.

우리는 달구지가 시야에서 사라지기를 기다리지 않고 다시 물에 뛰어들었다. 서로 발로 물을 차서 끼얹기도 했다. 나는 한 다리가 성하지 않다는 것을 잊기라도 한 듯했다.

다음 윤선이 잠깐 생각해 보는 눈치이더니, "난 먹감을래!" 했다.

"좋은 생각이다!"

나도 같은 투로 외쳤다.

"욱아!"

"응, 선아!"

"넌 내가 허가할 때까지 돌아서서 이쪽을 보지 말어라."

"못 볼 거 있니?"

어려서도 꽤 자주 들은 말이지만 나는 웃었다.

"이런 땐 내가 시키는 대로 해야 해!"

"알았다." 하고 나는 물과 축축한 모래가 이룬 계선을 따라 절뚝거리며 걸어갔다.

"인젠 너도 멱감아라!" 하고 이미 물 속에 꽤 깊이 들어선 윤선이 소리질렀다.

나는 순순히 돌아서서 윤선이 자기 옷을 포개어 놓은 떨기나무 그늘로 가서 그 곁에 옷을 벗어던졌다. 나도 물에 들어섰다. 윤선이 이따금 개구리헤엄을 치곤 하는 데까지 한걸음 한걸음 옮기며 가보니 물은 거의 가슴까지 닿았다.

마침 윤선이 헤엄치기를 그치고 바닥을 디디고 서면서 두 손으로 이마의 젖은 머리를 뒤로 젖혀놓았다. 나는 그만 숨이 막힐 듯했다. 윤선이의 두 언덕으로 갈라진 새하얀 젖가슴이 그의 가느다란 앞가슴을 꽉 싸덮다시피 하고 솟아 있는 것을 보았던 것이다. 나의 상은 꽤 볼만 했을 게다.

"그렇게 보면 못써." 하고 윤선이 말했다.

나는 얼결에, "목을 보았다." 했다.

윤선이는 웃으면서 다시 개구리헤엄을 치기 시작했다.

"목은 봐도 괜찮다. 아무래도 감추지 않는 데니까……." 하고 웃으면서.

"그때로부터 벌써 몇 해나 지난 오늘도 나는 아무것도 잊지 않았다. 단 친구의 앞이라 해서, 처녀 총각 사이에 그렇게 있은 일을 죄다 자세히 얘기하는 게 옳은 일이겠는지? 그 여왕의 나귀귀에 대한 옛얘기 생각나지? 나는 그 어떤 참회 비슷한 것을 하고 있기보다 그 목동의 병에라도 걸린 게 아닌지?"

"나는 네 얘기를 한 마디 잊을세라 유심히 듣고 있다. 얘기하고 싶은 대로 얘기하여라."

"그렇게 하자…… 너는 내가 이렇게 말이 많아졌다고 나무라지는 않지?"

"나무라긴……."

"좋다. 아무래도 시작한 얘기다. 마저 하자. 미리 맘먹고 와서 하는 얘기가 아니다. 그저 저절로 이렇게 되고 말았다……."

우리는 물장난을 꽤 오래 했다. 그런데 갑자기 윤선이, "아이고, 의사라는 게, 환자의 처지도 모르고……." 하더니 다시 바닥을 디디고 섰다. 나는 그의 목을 보려고 애썼다.

"오늘은 이만 멱감았으면 됐다. 너 여기 있거라, 내가 먼저 옷 입을 때까지."

'돌아서라.'는 말은 없었으나 나는 돌아섰다.

한참 지나서, "인젠 나와도 좋다." 하는 윤선이의 목소리가 울려 왔다.

나는 적지 않게 피곤을 느꼈으나 절뚝거리면서도 기운 좋게 물에서 나왔다. 상쾌했다. 윤선이 소박한 무명 적삼과 쪽빛 군용 스커트를 입고 앉아서 젖은 머리를 한 모숨씩 갈라쥐곤 하면서 짜고 있는 데로 걸어갔다. 그는 중국제 긴 타월을 깔고 앉아 있었다. 나는 소련제 하늘빛 팬츠였다. 나는 소위 '불평 분자'는 아마도 아니었음에도 불구하고 '제가 입을 옷도 만들지 못하면서 전쟁을 해…….' 하는 생각이 머리를 스쳤다.

"여기 와 좀 쉬어라." 하면서 윤선이는 타월의 한 구석을 내주었다.

나는 쓰러지듯 주저앉았다.

그런데 보니, 윤선이의 새까만 눈이 바로 내 얼굴의 밑에 있었다…….

그것이 꿈이 아니라는 것을 나는 맨 첫순간부터 알고 있었다. 그러나 나는…… 혹은 우리는 고통스럽기 그지없는 기쁨, 그지없는 기쁨의 고통 속에, 어떠한 한계도 절제도 금기도 모르는 욕망의 폭발 속에, 그 소용돌이 속에 이미 들어 있었다…….

다음 나는 하늘을 쳐다보았다. 눈부시게 밝았다. 몇 점의 작은, 역시 눈부시게 흰 구름 송이가 집 잃은 새끼 염소들같이 그 눈부시게 푸른 하늘을 헤매고 있었다. 나의 가슴에는 윤선이의 손이 얹혀 있었고 나의 턱 밑에는 여태 마르지 않은 그의 머리털이 있었다.

아마도 나는 아무런 생각도 하지 않았다. 그런데 얼마 지나지 않아서 나는 어제와 그제 느꼈던 그 불안 비슷한 것이 어딘지 멀리서 다시 나를 찾아오고 있는 것 같이 느꼈다. 나는 그것이, 그 불안 비슷한 것이 싫었다, 무서웠다. 나는 자기도 몰래 상반신을 일으켰다.

윤선이 놀란 듯 나를 올려다보았다. 그런데 보느라니, 아이고, 나도 윤선이도 온통 피투성이었다, 모래투성이었다. 나의 눈길을 따라 본 윤선이도 비명을 지르다시피 하면서 바삐 앞을 가렸다. 나는 얼른 일어서서 한 손을 내들었다. 윤선이 내 손을 잡자 힘있게 당겨 그를 일으켜세웠다. 둘이 손을 잡고 함께 알몸으로 물에 뛰어 들어갔다……

윤선이는 더는 조금도 부끄러워하는 눈치가 없이 나의 앞에 무릎을 꿇고 앉아서 피며 모래며 죄다 깨끗이 씻어 주었다. 나는 나도 바로 그렇게 해야 한다고 생각하고 그를 앞에 세우고 무릎을 꿇고 앉아서 그를 씻어 주었다. 의식 같았다, 예식 같았다.

"이 순간부터 난 경어만 쓰겠어요."

윤선이 혼잣말같이 했다.

"날 보고? 그건 왜?"

"욱인, 영욱씨는 이미 이웃집 아드님이 아니예요."

나는 윤선이의 말을 자기가 뜻밖에도 심각하게 듣고 있다는 데 주의를 돌렸다.

그런데 바로 그때 우리가 있는 데서 약 오륙십 미터 앞에 잔 물기둥이 줄지어 일더니 기총 사격 소리와 함께 그 역스러운 분사음이 울려 왔다. 쌕쌔기 자체는 벌써 멀리 앞으로 날아 나가서 급선회를 하고 있었다. 보느라니, 그놈은 돌아서서 잠깐 새에 우리의 머리 위까지 날아왔다. 숨을 곳이란 물밖에 없었는데, 그곳의 깊이는 반 미터도 되지 않았다. 나는 윤선이를 물에 눌러 앉히면서 자기는 알몸 바람에 일어서서 주먹을 뽑아 들었다. 쌕쌔기는 그 곧게 가로 벌어나간 날개를 가로 저으면서 천천히 기체를 돌려 맞은 기슭의 언덕 저편으로 사라져 갔다.

"정말 장난질이야⋯⋯." 하고 한참 지나서 나는 누구에게라 없이 중얼거렸다.

그날 저녁 이미 어두워진 뒤 병동 앞에서 갈라질 때 윤선이 는 제법 시원스레, "편안히 주무세요." 하고 돌아섰다.

나는 점심 식사가 끝난 뒤 또다시 군의장실로 불려 갔다. 우 리 병동에 있어야 할 윤선이는 아침부터 보이지 않았다. 뒤에 알게 된 일인데, 그는 시급히 일이 생겨 새벽에 제2동으로 갔 다는 것이었다.

군의장의 상 앞에는 전에 본 바로 그 안전군관이 의자의 등 받이에 등을 몽땅 대고 꼿꼿이 앉아 있었다. 그는 말없이 맞 은편의 의자를 가리켰다. 완전한 무표정이었다.

"왜⋯⋯ 어떤 목적으로⋯⋯ 누구의 지시로 미술 대학에서 이태나 공부한 사람이 더 좋은 데가 얼마든지 있었는데도 왜 하필 보병이 됐는지 솔직히 이야기하시오."

그런 뜻밖의 말은 심지어 안전군관의 입에서도 듣게 될 줄 몰랐었다.

내 얼굴이 새빨개진 것은 당황해서가 아니라 성이 북받쳐서 였다. 그것은 그도 알아챘을 것이다. 나는 한마디 한마디 또 박또박 대꾸했다.

"제일선에서 제일 많이 죽는 것이 보병 중대장, 보병 대대 장이라는 걸 몰라서 그랬겠지요."

나는 그를 이미 적대시하고 있었다. 나의 이익이 될 일일 수 는 결코 없었음에도 불구하고⋯⋯.

그는 그 가느다란 눈으로 나를 검질기게 바라보고 있었다. 쾌적과는 너무도 거리가 먼 분위기였으나 나도 눈길을 돌리지 않았다. 나는 살아 오면서, '제기랄, 될 대로 되라지!' 하는 자포자기적인 순간이 몇 번 있었는데, 그것은 바로 그 중 하나였을 게다. 갑자기 머리 속에서 번뜩인 윤선이의 모습도 나를 멈춰세울 수 없었다. 나는 맞받아 나갈 용의가 되어 있었다. 안전군관이 한마디만 더 도발적인 말을 해도 나는 그와 그의 기관에 대해서 내가 생각하고 있는 말만 아니라 전혀 생각하지 않은 말까지 마구 내뱉었을 게다.

그러나 그는 그런 말을 더 하지 않았다. 갑자기 순진스레 웃더니, "내가 지나친 말을 했는가……." 했다.

나는 그의 눈에서 눈길을 돌려 어딘지 다른 데를 보았다.

"용서하오, 대위 동무."

화해하려 듯 그는 덧붙였다.

"우리 일이 그런 일인 줄 아오."

"그런 일이라니요?"

나는 이미 얼굴은 붉지 않았을 터이지만 화는 여태 가시지 않았다. 언짢았다.

"보이는 전선이 있고 보이지 않는 전선이 있는데, 때로는 어느 전선이 더 중요한지 모르오."

"내 짐작에 김명재 중위의……."

"소좌였소, 통신 대대장이었소."

"왜 '였소', '었소' 합니까?"

"그건 차차 알게 될 거요."

"……."

나는 그의 눈을 마주보았다.

"무슨 말을 하려고 했소?"

"김명재 소좌의 뒤를 캐는 모양인데, 안전 기관에는 그보다 더 큰 적이 없습니까?"

"나는 그를 적이라고 부른 일 여태 없소. 그러나 그는 적군의 한 개 연대보다 더 무서운…… 더 위험한 적일 수도 있소."

"……"

나는 무슨 할 말이 있을 줄 알았는데 갑자기 그것을 잊기라도 한 것 같았다.

한참이나 무거운 침묵이 흘렀다.

이윽고 안전군관은 정색을 하며 조용히 물었다.

"그래 그에 대해서 무슨 말을 하려고 했소?"

나는 그를 쳐다보면서 다시 또박또박 말했다.

"나는 김명재만한 사람 못 보았습니다. 그의 뒤를 캐는 사람들이 부럽지 않습니다, 어떤 구체적인 이유가 있는지 모르겠지만……"

"어디 우리가 보병 대대장의 일을 놓고 이러쿵저러쿵 시비합니까?"

갑자기 그는 싸늘한 경어로 넘어갔다.

"그런 시비 적어도 우리 대대에서는 통하지 않을 겁니다."

"그러니 말이요. 우리 일에도 시비를 걸지 마십시오."

"나는 안전군관 동무를 청하지 않았습니다."

갑자기 그는 상 밑으로 두 다리를 죽 벋치고 앉으면서 억지로 빙그레 웃었다.

"햇병아리 어쩐다고……"

그의 말은 많이 틀린 말이 아닐 수 있었다. 그러나 나는 또다시 화가 치밀었다.

"말조심하십시오, 대위 동무!"

그는 어이없어 하듯이 눈이 동그래져서 나를 쳐다보았다. 다음 빈정대듯 말했다.

"예, 주의 주셔 감사합니다, 대위 동무!"

나는 어렸다, 아마도 몹시 어렸다. 나는 방금 전의 화를 잊고 그만 웃고 말았다.

나는 안전군관의 반응이 생각나지 않는다. 그저 보지 못했을 게다. 마침 휘장이 들리는 소리와 함께 막에 군의장이 들어섰던 것이다. 그는 누구에게라 없이, "미안합니다." 하면서 상에 다가와서 나의 앞에 한 장의 종이를 놓았다.

그 종이에는,

'전화 통지 제00000호 강영욱 대위 앞
시급히 최고 사령부 간부국에 출두할 것.
조선인민군 최고 사령부 간부국 부국장 000(수표)
지산리.'

라고 적혀 있었다.

나는 군의장의 얼굴을 올려다보았다. 그는 그저 어깨를 으쓱 들었다 놓았다.

다음 나는 안전군관을 쳐다보았다. 그는 다시 완전히 무표정한 얼굴로 돌아가서 나를 말끄러미 보고 있었다.

이윽고 그는, "나도 좀 볼 수 있습니까?" 했다. 그러나 손을 내들지는 않았다.

나는 그 종잇장을 거꾸로 돌려 그의 앞에 밀어 놓았다.

그는 몇 줄 안 되는 글을 꽤 오래 뜯어보았다. 다음 눈만 약간 치뜨고 군의장에게 물었다.

"조직할 수 있습니까, 소좌 동무?"

군의장은, "있겠지요. 제1동에서 저녁마다 평양으로 차가, 화물차가 갑니다. 거기까지만 가면 운전사가 지산리로 가는 차를 얻어 줄 겁니다." 하고 꽤 자세히 대답했다.

"그럼 그렇게 하시죠."

군의장은 잠깐 망설이는 눈치이더니 돌아서서 휘장을 쳐들고 밖으로 나갔다.

"오 분쯤 더 얘기합시다."

안전군관은 종잇장을 나의 앞으로 밀어 놓으면서 말하기 시작했다.

"내가 보건대 동무는 안전 기관을 무척 싫어하는 모양이니 안전 사업에 대한 얘기는 더 하지 않겠소."

"난 특별히 싫은 것도 특별히 좋은 것도 아닙니다."

"솔직히 말해 주어 고맙소."

애매한 투였다.

"물론 좋게 말해서 그렇겠지만. 그런데…… 김명재 문제는 결코 단순하지 않소. 시간이 얼마 없으니 간단히 얘기하겠소. 혼자 알아 두오. 군단 통신 대대장 김명재 소좌는…… 행방불명이요. 적군에게 투항했다는 증거도 없고 전사했다는 증거도 없소. 후방의 어디로 갔다는 증거도 물론 없소. 그저 없어졌소. 그런데 알고 보니…… 그는 사상 동향에 문제가 있는 사람이었소. 이 정도 혼자 알아 두시오. 우리는 밝혀야 할 것은 끝까지 밝혀내고야 마오. 그럼 잘 다녀 오시오."

나는 억지로 그냥 앉아서 안전군관의 깨끗이 면도한 얼굴을 지켜보다가 일어나 고갯짓 인사만 하고 나왔다…….

내가 탄 화물 자동차는 저녁 8시가 넘어서야 제1동의 위장만을 친 대피소에서 덜커덕거리면서 길에 나섰다.

운전사가 여러 개의 자루며 크고 작은 꾸러미며 상자들 사이에 움푹하게 내어준 자리에 무엇이 들었는지 모를 자루를 깔고 앉고 보니 내 눈에 보이는 것은 벌써 별이 총총한 밤하늘 뿐이었다.

나는 곁에 놓인 역시 무엇이 들었는지 모를 상자에 두 팔을 얹고 그 위에 머리를 떨어뜨렸다. 좀 쉬고 싶었다. 그러나 나는 잠들 수 없었다. 처음 윤선이의 얼굴이 눈앞에 떠올랐는데, 곧 그의 자리를 김명재의 한 눈이 그냥 웃는 얼굴이 차지했다…….

아마도 구장 근처의 산길을 따라 후퇴하고 있었을 때의 일일 게다.

나는 때때로 나의 머리를 묻지 않고 찾아와서 나를 괴롭히곤 하던 일에 대한 말을 김명재에게 했다. 우리는 대원들 앞에서는 서로 빈틈없는 경어를 썼으나 단둘이서는 반말이었다.

"명재, 누가 터뜨린 전쟁인지 알면서 우리같이 싸우는 것 옳은 일일까?"

나는 그를 쳐다보지 않았다.

그는 한참이나 대답이 없더니 이윽고, "그게 우리 탈이겠지……" 하고 혼잣소리하듯 대답했다.

"글쎄, 우리 탈이라는 말로 변명이 될까?"

"변명이 될 수 없으니 더 큰 탈이겠지……"

나는 그를 쳐다보았다. 그는 거의 울상이었다. 그는 나와 눈길이 마주치자 아마도 비겁스레 외면을 했다.

"자네는 그런 생각 자꾸 할 필요 없네. 화가이니까 살아 남아 좋은 그림 많이 그릴 생각 하는 게 제일이야……. 물론 알 것은 알아 두고, 알아도 잘 알아 두고……"

아우밖에 없는 나는 김명재를 어딘지 형같이 보고 있었다.

"설득력 많은 말 안야……"

"보건대 너무나도 큰 힘이 수천만 사람들의 운명을 가지고 농간 부리고 있어. 자네 생각이나 내 생각은 일었다가는 그 즉시로 간데온데없이 사라지고 마는 바다의 물거품 같은 걸 거야……"

"그래두……"

"꼼꼼히 잘 생각하는 수밖에. 물론 에누리없이. 남의 농간 질의 괜한 희생물로 될 가능성을 힘 자라는 데까지 줄이기 위해서라두."

나는 다시 김명재의 얼굴을 쳐다보았다. 웃고 있는 것은 그의 왼눈만이 아니었다.

"좋아, 영욱이. 전사들은 잘 모르겠지만, 군관은 적어도 반수가 자네나 나 같은 생각 해 보았을 거네, 적어도 몇 번씩은. 난데없는 전쟁으로 온 나라가 잿더미로 변할 걸 보고 시키는 경이나 읽고 있을 등신이 많을라고."

"아니, 군관들이 경이나 읽고 있나?"

"문제는 바로 거게 있지!…… 그런데…… 영웅인 전투를 하면서 살생이 옳은가 그른가 하고 망설인 일 있나?"

"솔직히 말할까? 난 없네. 한번도 없네. 하긴 살생한다는 생각부터가 없었고……."

"나도 바로 그렇지…… 그러나 그것도 이기주의일 거야. 전쟁을 터뜨리는 자들은 그런 이기주의도 타산에 넣고 있을 수 있을 거야……."

나는 쓸쓸했다. 나는 온 세상의 버림을 받기라도 한 듯했다.

"괜찮아. 머리 속이 말뚱한 동안은." 하고 김명재는 한참 지나서 덧붙였다.

"놈들의 개나발을 개나발로 듣는 동안은. 누가 터뜨린 전쟁이든 끝나는 날이 오는 법이고 그리고…… 그리고……."

"그리고?"

"아니, 두고 보지."

뜻밖에도 그는 굳이 말했다.

나는 이야기가 논리적인 결말까지 가지 못한 듯해서 어쩐지 미흡한 감이었다. 그런데 그때만 아니라 그 전에도 그 뒤에도 그 결말이 어떤 것일 것인지 나는 전혀 알지 못했다. 김명재도 아는 것 같지 않았다. 그러나 괜한 말을 입에 내어 했다는 생각은 조금도 없었다…….

지금도 잘 생각나는데, 그때 산길의 한 굽이를 돌았을 때 김명재가 나를 멈춰서게 했다.

"이런 나무 본 일 있나?" 하고 그는 키가 2미터쯤 되는 아직 어려 보이는 나무를 가리켰다.

"가문비나무야! 줄기에 밤색이 돌지? 전나무가 아니야. 이것은 여기가 꽤 높은 산지대라는 걸 의미하지……."

그때 나는 러시아 땅의 평지의 숲에 그렇게도 많은 가문비를 난생 처음 보았었다. 내가 모스크바에 유학 왔다가 망명까지 하게 될 줄 알았으면 그는 뭐라고 했겠는지…….

내가 탄 화물 자동차는 불을 켜고 2~3백 미터 내달리다가는 불을 끄고 천천히 백 미터 가량 달리고 다음 다시 불을 켜고 달리곤 했다. 밤에도 나타나는 적기를 속이기 위한 수일 것이었다. 사람이란 정말 무엇에 습관되지 않는가, 살아 있는 동안은 언제나 위험을 모면할 수를 찾아내면서…….

'김명재는 어데 갔을까? 어데 있을까?' 하는 생각이 또 진정을 잃게 했다.

전선이 고정된 뒤 행방불명이 된다는 것은 실제적으로 불가능한 일일 것이었다. 적군에 투항하는 것은 독전대의 눈이 노리는 후방으로 도망치는 것보다 더 어려운 일일 것이었다. 그러면 그는 어데 갔을까?

나에게는 해답이 없었다, 안전군관들에게 해답이 없듯.

갑자기 매캐한 그을음내가 코를 갈겼다. 나는 자루에 무릎을 짚고 몸을 들었다.

보니 사방은 온통 어둠에 잠긴 폐허였다. 마침 자동차가 불을 켜자 잿더미, 흙더미, 벽돌더미로 변한 동평양의 단층집, 이층집의 시체들이 마주 달려와 차의 곁을 빠져 지나서 다시 어둠 속으로 사라져 가곤 했다. 반쯤 남은 벽체 위에 무슨 재간으로인지 처마같이 걸려 있는 지붕의 꽤 큰 조각이 숨을 죽인 나의 눈의 그물막에 새겨졌다…… 나는 평양을 알아볼 수 없었다…….

나는 자루 위에 주저앉았다.

'전쟁이야, 전쟁이야!……' 하는 생각이 머리 속을 절망의 함정에 빠진 산짐승같이 갈랐다.

김명재가 "두고 보자."고 한 때로부터도 나는 옹근 한 해나 전선 생활을 했다. 싸웠다. 주위 사람들의 말에 의하면 잘 싸웠다. 중대장 노릇을 하다가 대대장 노릇을 했다. 두 번이나 부상당했다. 이제 전선으로 돌아가면 다시 싸울 것이었다.

정말 사람이란…… 혹 이 세상에서는 나만 못난이가 아닌지? 그러면 김명재는? '아, 그는 지금 어데 있는지? 살아는 있는지?'

나는 우리 화물 자동차가 언제 대동강을 건넜는지도 몰랐다. 몇 번이나 우리 차를 세우고 무슨 검사인지 하는 경무원들도 나는 흥미가 없었다…….

나는 자정이 다 돼서 가루개 앞에서 차를 내렸다. 보니, 어둠 속의 빈터에 대여섯 대의 화물 자동차와 한대의 소련제 지프가 서 있었다. 운전사는 지산리로 가는 차를 얻어 주마고 했으나 나는 그리로 가는 차를 타자면 경무부의 특별 허가를 맡아야 한다는 말까지 듣고는 멀지 않을 길이라 좀 절뚝거리면서라도 제 발로 걸어 가기로 했다.

나는 평양 밖의 밤길을 꽤 오래 걸었다. 여름 밤의 공기가 상쾌한 탓인지 나는 쉬이 걸었다. 몇 번이나 낮은 언덕 사이를 빠져 나갔는지 생각나지 않는다. 나는 걸으면서도 김명재를 눈앞에 불렀고 윤선이…… 나의 윤선이 생각도 자주 했다.

대동강 상류의 맑은 물속에 서서 자기 몸을 씻어 주는 나를 조금도 부끄러워하는 눈치가 없이 생글생글 웃으면서 지켜보던 그의 얼굴이 눈에 선해졌다. 그때도 나는, '윤선인 어쩌면 이리도 예뻐!' 하고 생각했었다.

나는 어려서부터 윤선이가 예쁘다는 생각을 수백 번 아니 늘 하면서도 왜 사랑한다는 생각은 하지 않았는지? 이상한 일이다. 나는 지금도 그를 사랑했다는 생각을 하지 않는다. 이렇게 얘기하면서 보면 사랑이라는 말을 쓰기는 하지만 그에 대해서는 쓰지 않는다. 혹…… 나에게는 예쁘다는 말, 제일 예쁘다는 말이 사랑한다는 말보다 더 크지 않았는지…… 죄다 어려서부터의 습관의 탓이 아닌지…… 모른다…….

지산리에서는 뜻밖의 일이 나를 기다리고 있었다. 아침 9시경에 인민군 최고 사령부 간부국 부국장이 들어 있다는 오두막의 문을 열었을 때 사무상 앞에서 눈길을 든 것은 흔히, '기생 오라비' 같다고 하는 모습을 한 빤질빤질하게 생긴 젊은 대좌였다.

그는 내가 상 위에 놓은 '전화 통지'를 화사하게 생겼다 할 회고 가느다란 손가락으로 집어 들더니 나를 쳐다보았다. 다음 곧 사무상 서랍에서 얄팍한 문서철을 꺼내어 몇 장 뒤졌다.

"소련에 가서 미술 공부를 계속하시오. 일주일 내로 의주에 있는 유학생 강습소에 도착해야 하오. 군대 내의 뒷처리는 우리가 하니 걱정 마시오."

그는 나를 보지 않고 문서철을 나의 앞으로 밀어 놓으면서 말했다.

"나가서 국수나 한 그릇 먹고 오시오." 하는 것과 거의 같은 투였다.

너무나도 뜻밖이어서 나는 눈이 동그래졌을 게다.

"나는 대대장입니다. 전선에서 대원들이 기다리고 있습니다."

아마도 가까스로 말했다.

"거게 수표를 두시오. 시간이 많지 않을 테니 빨리 병원에 돌아가는 것이 좋을 거요."

나는 어리벙벙해서 그를 쳐다보았다.

"거기, 내가 표해 놓은 데에 수표를 두시오. 좋소, 그럼 가시오."

그는 나에게 돌릴 시간이라고는 전혀 없다는 태도였다.

순간을 망설이고 나서 나는 나왔다. 문 앞에 한참 서 있느라니 땀에 젖은 등이 식어 가는 것을 느꼈다……

나는 그날 저녁으로 꽤 쉬이 우리 병동으로 돌아왔다. 모두 호기심에 넘치는 눈으로 나를 보았으나 나는 그저 애매하게 어깨를 으쓱 들었다 놓곤 했다.

군의장이 찾아왔다. 그는 나의 간단한 이야기를 듣고는 허리를 들고, "축하하오!" 하고 악수를 청했다.

다음 그는 무슨 궁리인지 재빨리 해 보는 기색이더니, "아직 시간이 있소. 내일 하루 푹 쉬시오, 대위 동무. 우리가 목적지까지 가는 동안 필요할 식료를 꾸려 드릴 테니 그 걱정은 마시고……" 하고 덧붙였다.

윤선이는 그 이튿날이 우리 병동에서의 당직의 날이 아님에도 불구하고 점심 식사 시간에 우리 식당에 왔다.

"군의장 동무 알려 주셨어요……."

내가 온밤 골똘히 고통스레 한 생각에 비하면, 나의 온밤의 회의와 희망, 자포와 절망이 얽힌 고민에 비하면 너무나도 시원스러운 태도였다고 할까…… 나는 눈을 떨어뜨렸다.

"괜찮아요. 축하할 일일 거예요. 난 아무래도 찾고 기다리고 할 팔자예요……."

그의 말이 나는 통곡으로 들렸다.

그날도 우리는 취사원의 물 나르는 말달구지를 타고 강에 나갔다. 윤선이는 새파란 베레를 벗어 손에 들고 머리를 나의 어깨에 비스듬히 얹고 있었고, 나는 두 손으로 그의 팔을 꼭 껴안고 그의 숨소리를 엿듣고 있었다. 아무 말도, 거의 아무 말도 하지 않았다.

다음…… 말달구지가 돌아간 뒤 우리는 어려서처럼 서로 번갈아 새끼손가락 하나를 잡고 맨발로 물가를 한참이나 걸었다.

다음…… 우리는 멱감았다. 물똥싸움도 했다. 한순간 나는 어렸을 때로 되돌아간 듯한 느낌까지 있었다.

다음…… 우리는 다시 윤선이의 중국제 타월의 위에 누웠다. 다시 우리는 한몸이었다…….

다음…… 나는 하늘을 쳐다보았다. 며칠 전보다 좀더 굵은 구름이 단 한 점 눈부신 담청 속에 떠 있었다. 움직이지 않고 모양도 변하지 않고…….

"선아, 나 괜히 떠나는 게 아닐까?"

"괜히라니요, 우리 나라 청년들의 제일 큰 희망이 외국 유학인데. 그리고 누가 소원을 물어요……."

"그래도 난 너를 두고…… 그런 일 난 벌써 잊었다……."

"열흘 후 전선으로 떠나면 내 맘 더 편할 줄 알아요."

"그래두 전선까지는 백리, 모스크바까지는 만리야."

"난 기다릴 줄 알아요."

"그래두……."

"하느님 덕으로……."

"너도 신자냐?"

"아니, 그저 그렇게 말하고 싶었어요……. 하느님 덕으로 둘이 함께 기다릴 수 있으면 얼마나 좋겠어요……."

"둘이 함께라니?"

윤선이는 나의 얼굴 위에 머리를 들고 나의 눈을 찬찬히 들여다보았다.

"공부는 아마 5년이겠지요?"

"난 아직 몰라."

갑자기 나는 그가 한 말이 모두 무슨 말이겠는지 짐작이 갔다.

"정말이니?" 하면서 나는 몸을 들었다. 그리고는 그 무엇으로도 억제할 수 없을 충동에 사로잡혀 윤선이를 껴안았다. "아기 엄마 선이!" 하면서.

나는 그렇게 행복한 윤선이의 얼굴을 본 일이 없었다…….

다음…… 나는 다시 반드시 누워 하늘을 쳐다보았다. 그 움직이지 않고 모양도 변하지 않던 구름은 어디로 갔는지 보이지 않았다. 사람이 웬 꿈을 꾸지 않겠니. 그때 나의 꿈은 아무런 뜻도 줄거리도 없으면서도 밝았다, 기뻤다…….

다음…… 우리는 일어나서 손을 잡고 물에 뛰어 들어갔다. 또 윤선이 먼저 나를 오래 씻어 주고 다음 내가 그를 역시 오래 씻어주고 다음 또 그가 나를 씻어 주고…… 우리는 오래 그렇게 했다, 의식같이, 예식같이…….

다음…… 우리는 또 새끼손가락을 번갈아 잡으며 물가를 걸었다. 나는 그 어떤 더없이 깊은 지혜의 빛 같은 것이 잔잔히 어려 있는 윤선이의 눈을 보면서 마음 속이 경건해지는 것을 느꼈다.

그런데…… 또 그 놈의 '쌕쌔기'가 날아왔다. 처음 머리 위를 무엇인지 거의 소리 없이 날아갔는데 약 백 미터 앞에 모래와 물과 불의 기둥이 솟았고 그 뒤를 이어 그 폭발 소리와 함께 역스러운 분사음이 울려 왔다. 보니, 제트기는 벌써 멀리 앞으로 날아 나가 폭발이 있은 곳의 위에서 기체를 돌려 가로 빠져나가고 있었다.

윤선이와 나는 서로 마주 보았을 뿐 숨을 생각조차 할 겨를이 없었다. 제트기는 도로 날아와 우리 머리 위에서 거의 한 바퀴 돌고는 천천히, 전번처럼 맞은 기슭의 낮은 산 너머로 사라져 갔다.

우리는 웃었다. 또 그 놈의 장난질일 것이었다. 우리는 다시 손을 잡고 얕은 물을 걸었다.

다음…… 다음…… 얼마나 지나서였는지, 윤선이 갑자기 나의 손가락을 놓고는 무명 적삼의 자락을 둥글게 날리면서 왈츠를 추듯 빙빙 돌면서 앞서 나가기 시작했다.

나는 걸음을 멈추고 그의 춤을 황홀한 눈으로 바라보았다. '윤선이보다 더 예쁜 이 세상에 없어.' 하는 생각이 또 머리에 꽉 들어찼다.

그런데…… 그런데 바로 그때, 아마도 그때였다. 아까 물과 모래와 불의 기둥이 솟았던 곳에 그것과 똑같은 기둥이 솟았다. 그리고 거기에서 20미터쯤 되는 곳에서 감돌던 윤선이 어딘지 아주 불편해 보이게 가로 쓰러졌다.

"선아!" 하고 소리지르면서 나는 내달았다.

나는 얼른 윤선이를 일으켜 무릎에 안았다. 그의 깜박이지 않는 눈은 눈부시게 푸른 하늘을 쳐다보고 있었다. 그리고 오른쪽 관자놀이에 난 제일 작은 동전만한 상처에서 피가 간헐적으로 흘러나오고 있었다…….

저녁녘 취사원이 왔을 때도 나는 그렇게 윤선이를 무릎에 안은 채 축축한 모래에 앉아 있었다.

취사원은 윤선이의 여태 어딘지 바라보는 듯한 눈을 일에 거칠어진 손으로 조용히 감겨 주고는 아무 말도 없이 적삼과 팬츠만 입은 그를 내 손에서 조심스레 받아들고 달구지가 있는 데로 걸어갔다. 나는 팬츠 바람에 그의 뒤를 따라 터벅터벅 걸었다.

취사원은 달구지에 골고루 다져 놓은 건초 위에 펴놓은 윤선이의 긴 타월 위에 그를 눕혔다. 보니, 물통은 벌써 물에 반쯤 잠겨 가로놓여 있었다.

"군관 동무도 옷 입으시지요."

그는 마침내 나에게 나직이 말했다.

다음 그는 윤선이의 무명 적삼의 단추를 맨 위의 것만 남기고 모두 채워 주었다.

쪽빛 스커트도 입혀 주었다. 장화만은 윤선이의 발치에 가지런히 놓았다…….

　그 이튿날 낮에 제2동에서 검소한 장례가 있었다. 나는 윤
선이의 관을 앞에 놓고 몇 번이나 주저앉을 뻔했다. 그러나
매번 군의장의 억센 팔이 나를 부축해 주었다…….

1968년 작.
1996년 가필.

나루치의 노래

우리 당에는 족보도 가계도 애매하게, 마치도 그 어떤 환영같이, 헛기운같이 이 세상에 태어났다가 그 어떤 누구도 알기 어려운 흔히 아주 보잘것없어 보이는 집념 같은 것 하나에 사로잡혀 역시 헛기운같이 나붓거리고 나서 일찍이 역시 헛기운같이 소문 없이 이 세상을 떠나고 마는 사람들이 있다. 그들은 세상에서 이렇다 할 큰 일을 하지 않는 대신에 나쁜 일도 하지 않고 일생 남에게 큰 방해도 되지 않으면서 지내다가 통례로 조용히, 누구에게도 이렇다 할 폐를 끼치지 않고 영영 사라지고 만다.

나의 중학 시절에도 그런 이가 한 사람 있었다.
그 사람은 성천강 철교에서 좀더 내려간 곳에 있는 사포 나룻목에서 네 사람이 겨우 탈 수 있는 작은 배를 부렸다.
보통 강 건너 함주벌의 친구들의 집에 놀러 가려면 자전거를 타고 만세교를 건너가는 것이 제일이었다. 그러나 나의 동창 친구 인석이네처럼 시에서 꽤 떨어져 성천강의 하류에 가까운 곳의 방천에 바싹 붙은 논에서 벼를 짓는 집에 가려면 그 나룻배가 더 편리하였다. 게다가 그것은 내가 자주 다닌 길이 아니었다.

내가 처음 그 나루지기를 본 것은 중학 2학년 때였을 터이니 해방 전해의 일이었다. 우리 또래가 늘 시장기에 몰려다니면서 자랐던 '대동아 전쟁' 시기라 하루 인석이 집에 제사가 있으니 가자고 하였을 때 나는 오래 사양하지 않았다.

처음 그 사람을 보았을 때 나는 어떻게 부르면 좋을지 몰라 꽤 망설였다. 결국에는 '아주바이'라고도 '할아버지'라고도 부르지 못해 물어 볼 것도 물어 보지 못하고 말았다. 사실 첫 눈에만 아니라 두고 뜯어보아도 나이를 도무지 알 수 없었다. 그런 얼굴, 그런 마른 나무 같은 몸은 삼십에도 있을 수 있을 것이었고 사십, 오십 심지어는 육십에도 있을 수 있을 것이었다. 그리고 어찌나 깊어 보이는지 오래 묵은 큰 물통이나 물독을 생각하게 하는 눈에는 어찌도 많은 모를 것이 어려 있고 숨어 있는 듯하였는지 그 중 어느 하나도 짚어 가리킬 수 없을 것이었다. 그 첫날 나는 중세 서양의 종교 주제화의 한 복사도에서 본 듯한 얼굴이라는 생각이 머리를 스쳤으나 바로 누구의 얼굴과 비슷한지 정확히는 생각나지 않았다.

나룻배에서 내려서 가까운 논두렁길을 고르며 집까지 가는 동안에 인석이는 나에게 그 '나루치'에 대한 이야기를 들려주었다. 그때 우리가 나이로 보면 아직 새파랬으나 그래도 문학 청년으로 자처하는 처지였다는 것을 고려하면 나는 인석이의 이야기에 보다 비판적이었어야 하였을 수도 있다.

나룻배는 하루에 여섯 번씩 성천강 물을 오간다. 그런데 첫 나루 시간에 물가로 나가는 사람은 아직 싸늘한 새벽 공기에 실려 울려 퍼지는 노랫소리에 저절로 걸음이 멎는다. 그 언제 도 단 한 마디 말도 가려 들을 수 없는 그 느린 노래의 선율은 때로는 곡하는 것 같기도 하고 때로는 애절하게 부르는 것 같 기도 하고 때로는 광기적인 춤에 휩쓸려 들어 돌아치기라도 하는 것 같기도 하다.

(나는 아마 단 한 번 미소 비슷한 것으로 부드러워질 듯한 순간이 있었던 그 금욕적으로 초췌하던 거먼 얼굴을 눈앞에 떠올렸다. 그는 우리가 뱃전을 잡고 앉아서 강을 건너는 동안 아무런 말도 하지 않아서 나는 그의 목청에 대해서는 짐작조 차 없었다.)

그에게는 숨은 비밀이 있다. 하루 그의 나룻배를 탄, 서울에 가서 전문학교 공부를 하는 처녀가 그에게 사랑을 약속하였 다. 그때로부터 그는 그 처녀를 기다린다. 벌써 오래. 아주 오 래…… 여러 해째…… 그 처녀는 어느 집 딸인가? 그것도 비 밀이다. 나루치 한 사람밖에 모르는 비밀이다. 그는 언제까지 기다릴 것인가? 그것도 누구도 모른다…….

물론 나는 인석이의 이야기가 흥미 있기는 하였으나, 솔직 히 말하여 반신반의로 건성 고개만 자꾸 끄덕였다. 그러나 지 금에 와 보면, 그의 이야기는 그때 나의 마음 어느 한 깊은 모 퉁이에 포개졌다…….

그때로부터 5년도 더 지나서였다. 어느 하루 나는 뜻밖에도 오래 보지 못한 인석이의 편지를 받았다. 한때는 거의 매일 만날 때도 여러 장의 긴 편지 쓰기를 좋아하던 그로서는 놀랍게도 짧은 편지였다.

그는 자기가 홍남공과대학의 화학부에 입학하였다는 것을 알리고 거의 우연히 모교에 들렀다가 내가 평양에 가서 공부를 계속하게 되었다는 것을 알게 되어 대단히 기쁘게 생각한다고 썼다. 다음 부언이라 할지 본 내용이라 할지 모르게 다음과 같이 굵직굵직 적혀 있었다.

'너희네는 아무래도 여기에 산소가 없으니 오는 추석날 이른 아침 나룻배를 타고 강을 건너 우리 집에 오너라. 할머니와 부모님과 누이네들도 모두 대학생이 된 너를 보고 싶어한다.'

그날 나는 이른 새벽에 집을 나섰다. 성천강 방천의 이슬길을 오래 걸었다. 상쾌하였다. 그런데 철도 경비대원들이 노골적으로 수상스러워하는 눈으로 뜯어보는 눈초리를 감촉하면서 철교가 시작되는 데를 지나 한참 더 걸어 내려갔을 때 나는 어디서인지 흘러오는 느린 노랫소리에 그만 귀가 솔깃해졌다. 걸음이 저절로 멎었다. 멀리 아래에 백사장 건너 좁아진 강물이 새벽빛에 물들어 폭 좁은 댕기를 이루고 있는 데를 쳐다보았다. 나루터도 나룻배도 아직 보이지 않았다. 그러나 그 가늘어지기도 하고 보다 굵어지기도 하면서 흘러오는 노랫소리는 틀림없이 바로 나룻목에서 울릴 것이었다. 나는 웬일인지 바로 첫순간부터 그렇게 믿었다. 바로 첫순간에 벌써 인석이 들려주었던 이야기가 거의 한 마디 한 마디 그대로 생각났다. 나는 귀를 곤두세웠다.

그러나 그 틀림없이 느리고 틀림없이 정에 넘쳐 있을 노랫

소리에서 나는 아직 그래도 뜻이라고 할 수 있고 빛깔이라고
할 수 있을 것을 가려낼 수 없었다. 그럼에도 나의 심장은 벌
써부터 바로 목 밑에서 요란스레 뛰고 있었다. 나는 걸음을
재촉하였다.

  나룻목은 한 이십 분 지나서 보이기 시작하였다. 아직 아무
도 없었으나 맞은편 기슭의 물가에 박아 세운 말뚝의 밑에 거
먼 나룻배를 가려볼 수 있었다. 나루지기는 보이지 않았다.
나는 다시 걸음을 멈추었다. 갑자기 노랫소리가 더 뚜렷해지
고 빛깔을 띤 것 같이, 살아난 것 같이 느껴졌던 것이다. 그렇
다. 이번에도 벌써 여러 해 전에 인석에게서 들은 이야기가
거의 그의 억양 그대로 머리에 떠올랐다. 그 노래는 한참이나
애원이라도 하듯이 애절하게 울리는가 하면 갑자기, 그러나
그 어떤 자연스러운 이치 같은 것을 거스르는 경계가 없이 곡
으로 넘어가곤 하였는데, 때로는 그 초가을의 잔잔한 아침과
는 인연이 먼 회리바람과 함께 광기적인 춤에 끌려들어 돌아
치기라도 하는 것 같기도 하였다.

  나의 시각 신경도 총동원되어 있었다. 나룻목에는 여전히
아무도 보이지 않았다. 그 나루지기, 그 '나루치'는 어디서
저렇게 노래 부를까? 노래는 더 멀어지기도 하고 더 가까워
지기도 하면서 멎지 않고 울렸다. 그 울림에서 나는 말로 표현
할 수 없는 사람의 깊디깊은 정의, 전에 상상조차 하여 볼 수
없는 빛을 가려 들을 수 있는 것 같았다. 나는 온몸에 견뎌내
기 어려운 피곤 같은 것이 차 넘쳐 가는 것을 느끼고 방천의
아직 이슬이 걷히지 않은 풀에 쓰러지듯 주저앉았다. 그리고
는 얼굴을 나룻목에 돌린 채 엎드려 거의 본능적으로 제일 편

리한 자세를 취하였다…….

웬 말소리가 들렸다. 나는 얼른 고개를 들었다. 수수한 나들 이웃을 명절빔으로 차려 입은 할머니와 중년 여인이 나를 쳐다보던 얼굴을 바삐 돌리고 방천 내리막길을 서둘러 이어 내려갔다. 나루터 쪽에서 백사장을 지나 이리로 오는 사람도 두세 사람 보였다. 그러면 나루지기는? 그는 그 작은 배에 몇 사람 태우고 상앗대질을 하고 있었다. 물론 아무런 노래도 들리지 않았다.

해는 아직 낮았다. 나는 뛰어 일어나 방천 비탈길을 두어 번 내리닫고 올려닫고 하였다. 몸이 어느 정도 녹자 나는 한 포기의 다보록한 풀을 골라 그 위에 앉았다. 주머니에서 수첩을 꺼내었다.

'나루치의 노래'라고 제목을 썼다. 그러나 그것을 나는 곧 지웠다. 문제는 나루치에 있을 것이 아니었다. 그리고 그 어떤 플롯이 있어야 할 시도 아닐 것이었다. 다음 나는 '통곡하는 노래'라고 썼던 것 같다. 물론 그것도 지워 버렸다.

'원, 취미라는 게…….' 하면서.

몇 시간이 지났었는지 바로 곁에서, "그래 강 건너겠소? 안 건너겠소? 오늘은 그래도 추석이요." 하는 낯선 허우대 좋은 총각의 악의 없는 목소리가 울렸을 때까지도 나의 수첩에는 지워 버린 제목밖에 없었다.

나는 영문을 꽤 빨리 알아챘다고 할 수 있다.

"예, 갑시다. 미안합니다." 하고 시원스레 일어섰다.

유명한 성천강 백사장 근 삼백 미터를 걸어 물가까지 가는 동안 총각은 내가 알고 싶은 말 몇 가지를 해 주었다. 이태 전에 나루치가 죽은 뒤 네 마을이 한 주일씩 사람을 번갈아 내는데 재수 없게도 그에게 바로 추석이 차례졌다는 것이었다.

"그리고 그 노래는…… 난 그런 것 들어 본 일이 없고, 또 그런 얘기도 처음 듣소. 그저 방천이 높아 잔 바람 소리도 괜히 이상스레 울려 퍼지지 않는지 모르오……."

총각의 환한 얼굴을 보면서 쓸데없는 의심을 할 수는 없을 것이었다. 그러나 나는 나의 귀에 대한 의심도 허용할 수는 물론 없었다…….

"아, 나루치 얘기니. 그 함흥 바닥의 으뜸 미인 명월이한테 반했던?"

저녁에 사랑방에 편 자리에 나란히 누웠을 때였다. 인석이의 정말 뜻밖의 대꾸였다.

"함흥 바닥은 또 어디서 온 거고 왜 미인이면 미인마다 명월이니?"

나의 투는 꽤 언짢게 들렸던 모양이었다. 인석이는 내놓고 나의 얼굴빛을 살폈다.

다음 그는, "이 농도 모르는 애야!" 하듯이 껄껄 웃었다.

나루치는 정말 죽었을 것이라는 것이었다. 그는 이태 전의 그 대홍수가 시작되기 이틀 전에 없어졌는데 그때로부터 누구도 그를 보지 못하였다는 것이었다.

누런 흙탕물이 근 닷새나 송두리째 뽑힌 크고 작은 나무들을 싣고 방천에서 넘쳐날 정도로 사납게 흘렀음에도 불구하고 마침내 물이 제 곬에 들어서서 백사장도 제자리를 잡자 마을의 장정들은 긴 막대기를 갖추어들 들고 주변 일대의 물바닥을 샅샅이 뒤졌다. 며칠이나 그렇게 하였다. 그러나 죄다 헛일이었다. 하긴 그런 큰물은 여읜 사람의 시체만 아니라 고래도 휩쓸어 갔을 거라고 인석이는 덧붙였다. 이번에도 내가 알아듣기 좋아하는 성질의 농인 것 같지 않았다.

우리는 밤 늦게까지 이 말 저 말 나누었고 또 내가 캐어물은 것도 적지 않았으나 나는 어쩐지 서울에 가서 전문학교 공부를 하였다던 그 처녀에 대해서만은 한 마디도 입에 낼 수 없었다…….

그 처녀의 자주 변하는 가상적인 모습은 지금도 때때로 나의 마음의 안정을 빼앗는다.

나의 눈앞에 금욕적으로 초췌한 거먼 얼굴이 나타난다. 그러나 눈은…… 그의 눈만은 얼마나 웅변적일 수 있는가!

배에서 조용히 내려 머리를 떨어뜨리고 모래톱을 걸어가던 처녀는 걸음을 멈추고 돌아보지 않을 수 없었다.

나루지기의 눈을 쳐다보았다.

"잘 다녀가거라." 하고 그의 눈은 가까스로 외치고 있었다.

"나는 너를 또 기다리마. 되돌아만 와 다오…… 나는 네가 요만한 소학생일 때부터 좋다. 그때로부터 이 고장 사람이 되었다…… 나는 해가 가면 갈수록 네가 더 좋다. 공부 잘 하여라. 앓지 말어라…… 꼭 되돌아만 와 다오!"

처녀의 눈물에 찬 눈도 할 말이 많았다.

"난 되돌아와요. 꼭 되돌아와요. 나는 이제 꽤 커요. 아직 아무것도 모르기는 하지만…… 난 꼭 되돌아와요…… 다음번 방학에는 묻지도 않고 달려가 그 어깨에 매달리겠어요……."

　나는 웬 글을 이렇게 쓰고 있는가?!

　왜 나루치에 대한 이야기, 그것도 나의 가상이 훨씬 더 많은 이야기, 나루치의 노래가 지금에 와서까지도 나를 쫓아다녀 나의 가슴에 이름 짓기 어려운 불을 지펴 애수에 죄어들곤 하게 하는가? 나도 그처럼 이 세상에 헛기운 같은 우연한 손으로 태어나지 않았는가?

　그 꿈을 나는 누구와 나누는가?

1953년 작.
1994년 모스크바에서 가필.

공금

홍진 할아버지는 얼굴이 새파랗게 질렸다. 기쁜 일이 생겨도 성이 나도, 한마디로 조금만 흥분해도 얼굴이 홍역꽃에라도 덮인 듯 점점이 붉어진다고 어려서는 그저 홍진이, 어른이되어서는 홍진 아저씨, 홍진 아주버니 그리고 해방 후는 이미홍진 할아버지, 홍진 영감이라고 악의 없이 불려 온 늙은이였으나 이번에는 얼굴이 말 그대로 새파랗게 질렸다. 그리고 아래턱이 축 처졌다.

"아니, 살테요 안 살테요?" 하고 젊은 삽 장수는 늙은이의갑자기 얼빠지기라도 한 듯한 얼굴을 재빠른 눈초리로 수상쩍어 하듯 뜯어보면서 참을성 없이 물었다.

홍진 할아버지는 갑자기 심장병 발작이라도 인 듯 솜저고리의 안주머니가 있는 데를 두 손으로 싸쥐고는 자기도 왜 그러는지 모르면서 그 젊은 사람의 붉은 줄이 박힌 낡은 군관(장교) 바지며 역시 낡은, 흔히 크고 작은 간부들이 소박성을 자랑하느라고 입는 따위 '쓰메에리*' 저고리며 새물내 풍길 듯이 말쑥한 푸르고 흰 중국제 농구화를 번갈아 보았다.

"돈이 없어졌소." 하고 그는 마침내 입 안이 꽉 말라들어 가까스로 대답하였다.

"영감님두 참!" 하고 젊은 사람은 어처구니없다는 듯 혀를 차면서 늙은이를 진득이 보더니, 곧 한 손에 세 자루씩 움켜쥔 삽으로 장마당의 진창 바닥을 긁다시피 하면서 휙 돌아섰다.

그는 아무런 일도 없은 듯이 다시 습관적으로 외치기 시작하였다.

"사압을 사시오오! 미국놈 장갑차 강쇠판으로 만든 사압을 사시오오! 십년 따앙을 뚜져도* 닳지를 않을 사압을 사시오오!"

홍진 할아버지는 그 삽 장수의 목소리가 한없이 멀리 사라져 가는 것 같았다. 그는 얼굴이 여전히 새파랗게 질린 채 선자리에서 품에 다시 손을 조심스레 넣어보고 나서는 무엇 때문인지 허리를 두 손으로 두드려 보았다. 다음 그는 머리에 무슨 좋은 생각이라도 떠오른 듯 눈을 크게 뜨고 주위를 한 바퀴 둘러보고 나서 장마당에 들어찬 사람들을 막 밀어헤치면서 달구지를 세워 둔 데로 달려갔다.

분명히 들어 있어야 할 솜저고리의 안주머니에 없고, 허리춤에도 없는 돈이 달구지에 있을 리는 만무하였다. 그러나 그

*쯔메에리:깃을 세워서 잠그도록 되어 있는 옷의 일본 말. 예전의 남학생 교복 모양의 옷.
*뚜지다:(땅을) 파뒤집다.

때에 이르러서는 이미 별명 그대로 얼굴이 새빨개진 홍진 할아버지는 잠시도 가만히 서 있을 수 없었다. 찾지 않을 수 없었다. 몇 번이나 깔개짚을 헤쳐 보았고 벌써 반이나 축난 말린 풀도 헤적헤적 자꾸 못 견디게 굴었다. 행여나 하고 바퀴 밑도 들여다보았고 심지어는 암소보다 얼마 더 크지 않은 누렁이의 살과 꼬리 밑도 들여다보아 그러지 않아도 소란한 장마당에 끌려와서 어리둥절해 하는 짐승을 더 거북해 하게 하였다. 벌써 절망이, 시커먼 절망이 그래도 머리 속 먼 구석에서 파닥이던 기적에 대한 실낱 같은 기대마저 삼켜 버렸음에도 불구하고 늙은이는 계속 찾지 않을 수 없었다. 그는 조심스레 솜저고리를 벗어 들고 며느리가 이번에 특별히 달아 준 깊숙한 안주머니에 벌써 몇 번째 떨리는 손을 밑바닥까지 넣어 보았고 죄없는 바깥주머니 둘도 다시 뒤집어 보았다. 다음 그는 솜저고리를 머리 앞까지 두 팔을 펴 내들고 처음 조심스레, 다음 점점 더 세게 털면서 선자리에서 뱅글뱅글 맴돌았다. 그러나 돈 꾸러미는 장바닥에 떨어져 주지 않았다⋯⋯.

큰일이었다! 난생 처음 쥐어 본 큰돈을 잃었던 것이다. 그것도 자기 돈이면 또 몰라도 동네 사람들이 모아 준 돈을 잃었던 것이다! 자기 돈이면 아무리 아까와도 굶어 죽기야 하리만 동네 사람들의 돈을 잃고 무슨 낯으로 그들을 다시 본다는 말인가?!

"아이고 고년이 재수없이 방정맞은 소릴 하더니⋯⋯."

그는 혼잣소리를 하였다.

어제 떠날 때 또 며느리를 찾아온 양숙이, "전쟁이 끝나자 읍에 기생이 늘었다던데 집아버지 조심하세요." 하고 웃음기

한 점 없이 한 말이 생각났던 것이다.

며느리는 동무가 또 시아버지를 능청맞게 놀려 주는 것을 보고 어이없어, "얘가 말을 해두……." 하고 쓴웃음을 지었었다.

늙은이는 솜저고리를 털면서 계속 뱅글뱅글 맴돌았다. 그런데 다른 곳 다른 때 같으면 구경꾼을 적잖이 끌었을 그의 괴상한 행동에 이 장마당에서는 웬일인지 누구도 주의를 돌려주지 않았다. 곁눈조차 팔아주는 기색이 없이 지나들갔다. 그들을 쳐다보노라니 홍진 할아버지는 자기가 깰래야 깰 수 없는 사나운 꿈이라도 꾸고 있는 것만 같았다.

"돈이 없어졌소! 돈을 잃었소!"

홍진 할아버지는 있는 힘을 다해 소리지르려고 하였다. 그러나 바싹 마른 목이 마른 목젖으로 올려 내보낸 소리는 정말 꿈에서와도 같아, 아마 모기 우는 소리보다 얼마 더 높지 못하였다.

홍진 할아버지는 세상에 자기보다 더 외롭고 더 불쌍하고 더 몰인정하게 버림받은 사람이라고는 더 없을 것만 같았다. 그는 더 오래 생각해보지 않고 솜저고리 소매에 바삐 팔을 꿰지르면서 장마당의 쇠붙이를 파는 데로 내달았다. 거기에 가야 하소연만이라도 들어줄 사람을 만나볼 수 있을 것 같았다.

무엇을 팔고 사지 않았겠는가 거기에서는! 농구만 해도 삽, 가래, 괭이, 호미, 낫 같은 작은 것들로부터 시작하여 제법 볼만한 시퍼런 보습과 쇠써레에 이르기까지 없는 것이 없었다. 심지어는 그렇게도 사나운 전쟁이 있은 뒤 누가 어디에서 얻었는지 모를 새 함석판으로 만든 눈부시게 번뜩이는 버치와

양동이까지도 있었다.

전쟁 3년 동안에 남자들의 손이 제때제때에 손질하지 않아서 상상조차 해 보기 어려운 속도로 파쇠로 변한 여러 가지 농구에 대한 수요를 크고 작은 공장들을 모조리 제 손에 틀어 쥔 국가에 앞서 장이 충족시켜 가고 있었다. 국내 각지의 낡은 대장간, 새로 꾸린 대장간들에서 망치 소리, 풀무질 소리가 멎을 줄 몰랐다. 원료는, 쇠는 여기저기에 얼마든지 있었다. 그렇게 질 좋은 쇠가 이 땅에 그렇게 많이 널려 있어 본 적은 일찍이 없었다……

"이런 돈 꾸러미 보지 못했소? 내 돈이 아니라오……."

홍진 할아버지가 누구의 팔을 잡고 물어 보지 않았겠는가.

그러나 매번 듣게 된 것은 욕이었다. 바로 욕이었다.

"이 늙은이 정신나가서 이런 싱거운 소린가?"

"이 영감 아침부터 상이 시뻘게져서, 벌써 든든히 잘 하셨군!"

"돈 꾸러미가 다 뭐요? 뉘 돈을 어디서 어떻게 불어먹고 함부로 남의 소매를 당기는 거요?"

"장마당에 남의 돈 왜 가지고 다니오?"

"제 돈이나 찾소. 영감! 남의 돈 걱정 차차 하고……."

홍진 할아버지는 이 아침, 환갑까지 얼마 안 남은 지금까지 들은 욕을 다 합친 것보다 백 배나 더 많은 욕을 들었다. 그리고 어느 욕이나 다 전에 들은 어떤 욕보다 더 억울하였다.

하긴 동정의 말이나 행동을 한 사람도 전혀 없는 것은 아니었다.

"돈을 잃었소, 돈이 없어졌소!" 하면서 자루를 박지 않은 새 괭이 대여섯 개를 쇠줄에 꿰들고 장마당 한 구석에 서 있는 어깨폭이 거의 키만한 옹골차게 생긴 중년 남자의 팔꿈치를 건드렸을 때도 홍진 할아버지는 미리 욕을 듣게 될 줄 알았다.

그러나 뜻밖에도 그 사람은, "돈이 없어졌다니요?" 하고 마주보면서 나직이 되물었다.

"온 동네가 농구를 사 오라고 모아 준 돈이 이 안주머니에서 온데간데 없이 없어지고 말았소……."

늙은이는 그 남자의 투에서 동정을 느끼자 목이 트이는 것 같았다.

"글쎄…… 장마당에 오셨으면 돈 조심 하셨어야지요."

그 남자는 홍진 할아버지의 말을 제격 믿어 준 모양이었다.

"이 괭이 괜찮습니다. 다는 못 드리겠지만 두세 개는 돈 안 받고 드릴 수 있습니다. 영감님."

"아니, 그 괭이 정말 훌륭하지만 그걸 빌려고 한 말이 아니외다……."

늙은이는 욕을 들었을 때보다 더 무참해 하며 돌아서고 말았다.

거의 온 철물장을 상대로 돈 잃은 하소연을 한 홍진 아저씨는 낮 11시쯤 되어서는 완전히 기진맥진해서 달구지 바퀴에 기대어 주저앉았다. 땅이 습하였으나 한번 그렇게 주저앉고는 자리를 바로 고를 생각도 할 수 없었고 그렇게 할 기운도 없었다. 돈을 찾을 길은 이미 없을 것이었다. 무슨 얼굴을 하고 돌아가는가? 무슨 얼굴로 이웃들을 보는가? 정말 무슨 얼굴로 며느리와 양숙이의 얼굴을 보는가? 일생을 바로 오늘 이 하루를 위해 살아 왔는데 바로 이 오늘이 돌려 세울 수 없이 잘못되고 만 것 같았다……. 사람이란 이런 날을 기다리며 일생을 사는 게 아닌지?

얼마나 더 지났을 때였는지, "영감님." 하고 누구인지 거의 입속말로 불렀다.

지칠 대로 지치고 생각에까지 깊이 잠긴 늙은이는 그 부르는 소리를 듣지 못하였다.

"영감님! 내 말 못 들으시오?"

늙은이는 의아해 하며 눈길을 들었다. 그러나 누구도 가까이 보이지 않았다.

"영감님!"

확실히 뒤에서 누구인지 불렀다.

늙은이는 돌아보려고 몸을 쳐들려고 하였다. 그러나 그 목소리는 낮게나마 굳이 명령하였다.

"그 자리에 가만히 앉아 계시오."

목소리는 달구지의 반대편 바퀴 쪽에서 들려왔다.

"그렇게 앉은 채 이쪽을 돌아보지 말고 내 말을 한마디 한마디 주의해 들으시오. 돈 얼마나 잃으셨소?"

"이만 이천 오십 원……."

늙은이는 최면술에라도 걸린 사람같이 몸을 굳히고 거의 입술만으로 대답하였다.

"적은 돈이 아닌데요. 동네 돈이라고 하셨지요?"

"예, 온 동네가……."

"알 만합니다." 하고 목소리의 임자는 늙은이의 대답을 꺾고 바삐 그러나 한마디 한마디 똑똑히 말했다.

"내 말 잘 들으시오. 영감님, 이제 곧 이 장마당에서 나가시오. 큰길로 한 삼 분 가느라면 왼쪽으로 좁은 골목이 나 있소. 첫 골목 말이요. 그 골목으로 돌아 왼편으로 세 번째 터에 선 집이 영감님이 찾아가야 할 곳이요. 그 집의 부엌문을 열고 들어가시오. 방 구들에 한 젊은이가 앉아 있을 거요. 돌아보지 말라고 하지 않았습니까? 가만히 앉아 내 말만 유심히 끝까지 들으시오. 그 젊은이를 내놓고는 이 세상에 영감님께 그런 돈을 돌려줄 사람이 없다는 것을 명심하시오. 그 사람이 그만한 돈을 만들어 줄 때까지 영감님은 우는 소릴 자꾸 해야 하오. 통사정을 해야 하오. 단지 누가 보내더냐고 따지면 그저 혼자 오고 싶어 왔다고, 두 발이 저절로 걸어서 왔다고 우겨야 하오. 우는 소릴 끝까지 하시오! 전투 임무 알 만하오? 그럼 어서 행동하시오!"

늙은이는 상대방의 말이 끝났다는 것을 느끼고 앉은 채 머리를 돌렸다. 그러나 달구지의 저편에는 이미 아무도 보이지 않았다.

왼쪽 골목의 세 번째 집은 길에서 좀 들어가서 낮게 처져 앉아 있었다. 낮은 지붕을 덮고 있었을 거먼 기왓장은 그 지붕의 한쪽 구석에 일부러 가려 놓기라도 한 것 같이 몰려 쌓여 있었다. 분명히 있었을 마당의 울타리는 온데간데가 없었다. 말뚝 하나 보이지 않았다. 홍진 할아버지는 달구지를 그 마당이었을 데로 끌고 들어가서 세우고는 누렁이에게 말린 풀을 한 줌 잘 주었다.

다음 그는 주먹으로 입을 가리고 헛기침으로 목을 털고 나서 부엌문에 다가갔다. 그 문의 바로 앞에서 그는 다시 한번 헛기침을 하였다. 그리고는 문을 당겼다. 그러나 그가 꽤 낮은 문턱을 넘어 들어선 것은, 보니 부엌이 아니었다. 부엌처럼 생겨 바닥이 낮기는 하였으나 솥 하나 걸려 있지 않았고, 부뚜막이어야 할 데가 넓은 아랫방과 잇닿아 있었다. 그리고 그 방에는 웬 젊은 사람이 큼직한 화로를 가느다란 몸으로 싸덮다시피 하고 앉아서 문 열리는 소리도 인기척도 아랑곳없이 그냥 신문을 읽고 있었다. 머리털을 앞에만 한 치 가량 남기고 뒤는 아마 거의 숫구멍까지 깨끗이 깎아 올린 사람이었다.

"미안하지만……."

홍진 할아버지는 어떻게 말문을 열면 좋을지 몰랐다.

젊은 사람은 신문에서 눈길만 슬그머니 들었을 뿐 입을 열지 않았다.

"미안하지만……."

늙은이는 무슨 말을 더 어떻게 하면 좋을지 몰라 이렇게 다시 중얼거리듯 되풀이하였다.

그러나 이번에도 젊은 사람은 그저 넌지시 쳐다볼 뿐 여전히 말이 없었다.

"돈 잃었습니다. 돈이 없어졌습니다."

늙은이는 될 수 있는 대로 더 정중히 들리게 말하였다. 동넷돈의 운명이 정말 그 사람에게 달렸을 수 있다는 생각 때문만이 아니었다. 그 젊은 사람의 오른쪽 뺨에 가로 사납게 나 있는 시허연 파편 자국도 그렇게 시켰다.

그러나 여전히 그 사람은 입을 열 생각이라고는 조금도 없는 것 같았다.

늙은이는 갑자기 온몸이 곤죽이 되는 것을 느끼고 부뚜막에 주저앉고 말았다. 아침에 삽을, 그렇게도 마음에 든 그 삽 여섯 자루를 몽땅 사려고 안주머니에 손을 넣었던 그 순간부터 지금까지 모두, 벌써 한 번 느꼈던 것처럼, 정말 깨어날래야 날 수 없는 황당한 꿈의 계속 같았다.

"돈을 찾을까 해서…… 아니, 내가 무슨 말을 이렇게 한담? 날 좀 살려주시오, 젊은 어른. 무슨 팔자루 내가 글쎄 온 동네가 신신당부한……." 하고 늙은이는 그 임자 모를 목소리가 한 '우는 소리', '통사정'이란 말을 상기하고 넋두리같이 늘어놓기 시작하였다.

그러나 신문을 들고 화로 앞에 앉은 그 젊은 사람은 얼굴의 근육 하나 까딱이지 않았고 호기심의 빛조차 없는 눈으로 늙은이를 쳐다보고만 있었다.

홍진 할아버지는 그만 말문이 영영 막히고 말았다.

긴장한 침묵이 흐르기 시작하였다. 늙은이는 갑자기 눈시울이 뜨거워지는 것을 느꼈다. 순간 그래도 대장부가 죽으면 죽었지 하는 생각이 머리를 스쳤다. 그러나 곧 서둘러 머리를 저었다. 돈을 잃고 빈 달구지를 몰고 마을로 돌아가는 것은 죽기보다 정말 천 배 만 배 더 어려운 일일 것이었다.

"영감, 몇 잔이나 했소?"

갑자기 젊은 사람은 뺨의 상처 탓인지 입술을 이상하게 삐죽거리면서 내쏘았다.

"몇 잔이라니? 어디 내가 술 먹을 처지요?"

장마당에서 하지 않은 반박이 저절로 터져 나왔다.

"그럼 왜 얼굴이 그렇게 시뻘겋소?"

늙은이는 즉시로 분개심이 갈앉는 것을 느끼고는 마치도 오래 찾아 온 피할 구멍으로 빠져나가듯이 서둘러 별명에 대한 설명을 하기 시작하였다.

그러나 그 설명이 끝나자 젊은 사람은 처음 보인 호의적인 호기심과는 전혀 어울리지 않는 투로 말하였다.

"재미 있는 얘기 잘 들었지만, 영감님. 내가 영감님을 첨 보고 영감님이 나를 첨 보시지요? 이젠 어서 돌아가시오. 누가 왜 이리로 보냈는지 모르겠지만 나는 영감님의 신세 타령 듣고 있을 시간이 없소."

"글쎄 온 동네가 이 늙은 것이 농구를 사 싣고 돌아오기를 눈이 까매서 기다리고 있다잖소……."

늙은이는 목소리가 높아졌다.

"아니, 그래 어떻단 말이요? 사람이 시사 학습을 하고 있는 데. 어서 돌아가시오."

"난 못 가겠소!"

갑자기 고집이 북받쳐 오르는 것을 느끼며 늙은이는 딱 잡아떼었다. 그러나 다음 순간 그는 '우는 소리'를 해야 한다던 말이 다시 생각났다.

"어디, 젊은 어른, 좀 생각해 보오. 내가 어떻게 돌아간단 말이요. 글쎄 온 동네가 봄을 앞두고 이 늙은 것을 바라보고 있는데 농구도 돈도 없이 빈손으로 돌아가면 어떻게 되오? 죄를 갚느라고 죽을 수도 있을 테지만 내가 제 명을 끊는다고 동네 아낙네 마음이 편해지겠소? 어디 좀……."

"누가 영감님을 이 집으로 보냈소?"

갑자기 쏘아보는 눈을 하고 젊은 사람은 물었다.

"보내야 오오?"

"누가 보냈소?"

"아니, 못 올 집이요?"

"누가 보냈느냐고 묻지 않습니까?"

"난 모르오. 아무렴 나쁜 사람이겠소?"

"흠."

젊은 사람은 입술을 삐죽거렸다.

"제발 도와주오. 젊은 어른. 나를 도와주는 것이 곧 온 동네를, 불쌍한 어린 것들을 데린 새파란 과부들과 늙은이들과 병신이 되어 돌아온 젊은이들을 도와주는 거요…… 제발 도와주오."

"몇이나 됩니까, 영감님?"

젊은 사람은 다시 투가 부드러워지는 것 같았다.

"몇인가라니요?"

"부상병 말이요."

"여섯이라오. 앞으로 셋이 더 돌아온다지만."

"큰 마을이요?"

"우리 동네 말이요? 전쟁 전에 마흔 두 호였는데 인젠 스물 아홉이 남았다오. 성한 집은 몇 채 안 되구."

"아니, 그만한 마을에서 돈 건사도 바로 할 줄 모르는 영감밖에 장에 보낼 사람이 없었소?"

젊은 사람의 얼굴에 처음으로 웃음기가 떠올랐다.

"글쎄 정말 큰 죄 지었소…… 정말 큰 죄 지었소…… 며느리가 안주머니를 이렇게 깊게." 하고 늙은이는 솜저고리의 단추를 벗겨 섶을 젖혀 보았다.

"특별히 달아 주었는데 그 돈 꾸러미가 어디서 떨어졌는지

도무지……."

"며느리라니요? 할머닌 안 계십니까?"

"아들 장가드는 것도 못 보고 세상 떠났다오."

"그럼 아들은?"

"전사했소. 재진격인지 할 때 나갔다가 못 돌아왔소."

"전사자 많은가요?"

"이웃 마을에서는 서른 넷이 군대에 가서 여섯이 못 돌아왔
는데 우린 서른 셋이 가서 스물 넷이 전사했소."

"그거야 마을의 죄도 영감님 죄도 아니겠지요."

"누구의 죄인지야 뻔하지!"

"누구의 죄란 말입니까?"

젊은 사람은 눈을 치뜨고 나직이 물었다.

"누구의 죄겠소. 전쟁의 죄지."

"정말 뻔한 말 하십니다그려……." 하고 젊은 사람은 쓴웃음
을 짓고 실눈을 하고 한참이나 씨무룩이 앉아 있었다.

윗방으로 나 있는 문이 열리더니 웬 젊은 여자가 밥상을 들
고 들어왔다. 주인은 제꺽 신문을 놓고 화로에서 물러앉아서
상을 받아들었다.

"간호원 동무, 한 상 더……."

젊은 여자가 끄덕여 보이고 홍진 할아버지에게 눈으로 인사
하고 나가자 그는 말하였다.

"어서 영감님 상을 받으시오. 점심 잡수시고 마을로 돌아가
십시오."

"마을로 돌아가다니?"

"아니, 나더러 삽이며 호미며 괭이를 사 내란 말입니까?"

"그건 모두 내가 사오. 난 돈만 도로 찾으면 마을 사람들 마음에 들 걸 모두 잘 골라 사오!"

"그럼 내무서에 가시오."

"내무서로?"

"하긴 내무서가 은행일 수는 없지만……."

젊은 여자가 처음 들여왔던 것과 똑같은 밥상을 들고 다시 들어와서 첫 상의 맞은편에 놓았다.

"영감님, 어서……." 하고 젊은 사람은 밥상을 가리켰다.

늙은이는 꽤 굵은 고기점이 얹혀 있는 김이 이는 국밥과 납작한 접시에 담은 시뻘건 김치를 보자 군침이 돌았다.

그들은 수저를 부지런히 놀렸는데 이따금 눈길이 마주칠 때마다 서로 빙긋거리기까지 하였다.

홍진 할아버지는 뜨뜻한 음식에 취하기라도 한 것 같았다. 오늘 첫 끼였다. 그러나 곧 걱정이 되살아났다.

"글쎄 난 어쩌면 좋소, 젊은 어른…… 제발 좀……."

"또 우는 소리 하시오? 노자를 대 달라는 말입니까?"

"난 저녁 늦어 읍을 떠나두 새벽까지는 누렁일 몰고 마을에 들어서오. 노자를 해서 내가 뭘 하겠소."

"그럼 잘 다녀가십시오. 난 볼일이 있어서 가 봐야겠습니다." 하고 젊은 사람은 일어나려는 듯이 꿈적였다.

홍진 할아버지는 겁이라도 난 듯 깡충 뛰다시피 하고 다시 '우는 소리'를 터뜨렸다.

"참 딱한 말씀 자꾸 하십니다. 나더러 어쩌란 말입니까?"

"아니 어른두! 엎드려 큰절이라도 하란 말이요? 통곡을 하란 말이요? 빈손으로는 못 돌아간다고 하잖소."

늙은이는 자기의 말투가 '우는 소리'에서 멀어져 가는 것을 느끼면서도 그대로 계속하였다.

"무슨 체면으로 내가 동네 어린 과부들을 보오?"

"왜 자꾸 과부 과부 하십니까? 과부 노릇도 못해 보고 죽은 새파란 처녀들이 얼마나 되는지 모릅니까?"

한참이나 말없이 젊은 사람을 쳐다보고 나서 홍진 할아버지는 나직이 말하였다.

"농사일이라는 게 일손이 제대로 있을 때도 이른 새벽부터 별이 총총해질 때까지 서둘러야 하는 일인데 변변한 농구조차 없이 어떻게…… 아무래도 갈이는 한 집 한 집 차례로 다 같이 나서서 한다 치고 그래도 괭이, 호미, 낫은 어느 집에나 있어야겠지……."

그 부엌 아닌 부엌의 문이 열리더니 한 스무 살 가량씩 돼 보이는 청년들이 들어왔다. 여섯이었다.

"특무장 동무, 점심 식사 하러 왔습니다."

거수 경례까지 하면서 한 청년이 기운 좋게 외쳤다.

그러나 다른 청년이 팔꿈치로 그의 옆구리를 밀었다. 그제서야 그는 낯선 늙은이에게 주의를 돌리고 손바닥으로 냉큼 입을 가렸다.

"특무장 동무라니요?" 하고 홍진 할아버지는 눈이 동그래지며 반사적으로 물었다.

"군대 어른들이구만요. 특무장, 특무장이라…… 그 이조 말의 특무 정교 비슷한 벼슬이지요?"

"영감님, 참 아시는 것도 많습니다." 하고 그 '특무장'이라고 불린 집주인은 코웃음을 쳤다.

다음 그는 청년들에게 말하였다.

"어서 올라와 앉소. 좀 얘기해 봐야 할 것이 있소."

청년들은 말없이 구들에 올라와 외투며 덧저고리, 솜저고리를 벗어 벽앞에 포개 놓고 둘러앉았다. 견장은 없었으나 모두 전사복 차림이었다. 하긴 그들의 나이에 전사복 차림이 아닌 사람은 어디에서도 볼 수 없을 것이었다.

"이 할아버지 차일봉 밑의 한 마을에서 오셨는데, 옳지요 내 말, 할아버지?" 하고 묻고 손님이 끄덕이기를 기다리지 않고 '특무장' 은 정색을 하고 청년들을 둘러보았다.

"알다시피 지금 농촌 생활은 읍보다 못지 않게 어렵소. 식량 문제는 그래도 좀 낫겠지만…… 얘기 좀 들어봤소. 그런데…… 영감님, 마을엔 이 총각들 장가들 만한 신부감 있습니까?"

뜻밖의 말에 청년들은 벙글거렸고 홍진 할아버지는 목을 뽑아들다시피하였다.

"있고 말고요! 있어도 많습니다! 우리 마을은 멀어 국방군이 들어오지 않아서 고운 처녀들이 그대로 남았습니다. 젊고 고운 과부도 한둘이 아니고……."

'특무장' 이 가벼운 손짓으로 말을 막지 않았던들 홍진 할아버지는 신부감 이야기를 끝없이 벌여놓았을 것이다.

"할 일도 두말할 것 없이 많을 거고……." 하면서 '특무장' 은 떠보기라도 하듯이 실눈을 하고 늙은이의 얼굴빛을 살폈다.

"많습니다! 많아도 이만저만이 아닙니다. 태산같습니다!"

바삐 대답하고 늙은이는 청년들을 둘러보았다.

"이런 장정님네들이 마을에 있다면야……."

"왜요, 데려가시지요……."

'특무장'의 말은 농인지 아닌지 모를 투였다.

"아이고, 데려갈 수만 있다면야 내가 왜…… 데려만 가면 마을에서는 나를 하느님같이 기릴 겁니다……."

"좋습니다. 그만 말해 봤으면 좋습니다." 하면서 '특무장'은 다시 화로를 그러안고 청년들을 쳐다보았다.

"생각들 해 보지? 이젠 의정의 두 번째 문제로 넘어갑시다. 누구에게 이만 오천 원 있소?"

청년들은 서로 마주보았다. 뜻밖의 말인 것 같았다. 한 청년이 '특무장'과 늙은이를 번갈아보며 대답하였다.

"저에게 있습니다. 좀 썼습니다."

"이 할아버님 마을 돈 이만……." 하고 '특무장'은 돌아보았다.

"……이천 오십 원입니다." 하고 늙은이는 얼른 대주었다.

"마을 돈 이만 이천 오십 원을 잃으셨는데 변통해 드려야겠소."

"제가 보충할 수 있습니다."

다른 청년이 말하였다.

청년들은 서로 이마를 맞대다시피 하고 쑤군거리더니 마침내 두툼한 지폐 뭉치를 '특무장'의 앞에 내놓았다.

"영감님, 받으시오." 하면서, '특무장'은 그 지폐 뭉치를 홍진 할아버지의 무릎 앞으로 밀어 놓았다.

"세어 보실 필요 없습니다. 어서 가지고 가서 농구를 사십시오. 오늘 저녁 떠나실 생각이면 아마 서둘러야 할 겁니다."

홍진 할아버지는 그 돈을 벌써 근 두 시간이나 조른 것이 바로 자기임에도 불구하고 죄다 청천벽력 같았다. 그 돈 뭉치를 당장 움켜쥐고 싶은 것을 가까스로 참고 이마가 식은땀에 젖는 것을 느끼면서도 천천히 집어들어 세어보지 않고 안주머니에 넣었다. 또다시 죄다 꿈이 아닌가 하는 생각이 들었다. 그는 그 다음은 어떻게 하면 좋을지 몰라 '특무장'과 청년들을 처다보았다.

"좋습니다, 영감님."

'특무장'의 파편 자국이 자꾸 눈을 끄는 얼굴에 미소 비슷한 것이 떠올랐다.

"어서 가서 볼일 보십시오. 언제 한번 우리 모두 함께 영감님네 마을에 선보러 가지요……."

"예, 예……."

홍진 할아버지는 바삐 대답하였다.

"꼭 오십시오. 군인 동무들……."

"우린 지금 군인이 아닙니다."

누구인지 청년들 가운데서 말하였다.

"그러니 오기 더 좋지 않습니까, 젊은이들. 꼭 오십시오. 마을 색시들은 젊은이들을 보면 내일 낮에 내가 농구를 싣고 돌아갈 때보다 몇 배나 더 반가와 할 겁니다."

홍진 할아버지는 아마 단 한순간이겠지만 웬일인지 양숙이의 능청맞은 얼굴이 눈앞에 떠올랐다.

'괜히 그 앨 욕했어. 그 애와 며느리한테 맛있는 걸 잊지 말고 사다 주어야지.' 하는 생각도 머리 속을 날아 지나갔다. 그는 마을 색시들에 대한 말을 듣고 다시 벙글거리는 총각들을 둘러보면서 고맙다고 하고 나서 '특무장'의 앞에 머리를 숙였다.

"감사합니다, 특무장 동무…… 은혜 잊지 않겠습니다. 이 젊은이들을 데리고 우리 마을에 꼭 와 주십시오. 우리 애들 얼마나 기뻐하겠습니까."

"아이고 영감님도. 농으로 그저 하느라고 한 말입니다. 잘 다녀가십시오."

늙은이는 머리를 꾸벅거리면서 뒷걸음질 치다시피 하여 부엌을 나섰다. 2월의 시원한 바람을 온 가슴으로 들이키고 나서 그는 천천히 숨을 돌렸다. 온몸의 맥이 풀린 것 같아 어쩐지 걸음을 옮길 수 없었다.

그런데 이때 집 안에서 특무장의 엄한 목소리가 울려 나왔다.

"내가 늘 뭐라고 했소? 공금을 건드리면 안 된다고 몇 번이나 말했소? 더욱이 함께 공(共)자로 시작되는 공금을 인민의 아들들이 어찌 건드릴 수 있소?"

늙은이는 발걸음을 달구지가 있는 데로 바삐 옮겨갔다.

엄둥이

　번갈아 율동적으로 가볍게 들려, 늦가을의 벌거벗은 잡목으로 덮인 야산의 비탈길의 축축한 낙엽을 소리 없이 밟으며 슬근슬근 달리던 네 발 네 다리, 아니 온몸이 삽시에 얼어붙듯 굳어졌다. 뒤통수가 화끈 달아 올랐다. 번개같이 번뜩인 웬 더없이 뾰족한 것에 꿰뚫리기라도 한 것 같았다. 늦어 감지한 흉측한 냄새, 치명적인 위험의 냄새에 정신이 내둘렸다. 아찔하였다. 그러나 그것은 모두 단 한 순간의 일, 말 그대로 찰나의 일이었다.

　다음 순간 그의 네 발은 땅을 찼다. 그의 몸은 누구도 모를 억센 힘의 튀김이라도 당한 듯 휙 뒤집혀 허공을 날았다. 그의 사나운 이빨은 주인의 등 뒤에서 달려들어 그의 어깨를 덮치고 그의 체소한 몸을 우악스레 부둥켜안은 짐승의 멱을 무슨 재간으로인지 이미 어떤 힘으로도 늦출 수 없이 물고 있었다.

　격투가 벌어졌다.

엄청나게 큰 표범의 돈점박이 등과 꼬리가 이룬 띠가 불에 덴 구렁이의 몸뚱이같이 무서운 탄력으로 꿈틀거리며 벌떡거렸고 사람의 어깨와 발톱을 곤두세운 맹수의 네 발 사이에 끼어들어 그의 멱에 온 아가리의 결사적인 이빨을 박은 말승냥이의 허연 몸통이 번번이 갓풀린 용수철같이 이리 튀고 저리 튀고 하였고, 사람의 바람 빠진 허수아비 같은 몸이 찢긴 바지저고리의 크고 작은 솜뭉치를 사방으로 흩날리며 이리 떨어지고 저리 굴고 하였다.

엄둥이는 이빨을 조금이라도 늦추면 그 다음 순간 피할 수 없이 닥쳐올 것은 죽음밖에 없다는 것을 산짐승의 타고난 본능으로 알고 있었다. 이빨을 잠시라도 늦춘다는 것은 정말 그와 그의 주인의 죽음을 의미할 것이었다. 그래 어느새 표범의 칼날 같은 발톱에 이리 찢기고 저리 할퀴어 상처투성이가 된 몸이 큰 핏덩어리로 변하였음에도 불구하고 아가리의 힘을 잠시도 조금도 풀지 않고 벌써부터 목구멍에 새어 들기 시작한 표범의 뜨겁고 비린내 역한 피를 꿀컥꿀컥 삼켰다.

표범은 마침내 덮쳐 물었던 사람의 어깨를 뱉았다. 그러나 먹을 문 승냥이의 아가리에서 벗어날 길은 이미 없었다. 얼룩빼기 짐승과 시뻘겋게 물든 짐승은 한 덩어리를 이루고 피를 날리면서 거먼 산비탈을 뒹굴었다.

온몸의 힘이 마지막 물 새듯이 빠져나가는 것을 느끼면서도 엄둥이는 아가리의 악문 힘을 늦추지 않았다. 순간순간 까무러치기라도 할 듯하였다. 그러나 그는 주인의 총소리가 아니면 도끼날 바람 가르는 소리가 울리기를 기다렸다. 죄다 법대로, 사람의 법대로 되어 그런 소리가 모든 일에 결판을 내기만 기다렸다. 그는 주인이 정신을 잃고 쓰러져 있다는 것을 몰랐다.

마지막 힘을 가다듬은 표범이 발악적으로 고함지르며 목을 휘둘렀다. 엄둥이의 피투성이 몸통은 허공에 반원을 그리고는 축축한 땅에 털썩 모래 자루같이 떨어졌다. 그러나 그는 이빨을 늦추지 않았다.

갑자기 닥쳐온 고요 속에서 목구멍을 흘러 넘어가는 맹수의 건피의 쿨룩거리는 소리만 이미 들렸다기보다 느껴졌다. 엄둥이는 그것이 승리를 의미한다는 것을 알았다. 그래도 그는 이빨을 늦추지 않았다. 아니, 늦추려고 하여도 이미 늦출 수 없었을는지도 모른다. 그러다가 마침내는 기진맥진하여 정신을 잃고 잠잠해졌다.

너구리의 털가죽을 여러 겹으로 덧댄 부엌의 조그마한 널문이 삐걱거리며 열리더니 그 뒤를 이어 감돌며 김같이 서리는 냉기에 싸여 꽤 큰 산토끼를 입에 문 엄둥이가 들어섰다.

"네가 또 먹을 걸 가져왔구나."

구들목에 깐 조각이불 밑에서 상반신을 가까스로 쳐들면서 사냥꾼이 파리한 텁석부리 얼굴에 쓴웃음인지 반가운 웃음인지 모를 것을 지었다.

짐승은 주인에게 곁눈을 한번 주고는 그의 곁을 천천히 지나 부뚜막의 먼 구석에 가서 이미 털갈이를 하여 샛하얀, 아직 굳어지지 않아 날씬한 산토끼를 조심스레 놓았다. 그리고는 그 곁에 늙은 개같이 점잖게 앉아 두 앞발 위에 턱을 얹고 주인을 쳐다보았다.

"네가 아닌들 내가……."

사람은 무슨 말인지 더 하려다가 그저 손을 내들어 말승냥이의 바깥 기운에 젖은 갈기털을 쓰다듬어 주었다.

세 평도 안될 조그마한 방의 뒷벽에 걸린, 뒤집어 돌소금을 친 표범의 털가죽은 낮은 보꾹*으로부터 방바닥까지 축처져 있었다. 부엌과 맞붙은 방안은 꽤 뜨뜻하였으나 역시 작고 역시 널로 짜고 역시 털가죽을 덧댄 방문의 허리에 단 손바닥보다 좀더 클 유리에는 반쯤 성에가 끼어 있었다.

바깥은 어느덧 겨울이었다.

사냥꾼은 그 야산의 비탈에서 정신이 든 뒤 피투성이 엄둥이를 일어세우고는 칼을 꺼내 들고 표범의, 피얼룩이 흉하기는 하였으나 갓갈려 윤기 흐르는 털가죽을 벗겼다. 왼쪽 어깨의 상처는 두툼한 솜저고리의 덕으로 처음 생각에 크지 않은 것 같았다. 그러나 오두막에 돌아온 뒤 그는 보름께나 부다듯이 심한 신열에 시달렸다. 표범의 사나운 몸부림에 몇 번인지 모르게 땅에 태질 당하였다는 것도 고려한다면 그것은 어깨의 상처 하나 때문만이 아닐 것이었다.

그런데 처음 그렇게도 무서워 보였던 엄둥이의 온몸에 난도질이라도 당한 듯 가로 세로 난 크고도 깊은 할퀸 상처는 이상하게도 빨리 아물었다. 구들에 잠자코 엎드려 이따금 잠결에 신음 소리 비슷한 소리를 내곤 하던 짐승은 사흘도 채 안 지나 일어나서 혼자 밖에 나가더니 곧 새끼토끼 한 마리를 물고 돌아왔었다……

*보꾹:지붕의 안쪽.

엄둥이는 개, 사냥개가 아니었다. 이미 말한 바와 같이, 그는 말승냥이었다. 동만(東滿)의 틀림없는 순종의 어엿한 말승냥이었다.

한 해 반 가까이 전의 일이었는데, 비바람에 부대껴 쓰러진 아름드리 고목이 송두리째 뽑혀 가로 넘어진 뿌리 밑에 승냥이 굴이 있다는 것을 알게 된 사냥꾼은 사흘을 참을성 있게 노린 보람이 있어 그 가까이에서 어이*짐승을 쏴 쓰러뜨렸다. 다음 그는 허리에 찼던 도끼를 뽑아 들고 승냥이굴에 가서 서로 한 무더기로 꽉 붙어 앉아 겁보다 호기심으로 눈알만 말똥말똥 굴리는 여섯 마리의 새끼짐승을 도끼 등으로 거의 기계적으로 한 마리 한 마리 쳐죽였다. 사냥꾼의 법이 그랬다.

그리고 나서 그는 총을 허연 모래흙이 여태 더덕더덕 붙어 있는 나무 뿌리에 기대어 세워 놓고는 서둘지 않고 어이짐승의 털가죽부터 벗기기 시작하였다.

얼마나 지나서였는지 일을 거의 끝나갈 때 사냥꾼은 누구인지 자기의 미투리 뒤축을 깨물면서 낑낑거리는 데 놀라 돌아보았다.

어떻게 살아 남았는지 모를 새끼짐승이었다.

그날 사냥꾼은 갖다 바치면 그로서는 꽤 큰 머리의 상금을 타산할 수 있을 말승냥이의 털가죽과 못지 않게 값진 어린 짐승들의 털가죽을 자루에 다져 넣어 지고 품에 살아 남은 복슬복슬한 새끼짐승을 안고 집에 돌아왔다.

사냥꾼은 그 새끼짐승이 어려서부터 잘 부닐기는 하면서도

---

*어이:짐승의 어미.

차츰 괜히 아양스럽게 굴지도 않고 괜히 사납지도 않은 묵직한 짐승으로, 자립적이고 힘세고 어딘지 의젓하다 할 데까지 있는 짐승으로 자라나는 것이 대견스러웠다. 그는 그 짐승을 '엄둥이'라고 부르기로 하였다. 물론 그것은 특별한 뜻이 있는 이름이 아니었다. 그러나 그 이름은 그의 마음에 들었고 여느 말승냥이보다 아마도 더 크고도 억세게 자랄 듯하여 보이는 그 짐승의 마음에도 드는 것 같았다.

엄둥이가 어린 새끼짐승으로 사냥꾼의 오두막에 온 그 시기 벌써 눈도 귀도 멀다시피 하였던 토종의 늙은 검둥이가 죽은 뒤 산짐승은 사냥개를 대신하게 되었다. 난 지 대여섯 달도 아마 안 되었을 터이지만 그때 벌써 엄둥이는 죽은 검둥이보다 몸뚱이가 훨씬 더 컸고 영리하기도 아마 경험 많은 사냥개보다 못지않은 듯 하였다…….

외곬으로 고래를 켠 구들은 불이 잘 들었다. 그러나 겨울이면 오두막은 삼한의 날만 아니라 사온의 비교적 포근한 날씨에도 뜨뜻하다고 할 수 없었다. 부엌의 물이 때때로 살얼음에 덮이곤 하였다.

사냥꾼은 겨울철의 기나긴 저녁을 흔히 불이 바깥의 바람소리와 더불어 잉잉거리며 타는 아궁이 앞에 앉아서 아직 잉걸로 채 변하지 않은 나무 위에 땔 것을 조금씩 덧놓기를 좋아하였다. 그럴 때면 엄둥이는 전에 검둥이의 자리였던 주인의 곁의 자리를 차지하고 앉아서 불을 물끄러미 지켜보았다. 언제부터였던지 사람은 그런 때의 말승냥이의 싯누런 호박빛이 깊이 들어앉은 눈을 보면서 놀랍게 생각하였다. 죽은 검둥이도 오래 살아 오면서 불 앞에 앉아 있기를 좋아하였으나 그 언제도 엄둥이처럼 홀리기라도 한 것 같이 시간 가는 줄 모르고 불을 지켜보지는 않았던 것이다. 그저 이따금 눈길로 불을 스칠 정도, 그 이상이 아니었던 것이다.

'엄둥인 무슨 궁리를 하는지?' 하는 생각을 사냥꾼은 점점 더 자주 하게 되었다.

거의 다 자란 말승냥이의 눈에서 읽을 수 있는 것은 그 어떤 호기심 비슷하다고 할 것이 아니었다. 그런 것이 아니었다. 때로 그의 눈은 아궁이의 불길이 귀띔하여 주는 그 어떤 훨씬 더 복잡하고 신묘한 이치의 꼬리라도 잡으려 듯이 끈질긴 고집의 빛으로 번뜩이기도 하는 것 같았다. 그럴 때면 사람은 은근히 그 어떤 두려움 같은 것까지 느꼈다. 사람이 아는 것을 짐승이 모두 다 알 필요가 없을 것이고 사람이 모르는 것을 알 필요는 더더욱 없을 것이었다.

사냥꾼은 전에 검둥이를 곁에 두고, 그 전에는 다른 개들을 곁에 두고 자기의 신세 타령도 꽤 하였다. 그때도 물론 짐승의 동정 같은 것을 타산한 것이 아니었다. 그저 언제나 가슴 아픈 지난날 겪은 참화에 대하여 띄엄띄엄 혼잣소리같이 늘어놓곤 하였다. 하긴 그렇게 하면 마음이 조금이라도 더 편하여지는 것도 아니었다. 그저 그렇게 하지 않을 수 없었다. 그것은 그저 머리에 배고 가슴에 배고 몸에 밴, 깊이 인박인 버릇 비슷한 것이었다.

그러나 엄둥이가 '집안 식구'로 된 뒤 얼마 안 지나서, 더욱이 검둥이를 묻은 뒤 사람은 자기도 모르게 차츰 신세 타령을 줄였고 나중에는 영 그만두게 되었다. 이상하게 들릴 일이겠지만, 불 앞에 앉은 말승냥이 엄둥이의 눈에는 사냥꾼이 인간 세상이라는 것에서 겪고 느끼고 앓고 하여 온 것보다 더 큰, 아니 그것과는 다른, 아마도 다를 성질의 그 어떤 모를 것이 어리곤 하였는데, 그것에는 정말 여태 느껴 보지 못한 신비로운 데까지 있었던 것이다. 사람은 엄둥이라는 산짐승이 불을 두려워하지 않는 짐승으로 자라기까지의 엄청난 길을 자기 눈 앞에서 어떻게 그리고 얼마나 빨리 통과하였는지, 어떻게 여태 그 길로 고통스레나마 나아가고 있는지 알지 못하였다. 짐작조차 없었다.

사냥꾼은 엄둥이가 자기 어이와 동기들을 죽인 것이 누구인지 알 리가 없다는 것을 맨 처음부터 알고 있었다. 그러나 아궁이에서 무사태평으로 훨훨 타는 불을 물끄러미 지켜보는 짐승의 호박빛 빛을 깊이 간직한 눈은 그와 같은 것에 대해서까지 의혹을 느끼게 하였다. 그때 불 앞에서 사람과 짐승은 서로 다른 차원에서 살고 있었다고 할런지……. 정말 생각의 단위가 달랐을 수 있다…….

"넌 웬 생각을 하고 있니?"

사냥꾼은 한 손을 내들어 말승냥이의 갈기털을 쓰다듬어 주었다. 짐승은 어깨만 푸르르 가벼이 떨었을 뿐 아궁이의 불에서 눈길을 돌리지 않았다…….

이미 말한 바와 같이, 엄둥이는 벌써부터 훌륭한 '사냥개'였다. 주인이 무엇을 원하는지 매번 제꺽제꺽 눈치 빠르게 알아맞히고 시키는 대로 원하는 대로 하였고 좀더 커서는 놀라운 꾀와 참을성과 대담성으로 사냥을 도왔다. 늙은 검둥이 한테서 배운 것도 적지 않았겠으나, 엄둥이에게는 처음부터 한 번 한 실수를 다시 되풀이하지 않는, 승냥이라는 족속이 수십만 년 쌓아 온 타고난 재간이 있었다. 그는 주인이 하는 일을 무엇이든 잘 도왔다. 주인이 시내에 나가 물을 길어 오든가 뒷산에 가서 땔나무를 하여 올 때는 물론 이렇다 할 도움을 줄 수 없었으나 늘 그의 곁을 떠나지 않았다. 그는 주인을 지키는 것을 자기의 첫째가는 의무로 알고 있는 것 같았다. 그리고 그는 이 세상에 무서운 것 두려운 것이 없는 짐승 같았다.

사냥꾼은 보통 한 해에 두 번 봄과 가을에 먼 중국인 마을에 가서 수매소에 털가죽을 바치고 탄약과 소금, 밀가루, 수수쌀 등을 사 지고 돌아왔는데, 그럴 때면 사냥개 한 마리만 데리고 (전에는 여러 마리의 개가 있었다) 동트기 전에 집을 나섰다. 그러나 그 해 봄 그는 혼자 길을 떠났다. 그가 엄둥이를 집에 둔 것은 오두막을 지킬 필요가 있어서가 아니라 엄청나게 큰 말승냥이를 데리고 크고 작은 숱한 개가 벅신거리는 마을에 들어서면 무엇이 벌어질 것인지 짐작하기 어렵지 않기 때문이었다.

주인이 털가죽을 새고자리가 안 보이게 잔뜩 실은 지게를 지고 한 손에 사냥총을 들고 나섰을 때 엄둥이는 습관적으로 앞서 나서서 아마도 사냥꾼이 갈 작정일 푸서리의 가느다란 오솔길로 걸어가기 시작하였다.

그런데 주인은, "엄둥아, 엄둥아!" 하고 부르고는 총을 바삐 땅에 놓고 지게를 벗어 작대기를 받쳐 세웠다.

다음 그는 의아해 하는 눈치로 바투 다가선 짐승의 목을 그러안고 오두막 앞으로 이끌어 갔다.

"여기서 기다려라. 해지기 전에 돌아오마. 여기서 기다려라."

사람은 짐승의 등성이의 궁둥이 쪽을 눌러 그 자리에 앉게 하였다.

그는 여러 번 돌아보았다. 엄둥이는 앉혀둔 자리에 한참이나 그냥 앉아 있었는데, 거리가 점점 멀어지자 일어서서 집 앞을 이리저리 성급히 오가며 머리를 높이 치켜들고 사라져 가는 주인의 뒷모습을 바랬다.

주인이 집을 비운 동안 짐승이 무엇을 하였는지는 모르겠으나, 어슬녘에 돌아온 사람은 엄둥이가 앉혀 놓은 자리에 앉아 있는 것을 보게 되었다.

"엄둥아!" 하고 부르자 그 하루 사이에 더 자라기라도 한 것 같이 큰 말승냥이는 땅을 차고 뛰어 일어나 마주 달아와서 두 앞발을 들어 사람의 가슴을 두드리다시피 하면서 뭉툭한 꼬리를 개같이 푸들푸들 저으려고 하였다.

그날은 이를테면 엄둥이가 사냥개, 사람의 집에서 사는 사냥개의 시험을 완전히 치른 날이었다······.

그러나 엄둥이가 주인의 말을 듣지 않은 일, 그런 때도 있었다. 이듬해 겨울 즉 새끼짐승이 사람의 오두막에서 살기 시작한 지 이태가 되었을 때의 일이었다.

······먼 늪의 갈밭에 가서 꿩사냥을 하고 돌아오는 길이었다. 등성마루에 초승의 샛하얀 조각달이 얹혀 있기는 하였으나 이미 꽤 어두워서 흰한 눈이 드러내는 이 윤곽 저 윤곽을 의지하여 걸었다. 그 저녁도 엄둥이는 앞서 슬근슬근 달렸다.

그런데 오두막까지 얼마 남지 않았을 때 사냥꾼은 처음 짐승의 동작에 그 어떤 긴장 같은 것이 넘치는 것을 느꼈다. 사나운 짐승의 냄새라도 잡았을까? 하는 생각이 머리를 스쳤다. 그러나 다음 순간 보니 엄둥이는 주둥이를 높이 뽑아 들고 길이라도 잃은 듯 이리저리 갈팡질팡 돌아치기 시작하였다. 사냥꾼은 어깨의 총을 벗어 들며 걸음을 늦추었다. 그런데 그 다음은 더 뜻밖의 일이 벌어졌다. 엄둥이는 단 한번도 주인의 쪽을 돌아보지 않고 오른편의 야산을 향해 내달아갔다. 훤한 눈 위를 날 듯이 달아가는 거먼 점은 거의 큰 호를 그리면서 야산의 등성이까지 굴러가더니 이윽고 그 너머로 사라지고 말았다. 정말 뜻밖의 일이었다. 사냥꾼은 엄둥이가 자취를 감춘 데를 향하여 내달았다. 얼마 안 가서 숨이 가빠졌다. 눈은 아직 깊지 않았으나 그래도 발이 빠지곤 하여 닫기 쉽지 않았고 야산이라고는 하지만 꽤 가팔랐다. 그래도 이럭저럭 등성이까지 올라선 사냥꾼은 총을 겨눠 들다시피 하면서 훤히 트인 앞을 한눈에 그러안으려고 하였다. 그러나 눈앞의 넓게 펼쳐져 나간 동만의 잡목림에는 아무것도 보이지 않았다. 좀더 정확히 말한다면, 움직이는 것이라고는 아무것도 보이지 않았다……

　엄둥이는 새벽녘에야 오두막에 돌아왔다. 주인은 문 열리는 소리에 잠을 깼으나 일부러 눈을 감은 채 짐짓 모르는 체하였다. 짐승은 주인의 곁을 소리 없이 지나 부뚜막 끝의 제자리에 가서 엎드렸다. 그는 그 뒤도 두 앞발 위에 턱을 얹은 채 아무런 소리도 내지 않았으나 사람은 짐승이 잠들지 않았다는 것을 느낌으로 알 수 있었다.

그때로부터 반달도 더, 달이 동그래졌다가 다시 이지러질 때까지 엄둥이는 오두막의 법, 사냥꾼과 사냥개의 법, 사람의 법과는 전혀 다른 법으로 살았다.

　사냥꾼은 말승냥이를 사로잡은 것이 무엇이겠는지 거의 맨 처음부터 짐작할 수 있었다. 그래 그는 그냥 두기로 하였다. 처음에는 엄둥이를, 유일한 '사냥개'를 잃게 되지 않을까 하는 걱정이 앞서기도 하였다. 보통 쌍을 짓고 사는 들짐승인 말승냥이는 새끼들을 함께 먹여 기르는 만큼 엄둥이는 집을 영영 떠나고 말 수도 있을 것이었다. 그러나 그는 그런 걱정을 꽤 일찍이 버렸다. 그 반달 동안도 엄둥이는 때때로, 때로는 사날에 한 번이라도 집에 돌아와서 사람의 곁에 소리 없이 앉아 그 싯누런 눈으로 불길을 홀린 듯 지켜보곤 하였던 것이다. 그리고 산토끼나 꿩을 물고 돌아온 일도 한두 번이 아니었던 것이다.

　밤이면 때때로 말승냥이떼 우는 애처로운 소리가 바람에 실려 혹은 광야의 우주적인 정적을 타고 오두막까지 들려오기도 하였다. 사냥의 법에 의하면, 사냥터에 들어온 승냥이나 여우, 너구리나 살쾡이는 무자비하게 잡아 없애는 것이 옳았다. 그러나 사냥꾼은 그 법을 어겼다. 승냥이떼를 건드리지 않았다. 그것이 옳다고 생각하였다……

　사람과 말승냥이는 오 년 남짓이 한 지붕 밑에서 살았고 함께 사냥하러 다녔다. 함께 불을 지켰다.

　그러나 달 밑의 하 넓은 세상에 무상치 않은 것이 없다고, 그들도 갈라질 날이 왔다.

하루 아침 부뚜막의 제 자리에 엎드려 있던 엄둥이가 두 귀를 쫑긋 세우더니 금방 일어난 주인과 눈길이 마주치자 으르렁하며 단숨에 부엌에 내려뛰고는 문을 차고 밖으로 달아나갔다.

주인은 벽에 세워 둔 총을 덥석 잡고 문 앞에 가서 유리조각에 얼굴을 대었다. 곧추 달아나가던 엄둥이는 무엇에 놀랐는지 갑자기 무르춤하더니 오른쪽으로 몸을 빼듯 하였다. 보니, 말승냥이로 하여금 그와 같이 행동하게 한 것은 사람, 앞에 두 사람 다음 스무 걸음 가량 사이를 두고 세 사람 다음 또 스무 걸음 가량 더 사이에 두고 세 사람, 사람이었다. 제각기 총을 지고 메고 한 사람들이었다. 그들도 이미 짐승을 본 듯하기는 하였으나 총을 쏘지도 겨눠 들지도 않고 걸음을 이어 이쪽으로 오고 있었다. 엄둥이를 개로 보았을 수도 있을 것이었다.

엄둥이를 따라 밖으로 나가 피하기는 이미 늦었을 것이었다. 물론 죄다 그것이 웬 사람들인가 하는 데 달렸을 것이기는 하였으나, 사냥꾼은 가쁜 숨을 몰아쉬며 망설였다. 그는 근 이십 년이나 사냥꾼 노릇, 포수 노릇으로 살아 오기는 하였음에도 총 가진 자들을 무서워하기는 거의 본능적이었다. 그 아침 오두막을 향하여 걸어온 사람들은 불청객이었다.

어느새 사냥꾼은 그 불청객들이 총질을 시작하는 경우 자기로서는 어떻게 하는 것이 상책일까 하는 궁리까지 하였다. 그런데 그들이 차츰 가까이 다가왔을 때보니 모두 군복 차림이 아니었다. 적어도 제각기 제 나름의 차림이었다.

집에서 마흔 걸음 가량 되는 곳까지 이르렀을 때 앞에서 걷던 두 사람이 손을 들어 뒤따르는 사람들에게 웬 신호인지 하였다. 그러자 나머지 여섯은 멈춰섰다. 엄둥이는 멀찌가니 떨어진 곳에서 잔걸음을 치면서 불안에 넘쳐 개처럼 짖어대고 있었다.

사냥꾼은 어쩌면 좋을지 몰랐다. 불청객들이 원수들이라면 앞서 걸어오는 두 놈부터 처치하고 보는 것이 옳을 수도 있을 것이었다. 그는 망설였다. 총 쥔 자리가 어느새 땀에 축축하였다.

그런데 앞서 다가오던 사람 중 한 사람이, "아마도 포수막일 거야……." 하는 것이 들려왔다.

조선말이었다. 그리고 눈여겨보니, 목소리로 짐작할 수 있은 것처럼 애젊은 사람이었고 그와 함께 여전히 은근히 경계하는 눈치로 연해 두리번거리며 걸어오는 사람은 반대로 나이 지긋하여 보였다.

사냥꾼은 뚜렷한 이유도 모르면서 마음이 놓이는 것을 느꼈다. 그는 총열을 드리우고 방문을 열고 밖에 나섰다.

두 사람은 멈춰섰다.

"포수님이시지요?"

젊은이가 한 걸음 바삐 내디디며 물었다.

"예, 포숩니다." 하고 사냥꾼은 그들이 가려들을 수 있으리만큼 크게 대답하였다.

"어디로 가시는 분들입니까?"

젊은이는 대답에 앞서 돌아서서 기쁜 듯 손을 높이 쳐들어 휘저으면서 뒤따라 오다가 멈춰선 사람들에게 소리질렀다.

"포수막이요! 조선사람 집이요!"

다음 그는 돌아서서 온 얼굴에 웃음을 담고 말하였다.
"우린 먼 길 갑니다."

엄둥이는 주인이 집에서 나온 것을 보고도 짖기를 그치지 않았다. 첫째로, 그는 주인 이외의 사람을 난생 처음 보았다. 그리고 그들은 모두 그 피할 수 없는 죽음의 불을 토하는 흉기를 갖고 있었다. 엄둥이는 사람들과의 사이에 총의 불이 닿는 거리를 경각성 높이 유지하고 계속 돌아치면서 짖어댔다. 울어댔다. 그것은 듣기 좋은, 특히 습관되지 않은 사람들의 귀에 듣기 좋은 소리일 수 없었다. 그러나 주인이 무슨 말을 하였는지, 그 사람들은 말승냥이에게 별로 주의를 돌리는 것 같지 않았다. 하긴 주인은 몇 번 엄둥이의 쪽을 쳐다보았으나 역시 아무런 말도 없었다. 부르지도 않았다.

보느라니, 주인은 집에서 무엇인지 사람의 위통보다도 크게 가득 다져 넣은 배낭과 총을 들고 나왔다. 옆구리에 찬 도끼도 보였다. 먼 곳으로 사냥 떠날 때와도 같은 채비였다.

마침내 낯선 사람들은 앉아 쉬던 자리에서 일어나서 한 줄로 늘어섰다. 맨 앞에 전에 앞서 왔던 젊은이가 서고 그의 곁에 사냥꾼이 섰다. 그들이 앞서서 먼저 걷기 시작하자 그 뒤를 네 사람이 늘어서서 따랐고 끝에 셋이 역시 한 줄로 늘어섰다. 그제야 주인은 총을 든 손을 높이 쳐들면서, "엄둥아!" 하고 불렀다.

말승냥이는 온몸에 경련이라도 인 듯 푸르르 떨더니 네 발을 차고 주인을 향하여 내달았다. 그러나 다음 순간 그는 그 어떤 극복할 수 없는 장애물에 부닥치기라도 한 듯 무춤 멈춰서서 그 즉시로 뒷걸음질쳤다. 그의 사납게, 성난 듯 짖던 소리는 어느새 의지가지없는 새끼짐승의 깽깽거리는 애처로운 소리로 변하였다.

그런데 낯선 사람들도 주인도 멈춰설 생각이라고는 조금도 있는 것 같지 않았다. 그들은 뒷산 비탈로 옮겨가고 있었다.

"엄둥아! 이리 오너라!" 하고 다시 주인이 높이 외쳐불렀다.

그러나 엄둥이는 내달릴 수 없었다. 그는 목을 뽑아 들고 사라져 가는 사람들의 뒷모습을 바랬다. 연신 새끼짐승같이 울면서.

사람들은 등성이에 올라섰다. 이번에는 주인만 아니라 나머지 사람들도 모두 손을 높이 들고 불렀다.

"엄둥아! 이리 오너라!"

그러나 이번에도 말승냥이는 그들이 있는 쪽으로 내달릴 수 없었다.

사람들은 등성이 너머로 사라져 갔다. 짐승은 한참이나 그 빈 등성이를 바라보더니 머리를 떨어뜨리고 거의 선 자리에서 실신한 듯 황급히 돌아쳤다. 다음 그는 무엇에 아프게 맞기라도 한 듯 끽 소리를 한 번 지르고는 내달았다. 단숨에 오두막까지 달아갔다. 발로 부엌문을 열고 안으로 뛰어들어갔다. 도로 뛰어나왔다. 오두막 주위를 한 바퀴 두 바퀴 세 바퀴 달아 돌았다. 주인은 아무데도 없었고 또 있을 리도 없었다. 다음 짐승은 사람들이 사라져 간 등성이를 향하여 비탈을 쏜살같이 달아 올라갔다. 등성이 위에서 보니 사람들은 멀리 잡목림 속으로 자취를 감추어 가고 있었다.

말승냥이는 목을 길게 뽑아 들고, "우—우우—우—우우—" 하고 울기 시작하였다……

산개울 가에 조심스럽게 어디에서도 보이지 않을 작은 모닥불을 피우고 물을 덥히고 밤을 보낼 준비를 하기 시작한 사람들은 외승냥이의 울음 소리가 어스름을 타고 어디선지 멀리에서 다시 들려 왔을 때도 사냥꾼을 동정의 눈으로 보았다. 그는 먼 길을 걸어오면서 그들에게 틈틈이 엄둥이의 역사를 자세히 이야기하여 주었었다.

"저건 틀림없이 우리 엄둥이가 우는 소리지."

그 근 이틀 동안 사냥꾼은 몇 번이나 이렇게 말하였는지 모른다.

"정말 우리 엄둥이야! 그러나 엄둥일 데리고 어떻게 국경을 넘어서겠어? 이것두 팔자라는 거겠지. 누가 먼저 죽을 때까지는 늘 함께 사냥하러 다닐 줄로만 알았었는데……."

그 저녁 사냥꾼은 이렇게도 말하였다.

1945년 8월. 소련 육군의 한 수색 중대가 주력 부대들과는 떨어져서 단독적으로 짐승들이 다졌을 좁은 길로 소만 국경의 한 지점을 넘어섰다.

중대는 이틀이나 밤낮 멎지 않고 쏟아지는 여름비 속을 행군하였는데, 도중에 인가 하나 산 사람 하나 만나지 못하였다. 그러나 마침내 비가 멎은 뒤 얼마 안 지나서 한 벌거숭이 야산의 기슭에 조그마한 오두막 하나가 있는 것을 보게 되었다.

먼저 오두막에 가까이 다가선 척후 분대가 허공에 대고 따발총 단발 사격을 하였다. 그러나 그 오두막에서는 아무런 반응도 없었다.

중대장이 오두막까지 왔을 때 척후 분대장이 보고하였다.

"빈 집입니다. 그런데 안을 엿보았더니 산더미같이 짐승의 뼈가 쌓여 있고 방바닥에도 웬 큰 짐승의 해골이 가로놓여 있습니다."

중대장은 말없이 오두막에 다가가서 방문 비슷한 것을 당겼다. 그는 잠시 머뭇거리는 태도였으나 곧 안으로 들어섰다. 집안은 처음 몹시 어두운 듯하였는데 눈은 곧 습관되었다.

중대장은 그 오두막 안에 근 반 시간이나 머물러 있었다. 중대장이 도로 밖으로 나왔을 때는 대원들이 여기저기 자리잡고 앉아 쉬고 있었는데, 벌써 산더미 같은 짐승의 뼈에 대한 소문이 퍼진 뒤라 모두 호기의 눈으로 그를 쳐다보았다. 그 눈치를 차리고 중대장은 바로 창문 앞의 꽤 평평한 돌에 걸터앉아 이야기하기 시작하였다.

"이 집의 주인은 사람이 아니라 말승냥이었던 것 같소. 적어도 지난 몇 해는 바로 그랬을 거요. 하긴, 달리 생각할 수도 있소. 이 집의 주인은, 사람은 어디론지 갔다가 돌아오지 않아서 그 주인을 말승냥이가, 아마도 길들인 말승냥이가 몇 해나 계속 기다리다가 저도 죽고 말았을 수도 있소. 이빨로 보면 아직 늙은 짐승이 아닌데, 방바닥의 한 구석에 누워 고요히 잠들기라도 한 것 같소……. 부엌의 짐승뼈로 말하면, 주로 산토끼와 꿩, 물오리의 뼈인데 총에 맞은 것은 하나도 보이지 않소. 아마도 숱한 쥐들이 제 일을 해서 뼈마다 깨끗이 다듬기라도 한 것 같지만 대다수의 골격이 허물어지지 않은 것으로 보아 말승냥이가 제가 먹으려고 잡아 들인 것이 아닐 수 있소. 그럼 누구를 위해 잡아 들였겠소? 그 어디론지 가 버린 사람을 위해 잡아 들인 것은 아닐지? 지금 그걸 어찌 알 수 있겠소……. 승냥이는 아무리 잘 먹여도 기회만 생기면 숲으로 도망친다는 말이 있는데…… 언제나 맞는 말이 아닐 수도 있소……. 우리 임산 사업소에도 길들인 승냥이가 한 마리 있었소. 전쟁 전의 일이었지만. 훌륭한 사냥개였소. 하긴 사냥꾼들의 말에, 그 짐승을 승냥이 사냥에 쓸 수는 없다고 하였소……. 한마디로, 저 말승냥이는 애오라지 사람의 집을 끝까지 지키다가 죽었을 거요……."

1951년(조양천)~1958(모스크바)년 작.

이끼 푸른 바위

세 면이 푸른 산으로 둘러막힌 좁은 골의 비탈에 붙어 앉은 크지 않은 마을의 맨 위쪽 끝에 조그마한 오두막이 있었다. 그 오두막에서는 가난한 농부가 아내와 단둘이서 살았다. 그들이 이른 아침부터 저녁 노을빛이 꺼질 때까지 다루고 이른 봄부터 늦가을까지 땀으로 적시는 산비탈의 돌이 많은 뙈기밭은 주는 것이 얼마 되지 않았다. 그러나 그들은 남이 잘 산다고 부러워해 본 일이 없었다. 그 외진 산골 마을에는 부잣집이라고 할 만한 집이 없어서 어느 집에서나 봄이 오기 훨씬 전부터 하늘을 쳐다보곤 하였고, 또 그들도 세상에 어떤 부자가 있는가 하는 이야기는 들었으나 그런 부자를 자기 눈으로 직접 본 일이 없었던 것이다. 보지 못한 것은 없는 것과 다름이 없다.

그럼에도 가난한 부부는 크나큰 원이 있었다. 아이가 있었으면 하였다…….

어떤 힘으로도 농부들을 집에 붙들어 둘 수 없는 이른 봄의 일이었다. 그날도 가난한 부부는 진종일 바윗돌 사이의 뙈기를 팠다. 그런데 저녁에 밭에서 돌아와 보니 뜻밖에도 집 앞의 나뭇등걸에 백발의 늙은이가 사람의 키보다 훨씬 더 긴 지팡이를 세워 짚고 앉아 있었다.

"잘 오셨습니다. 스님!" 하고 농부는 낯선 늙은이를 중으로 보고 머리 숙여 인사하였다.

"수고들 하십니다." 하고 조용히 대답하고 늙은이는 말하였다.

"나는 먼 길을 가는데 오늘은 이렇게 해가 저물었습니다. 하룻밤 묵어 가게 해 주시면 대단히 고맙겠습니다."

"어서 그렇게 하십시오, 스님. 그저…… 우린 집이 비좁고 어지러워…… 용서해 주십시오. 어서 들어갑시다."

뜻밖의 손님을 맞아 들이게 된 것을 기뻐하면서 농부는 늙은이에게 문을 열어 드렸다.

바깥과는 달라 집안은 벌써 어두웠다. 농부는 서둘러 관솔불을 지피고 그 앞의 자리를 늙은이에게 권하였다. 다음 그는 겨울을 난 몇 마리 남지 않은 닭이 홰에 올랐을 헛간으로 갔다…….

바깥이 산골답게 캄캄해졌을 때에야 농부의 아내는 김이 이는 밥상을 들고 들어와서 늙은이의 앞에 놓았다.

"어서 드십시오, 스님. 철이 철이라 반가운 손님께 이런 것밖에 대접해 들릴 수 없어 미안합니다. 용서해 주십시오. 스님."

농부는 말하였다.

손님은 가슴 앞에 두 손을 모으며 머리를 약간 숙이고 나서 조밥과 닭고깃국을 들기 시작하였다. 시장할 늙은 길손을 방해하지 않으려고 부부는 부엌으로 내려갔다.

저녁이 끝난 뒤 뜨뜻해진 구들에 손님의 잠자리를 펴 드렸다. 그런데 부부가 편안히 주무시기를 바란다고 하고 방을 나서려고 하였을 때 늙은이는 그들을 멈춰 세웠다.

"친절하고 어진 내외분, 미안하지만 잠깐 나와 함께 앉아 계시지요. 몹시 피곤할 거고, 또 내일 아침 일찍이 일어나야 한다는 것도 나는 잘 압니다. 그러나 잠깐만 이 늙은이의 말벗이 되어 주십시오."

농부와 그의 아내는 늙은이의 앞에 도로 앉았다. 그들은 정말 밭일로 지쳤으나 나이 많은 길손의 그와 같은 청이 반가웠다.

"나는 젊은 내외분께서 무엇이 제일 큰 원인지 압니다."

이윽고 늙은이는 천천히 말하기 시작했다.

"내외분같이 착한 이들의 후손이 이 세상에 남지 않는다면 그런 이에 어긋나는 일이 없을 겁니다."

"그것은 잘 모르겠습니다. 스님…… 그러나 우리는 정말 아이를 보고 싶습니다. 아들이든 딸이든 정말 아이를 보고 싶습니다."

농부는 얼른 대답하였다.

"그래요, 우리는 정말 아기가 있으면 해요."

아내도 따라 말하였다.

"내외분은 아들을 보게 됩니다. 좋은 아들을 보게 됩니다. 그런데 그러자면 내외분이 함께 바위 암자를 찾아가서 빌어야 합니다. 바위 암자는 뒷산 고개 저편 비탈 늙은 피나무의 그늘에 있습니다."

농부는 자기네 산을 어려서부터 잘 알고 있었다. 그는 어떤 암자도 생각나지 않았다.

그럼에도 그는 정중하게 대답하였다.

"고맙습니다, 스님. 우리는 꼭 그 암자를 찾아가서 우리 집에 아들이 나게 하여 달라고 빌겠습니다."

주인네는 늙은이의 앞에 머리를 깊이 숙여 절하였다.

그런데 머리를 들자 놀랍게도 방안에는 이미 아무도 더 없었다…….

이튿날 아침 일찍이 부부는 그 '바위 암자'라는 것을 찾아 길을 떠났다. 그들은 여투어 두었던 마지막 몇 줌의 좁쌀로 지은 뜨끈한 밥을 싸들고 갔다. 집에는 이미 사흘 뒤 심을 씨밖에 남지 않았다.

습관적인 길이라 꽤 빨리 고갯마루에 오른 부부는 앉아 좀 쉬기로 하였다. 이제는 바로 어느 방향으로 가야 할지 생각해 보아야 하였다. 농부는 '바위 암자'라고 할 수 있는 것만 아니라 어떤 암자도 자기는 본 일이 없다는 것을 맨 처음부터 잘 알고 있었다. 혹 그 이상한 늙으신 스님은 그 어떤 다른 것을 염두에 두고 '암자'라고 하시지 않았는지? 그가 아는 한 그 고개의 뒤쪽 비탈에는 산신당 비슷한 것 하나 없었다…….

그런데 아내가 갑자기 일어서더니 고개에서 왼쪽으로 내려가는 한 오솔길을 가리켰다.

"스님께서 이 길로 가시지 않았을까?!"

그 오솔길에는 아마도 지팡이의 뾰죽한 끝이 남겼을 여러 개의 자국이 사이를 두고 점점이 뚜렷이 나 있는 것이 보였다.

부부는 그 오솔길로 바삐 걸어 내려갔다.

오솔길은 크고 작은 나무들이 우거진 사이를 이리 돌고 저리 돌고 하더니 지팡이 자국과 함께 풀 속으로 사라져 가기 시작하였다. 그런데 바로 그때 빽빽이 들어선 나무들이 얽혀 이룬 긴 굴의 깊은 곳에서 무엇인지 번뜻번뜻 어른거렸다. 부부는 걸음을 재촉하였다. 마침내 그들은 햇볕에 환히 물든 크지 않은 풀밭에 나섰다. 그들은 눈이 동그래졌다. 앞에 오래 묵은 피나무가 억센 가지를 사방으로 펼쳐 들고 솟아 있고 그 밑에 낮은 돌탑같이 생긴 것이 서 있었던 것이다.

그 돌탑같이 생긴 것은 크지 않았다. 그것은 두 층으로 되어 있는 것 같았으나 아래층은 층이라기보다 넓은 주추 비슷하였고 윗부분은 돌지붕을 이었는데 앞벽이 없는 단칸방의 모양이었고 안은 텅 비어 있었다. 그리고 그 돌집은 울창한 산림 속의 만 년 묵은 바위같이 온통 퍼런 이끼로 덮여 있었다.

부부는 바로 어제 저녁의 이상한 나그네가 말한 것을 찾아내었다는 것을 깨달았다.

"미안하오만, 누가 여기 계시는지요?"

농부는 조심스레 물어보았다.

아무러한 대답도 없었다. 농부는 다시, 좀더 큰 목소리로 두 번 더 물어보았다. 그러나 역시 누구도 대답하지 않았다.

농부와 그의 아내는 나그네가 '바위 암자'라고 부른 것에 다가가서 그 주추같이 생긴 것의 위에 나무그릇에 담은 아직 채 식지 않은 조밥을 놓고 제사 때처럼 수저를 꽂아 놓았다. 다음 그들은 몇 걸음 물러서서 머리를 땅까지 숙여 절을 하였다.

"제발 빕니다. 우리를 도와주십시오. 우리에게 아이를 주십시오!"

부부는 한 입으로 같이, 그러나 입안이 말라든 듯 가까스로 말하였다.

다음 그들은 다시 머리를 깊이 숙여 절을 하고 다시 빌었다.

"우리를 도와주십시오. 우리에게 아이를 주십시오."

여전히 아무러한 대답도 없었다. 부부는 세 번째로 절을 하고 다시 빌었다.

이번에도 대답이 없었다. 그러나 어디서인지 방울새 비슷한 작은 새들이 열대여섯 마리 떼지어 날아오더니 부부의 눈앞에서 잠깐 사이에 조밥을 한 알 남기지 않고 쪼아 먹고는 즐겁게 지저귀며 날아갔다.

부부는 제 나름으로 그것을 응당한 일로 보고 빈 밥그릇을 들고 바위 암자에 작별 인사를 드렸다…….

오래 아이가 없는 농부의 아내의 몸이 무거워졌다는 것을 알게 된 마을 사람들은 모두 놀랍게 생각하였고, "정말 하느님이 계신다니!" 하면서 기뻐하였다.

농부의 집에서는 나야 할 때에 사내아이가 났다.

그는 다른 아이들보다 더 빨리 자라지도 더 크게 자라지도 않았다. 그러나 이웃들은 그를 보고 언제나 기특해 하였다. 그의 착하고 영리하고 맑은 눈을 보는 사람은 누구나 저도 몰래 생그레 웃곤 하였다.

부부가 마을의 늙은이의 말대로 태석이라고 부르기로 한 사내아이는 돌이 좀 지났을 때부터 반 알몸에 맨발로 비탈의 떼기 밭을 뛰어다니면서 그들의 일을 흉내내려고 하는지 도우려고 하는지 하여 행복한 부모로 하여금 눈시울을 훔치게 하였다.

사내아이는 온종일 흙밭에서 놀았으나 어떤 먼지도 그에게는 묻지 않는 것만 같았다. 그것은 아마도 그의 맑은 눈이 언제나 생글생글 웃고 있었기 때문일 것이다. 마을에서는, '하늘의 덕으로 난 아이가 다르지!……' 하는 말을 자주 들을 수 있었다…….

2.

그 두메 산골을 찾아 다니는 사람은 아주 드물었다. 그러나 오랫동안 아이를 보지 못한 가난한 농부의 집에 산신령을 괴인 덕으로 훌륭한 사내아이가 났다는 소문은 마침내 어느 하루 면소가 있는 큰 마을까지 전해졌다.

거기에서는 벼슬길에서 보람을 보지 못한 벼슬아치가 벌써 여러 해 동안 주인 노릇을 하고 있었다. 그는 오래 전부터 이리의 잔인성과 승냥이의 욕심으로 유명하였다. 조금이라도 더 높은 벼슬 자리를 할 날이 오려니 하는 희망이 실낱 같으나마 붙어 있는 동안은 그에게도 나라의 법, 사람들의 세상의 법이 그 어떤 뜻을 가졌었다. 그러나 서울의 관청은커녕 고을에서도 사람들을 부릴 팔자가 아니라는 것을 깨달은 순간부터 그에게는 족쳐라, 앗아라 하는 법 이외의 어떤 법도 더 남지 않았다.

또 그에게는 아이가 없었다. 그는 아이를 데린 사람들을 시기하였다. 그것은 시커먼 악의에 찬 시기였다.

"뭘 토끼 새끼같이 잔뜩 낳아 놓고 이게 없니 저게 모자라니 하면서 늘 우는 소리야?! 무우 같으면야 동치미라도 담그리만!"

우연히 눈에 걸린 아이들에게 발길질을 하면서 그는 욕설을 퍼붓곤 하였다.

그럼에도 그는 아이가 있었으면 하였다. 그것은 크고도 간절한 원이었다. 단 하나라도 좋으니, 지어 병신이라도 좋으니 아이가 있었으면 하였다. 아이만 나면 그가 애비 노릇을 어떻게 하는지 온 세상이 보게 될 것이었다!

그런즉 훌륭한 사내아기가 신기하게 났다는 소문을 들은 귀가 어찌 쫑긋 서지 않을 수 있었겠는가?

알아볼 것을 다 알아보고 나서 벼슬아치는 부랴사랴 길 떠날 차비를 시작하였다. 소박데기 아내더러 새 비단 옷을 지어 입으라고 하고 자기도 고을의 어른들이 보면 칭찬하지 않을 수 없는 성장을 갖추었다.

길 떠날 바로 전날. 종이 제물에 대해서 상기시켰다.

"제물이라니? 아 참, 깜빡 잊었군. 그 산귀신 뭘 받고 아이를 주었다더라?"

"듣자니 조밥을 드렸답니다."

"그럼…… 이밥을 지으라고 하여라. 그러구 도중 먹을 술과 안주도 잊지 말어. 두멧구석 두더지들한테서 뭘 얻어먹겠니. 모자라지 않게 하여라. 날마다 하는 행차가 아니다……."

한 달이 지나 벼슬아치의 아내는 남편에게 몸에 변화가 생긴 것을 느낀다고 알렸다. 그는 어찌나 기뻤던지 아이들과 아이들을 데린 사람들을 보면 욕질, 발길질을 할 대신에 괜히 벙글거려 그들을 더 놀라게 하였다.

 벼슬아치는 아들이 나기를 오래 앞두고 굉장한 잔치를 차릴 준비를 하기 시작하였다. 아들? 그는 산신령의 앞에 이밥을 놓고 바로 아들을 달라고 하였던 것이다. 그는 잔칫상 머리에서 '즉흥으로' 읊을 시까지 미리 남몰래 지어 두었다.

 복이라면 도읍의 고대 광실도
 만민을 부리는 권세도
 부귀 영화도 결코 아니다
 내 복은 내 아들이다

 그러나 그 잔치는 차려질 팔자가 아니었다. 아내는 제때에 무난히 아들을 낳았는데 그것은 사람의 몸뚱이에 이리의 주둥이를 한 아이였다.

 산신령의 덕으로 가난한 농부의 집에 훌륭한 사내아기가 났다는 소문과 면의 사나운 벼슬아치의 집에 이리의 주둥이를 한 아이가 났다는 소문은 거의 때를 같이 하여 고을에 전해졌다.

 그 고을의 주인은 원이 아니라 부자였다. 그는 왕이 준 어떤 벼슬도 하지 않았으나 그보다 더한 권세는 누구에게도 없었다. 고을의 벼슬하는 자들은 그에 비하면 모두 거지나 다름없었다. 그의 가문은 수백 년을 내려오면서 단 한 사람의 학자도, 무인도, 농부도, 장인도 낳지 않았다. 오직 부자로만 이름난 가문이었다. 그러나 잘 아는 바와 같이, 어떤 재산도 저절로 생겨나지 않으며 또 저절로 보존되지도 않는다. 재산을 불어먹기는 삼복철에 냉면 한 그릇 들이켜기보다 못지않게 쉽다. 그러니 그 부자는 자기 아버지의 어엿한 아들이었고 자기 할아버지의 버젓한 손자였다…….

그런데 그에게도 아이가 없었다. 지어 수많은 첩 가운데서도 그에게 아이를 낳아 줄 재간이 있는 여자는 나타나지 않았다. 그러니 그 이상한 소문을 듣자 그는 공돈 천 냥이 생긴 것 같이 기뻐 너털거리면서 무릎을 치고 그 동안 그가 늘 틀어박혀 있은 첩의 집의 창호지를 울렸다.

"드디어 하늘이 나에게 은혜를 베푸는구나. 나는 아들을 보게 됐다. 우리 집안의 대를 당당히 이을 아들 말이다!"

그 '당당히'라는 말은 첩의 비위를 긁지 않을 수 없었다.

"그러나……. 그 벼슬아치는 이리 새끼가 났다고 하잖아요 글쎄."

"허! 나는 그 고약한 녀석을 알지. 사납기로도 욕심이 지독하기로도 정말 게걸스러운 이리야! 아들 내라고 산신령을 찾아가서 아마 떡 한 쪽 아꼈을걸. 허나 나야 쏟아 놓지! 아들 보러 가서 뭘 아끼겠나 글쎄……. 그리고 임자는 두려워할 것 없네, 이리 새끼 낳을 거 임자가 아닐세……."

고을의 주인은 아내더러 전에 젊은 미인 때에 입었던 제일 화려한 옷을 차려 입으라고 하고 머슴들에게 행차 준비를 본때 있게 하라고 일렀다.

"산신령님께 무엇을 드릴까요?" 하고 아내가 조심스레 물었다. 소문이 소문이라 은근히 걱정이었다.

"가난뱅인······ 조밥 한 그릇 갖다 주고 아들을 벌었고, 그
이리 녀석은 이밥을 갖다 놓았다지······ 물론 이밥은 조밥보
다 몇 곱 더 비싸겠지만 그 녀석은 더 좋은 것도 갖다 줄 수
있는 게 그렇게 다랍게 굴었단 말야. 내 궁리 이치에 맞지?
바로 그래! 녀석 고기붙이를 아꼈어. 나야 조밥도 가져가고
이밥도 가져가고 고기도 가져가지. 닭 열 마리 잡으라 하여
라. 하긴 댓 마리도 넉넉하겠지······."

부자의 아내도 사내아이를 낳았다. 단 그 아이는 돼지 주둥
이었다······.

3.

세월은 흘러 태석은 흠할 데 없는 훌륭한 총각으로 자라났
다.

그는 자기의 출생이 어떤 기적이었는지 이미 알고 있었다.
그는 또한 이끼 푸른 바위 암자의 산신령이 면의 우두머리에
게 '이리'를 주고 고을의 부자에게 '돼지'를 주었다는 것도
알고 있었다. 이 생각으로 그는 늘, 흔히 자기도 몰래, 속을
썩였다. 그러나 마을에서는, 특히 늙은이들이, 그것은 조금도
이상한 일이 아니라고들 하였다. 이리에게서 이리가 나고 돼
지에게서 돼지가 났다는 것이었다.

"그러나 그들도 사람이 아니예요?!"

"아니다, 그들은 사람이 아니다. 너는 그들을 몰라 그런다.
정작 말한다면, 면의 그놈은 이리보다 더 사납고 고을의 부자

는 돼지보다 욕심이 더 고약한 놈이다!"

"그래도 나는 그들이 불쌍해요. 그들은 내 동생 같은 것들이 안야요 글쎄. 그들에게 무슨 죄가 있어요?"

"그들은 정말 죄가 없을 거다. 그러나 면의 우두머리는 아무래도 제 아들을 이리보다 더 사나워지게 할 거고 부자는 아들의 욕심이 돼지보다 더해지게 할 거다."

"그러나 날 때부터 짐승 모양을 해서야…… 내 생각엔 정말 억울한 일이예요……."

총각은 오래 생각하였다. 그 생각은 뽑지 못한 가시였다. 마침내 하루 그는 이끼 푸른 바위 암자를 찾아갔다.

암자의 대에 노란 산국을 한 묶음 얹어 놓고 그는 절하였다.

"산신령님에게 나를 세상에 나게 해 주신 데 대하여 다시 감사를 드립니다. 아버님 어머님께서는 산신령님의 은혜는 평생 갚을 수 없으리라고 하십니다. 그런데 나는 오늘 큰 청이 있어 왔습니다. 이리 총각과 돼지 총각이 온전한 사람으로 변하도록 제발 도와주십시오. 나는 그들을 한번도 보지 못하였습니다. 그러나 이리 이빨을 한 총각과 돼지 주둥이를 한 총각이 불쌍해서 나는 마음이 놓이지 않습니다."

어디서인지 우람스러운 목소리가 메아리같이 울려 왔다.

"너는 잘 생각해 보았느냐? 후회하지 않겠느냐?"

태석은 그 뜻밖의 목소리에 몹시 놀라기는 하였으나 굳이 대답하였다.

"후회하지 않겠습니다, 산신령님."

그는 또 무슨 말이 울리지 않을까 하여 기다렸다. 그러나 아무런 소리도 더는 없었다. 한참 더 귀를 기울이고 있다가 그는 작별 인사를 하고 집으로 돌아왔다.

바위 암자를 찾아간 데 대한 말을 그는 누구에게도 하지 않았다.

그 뒤 얼마 안 지나서 두멧골에도 '이리'와 '돼지'가 갑자기 온전한 사람의 모습을 하게 되어 이제는 그 부모들이 대를 이을 것들을 차려 입혀 데리고 나서서 바람을 쐬곤 한다는 소문이 들려 왔다. 마을 사람들은 그 소문에 적지 않은 호기심으로 대하기는 하였으나 좋다 궂다 하는 말은 없었다. 태석은 그 죄 없는 총각들의 변모를 진심으로 기뻐하였다.

몇 해가 더 지났다. 온 군이 부자의 아들 때문에 전보다 더 큰 고생을 하게 되었다. 젊지 않은 아비를 대신하여 일찍이 축재지 대사에 나선 그는 어떤 굴레도 모르는 짐승이었다. 온 군이 그의 장리빚의 덫에 치이고 그물에 걸려 허덕였는데 관아에서는 법을 핑계로, 혹은 법이 없는 것을 핑계로 어떤 신소도 들어 주려고 하지 않았다. 하긴 그런 신소가 헛일이라는 것은 누구나 애초부터 잘 알고 있었다.

면의 우두머리의 아들은 부자의 아들의 잦은 술동무이자 그의 제일 적극적인 들러리였고 끄나풀이었다. 제 아비보다 더한 만무방인 그는 군수가 왕의 이름으로 제 아비에게 맡긴 면에서, 부자의 아들의 '총독' 노릇을 하였다. 그가 앞장서서 끌고 다니는 젊은 녀석들의 동아리는 눈이 시뻘겋게 핏발이 서서 노략질에 날뛰었다. 그는 제 아비보다도 더 사나와 그 녀석들에게 무작한 주먹질, 발길질, 채질, 몽둥이질의 본을 보이곤 하였다……

먼 산간 마을에서도 이 소문을 들었다.

"꼴이 사람의 꼴일 때도 이리 새끼는 이리 새끼고 돼지 새끼는 돼지 새끼야!……"

사람들은 이렇게들 말하였다. 처음에는 다행히도 '이리'가 거느린 동아리가 꽤 오래 마을에 나타나지 않았다. 너무도 멀고 너무도 가난한 마을이었을 것이다.

그럼에도 마침내 마을 어귀의 개울에 놓인 널다리가 말굽의 무게에 뿌지직거린 날은 오고야 말았다.

벌써 며칠째 마을의 사내들은 산속에서 땔나무를 하고 있었다. 집에는 부녀자와 어린아이들밖에 없었다. 바로 한 아이가 그들을 맨 먼저 보았는데 잠깐 뒤에는 벌써 온 마을이 불청객들이 무서워 구석구석 숨어 있었다.

기골이 큰 젊은 녀석 일곱은 산비탈에 더덕더덕 붙어 있는 추레한 집들을 날카로운 눈초리로 하나하나 훑으면서 말없이 말을 달려 고불고불한 마을길을 빨리 지났다. 그들은 마을의 맨 위쪽 끝에 외따로 서 있는 집의 앞에 코 투레질 하는 말을 세웠다.

"누가 있니? 이리 나오너라!"

한 놈이 소리질렀다.

집에서 젖은 손을 행주치마로 닦으면서 태석의 어머니가 나왔는데 말탄 낯선 사람들을 보자 적이 놀라면서 머리 숙여 인사하였다.

"네 아들 어디 있니?" 하고 우두머리로 보이는 놈이 물었다.

"이른 아침부터 나무하러 갔소. 왜 찾으시오?"

"그깟 놈 누가 뭘 하려고 찾아?!"

이렇게 내뱉고 '이리'는 말을 휙 돌렸다. 그 뒤 마을에서 벌어진 일에 대해서 태석과 그의 동무들은 나무꾼들을 찾아 산속으로 달려온 사내아이에게서 알게 되었다.

노끈으로 손을 묶인 색시 일곱이 산길에 한 줄로 늘어섰다. 젊은 녀석들은 그들에게 온갖 쌍스러운 말을 퍼부으면서 웃었다. 그들은 무서운 것이 없는 놈들이었다.

그런데 그 행렬이 마지막 고개의 기슭에 이르렀을 때 앞에 농부들이 벽같이 솟아 길을 막았다. 그들은 한 스무 명쯤 되었는데 모두 손에서 시퍼런 도끼날이 번뜩이고 있었다.

"길 내라!" 하고 '이리'가 째진 소리를 질렀다.

그러나 그것은 이미 용감해서가 아니었다. 그는 옆구리에 찬 장도 생각은 깜박 잊고 고삐를 턱 밑까지 끌어당겼다. 그의 졸개들도 못지않게 겁에 질렸다. 그런 일은 일찍이 있어 보지 못하였던 것이다.

농부들의 묵묵한 벽에서 태석이 한 걸음 나섰다. 크지 않은 목소리로, 그러나 굳이 말하였다.

"우리 아가씨들을 두고 어서 돌아들 가라."

"으르니?"

목 갈린 소리로 '이리'는 가까스로 대꾸하였다.

"좋은 대로 생각해서. 그러나 끌지 말어라."

'이리'는 시키는 대로 할 수밖에 없다는 것을 알았으나 동시에 치명적인 위험이 없다는 것도 눈치 빠르게 알아채고 꽤 오만한 투로 물었다.

"너 혹 태석이 아니니?"

"알아맞혔다. 너는 아마 그 면장의 아들이겠지?"

"너도 알아맞혔다. 네 말대로 오늘은 하자. 우리는 돌아간
다. 길을 내게 해라."

태석은 마을 사람들의 쪽으로 머리를 돌려 끄덕여 보였다.
그들은 말없이 양쪽으로 비켜서서 길을 내었다. 고개로 가는
길이 열리자 일곱 필의 말은 덤벼치며 그리로 빠져나갔다.

그런데 얼마 안 가서 '이리'가 갑자기 성급한 말을 세우고
돌아서더니 저들은 눈으로 바래는 농부들을 향하여 소리질렀
다.

"내 말 잘 들어 두어라! 오늘은 그 계집들이 우리를 여기까
지 바래주었지만 다음 번은 읍까지 바래준다. 알았니?"

그는 대답을 기다리지 않고 말을 갈겨 졸개들의 앞장에 나
서서 고개쪽으로 달려 올라갔다…….

농부들은 자기네 마을에 어떤 때가 왔는지 깨달았다.

태석은 다시 바위 암자를 찾아갔다.

"산신령님, 이렇게 또 폐스럽게 굴어 죄송합니다. 용서해
주십시오. 또 큰 청이 있어 왔습니다. 제발 '이리'를 도로 이
리로 되게 하시고 '돼지'를 도로 돼지로 되게 해 주십시오.
그들이 사람들 속에서 사람답지 못하게 굴지 않게 해 주십시
오…… 나를 용서해 주십시오. 나는 더 일찍이 찾아왔어야 하
였습니다. 그들은 벌써 오래 전부터 사람들을 괴롭히지 않습
니까. 나를 용서해 주십시오. 그리고 제발 그들을 도로 짐승
으로 되게 해 주십시오."

"안 된다."

메아리 같은 소리가 웅숭깊게 올렸다.

"나는 너의 그런 청을 들어 줄 수 없다. 그들은 모양이 어떻

게 생겼든 정말 사나운 짐승보다 못하다. 그것을 이제는 너도 잘 안다. 너는 너무 늦어 왔다고 하는데 정말 늦어 왔다. 사람은 남의 설움이라는 것이 없어야 한다. 그러나 이것을 너는 이제야 깨달았다. 이제 나는 네가 길을 옳게 고르리라고 믿는다. 사람은 지킬 것을 지킬 줄 알아야 한다. 싸울 줄도 알아야 한다. 너의 길은 천고만난의 길일 것이지만 그 길을 떳떳이 걸어 나가리라고 나는 믿는다. 너에게는 사람에게 제일 중요한 어질고 너그러운 마음이 있다. 잊지 말어라. 사람의 일은 사람이 해야 한다. 어떤 초자연적인 힘에도 기대를 걸지 말아야 한다. 그런 힘은 없다!"

갑자기 바로 머리 위에서 천둥이 사납게 울리기라도 한 것 같은 무서운 소리가 요란하게 울렸다.

태석은 머리를 들었다. 그의 앞의 바위 암자가 있던 자리에는 온통 푸르고 부연 이끼로 덮인 큰 바위가 솟아 있었다.

고 초

이름짓기 어려운 여러 가지 색깔이 아롱거리는 어두운 바탕에 거의 점 같은 잔 동그라미들이 희뜩희뜩 나타났다. 처음 그 수는 얼마 되지 않았다. 세려면 셀 수도 있을 것이었다. 그러나 다음 그 흰 동그라미들은 더디게나마 점점 더 불어 수없이 많아졌다. 그것들은 커지기도 하고 작아지기도 하고 서로 막 겹치기도 하면서 뒤죽박죽 감돌아쳤다…….

어딘지 의식 속 깊은 곳을 생이 되돌아온다는 생각이 스쳐 지나갔다. 조만은 몰라도 그는 다시 일어날 수 있을 것이었다. 꼭 일어설 것이었다. 일을 계속하기 위하여……!

그는 자기가 어떻게 정신을 잃어 가는지 그리고 어떻게 다시 정신이 들기 시작하는지 벌써 오래 전부터 잘 알고 있었다. 그에게 있어 이 두 과정은 형식으로도 정반대였다. 허연 동그라미들이 눈앞에서 점점 더 작아져서 간신히 반짝거리는 잔 점으로 변하여 갈 때면 그는 자기가 정신을 완전히 잃어 간다는 것을 알았다. 그런 점들은 아마 죽음일 그 어떤 바닥 없는 심연의 암흑 속으로 그를 이끌어 가듯 깊이깊이 사라져 가곤 하였다…….

그러나 지금은 생이 되돌아오기 시작하였다. 아직도 숨을 쉬기 가빴다. 그는 손가락조차 놀려 보려고 하지 않았다. 그것이 헛일이라는 것을 알고 있었다. 그리고 그것이 생에로의 귀환을 조금도 앞당겨 주지 않는다는 것도 잘 알고 있었다. 그러나 자기가 살아 남았다는 것, 벌써 몇번째 도로 살아난다는 생각만은 그의 여태 몽롱한 의식 속에서 이미 믿음으로 변하여 가고 있었다…….

고초는 벌써 오래 전부터 자기를 운이 좋은 사람으로 여겨 왔다. 갖은 고뇌와 곤궁으로 보내 온 세월이 그의 가슴에 이와 같은 확신이 뿌리박히게 하였다. 그는 살아 오면서 온갖 고통을 볼만큼 다 보았는데, 사람의 고통은 그것에서 벗어나는 가장 단순한 수인 죽음으로 끝나기가 일쑤였다. 그러나 그 자신은 다시 상상하여 보기조차 어려운 모질음 끝에 삶에 대한 의지를 완전히 잃었다가도 늘 되살아나곤 하였던 것이다. 그는 지어 어느 정도로는 자기를 불사신으로, 죽음도 멀리 저승으로 보내기를 꺼리는 존재로 믿었다고까지 할 수 있다. 이것도 역시 그에게는 자기가 반드시 다하여야 할 사명을 띠고 이 세상에 태어났다는 조짐으로 여겨졌다…….

나서 몇 살이 안 되는 어린 사내애였을 적에 고초는 머리, 수염, 눈썹 할 것 없이 온통 서릿발에 덮인 증조할아버지에게서 그들의 오랜 집안은 대에 대를 이어 내려오면서 사람들을 위한 일을 하여 왔다는 말을 들었다. 그들의 집안에는 사람들의 몸탈*을 고쳐서 그들이 건강하고도 행복하게 살도록 도와주는 것보다 더 중한 일이 없다는 것이었다. 그때 그는 아주 어렸었으나 증조할아버지에게서 들은 그 말은 그의 기억에 깊이 새겨졌다.

증조할아버지는 오래 살았다. 그는 숲속에서 사내애의 눈앞에서 세상을 떠났다. 약풀을 캐려고 허리를 굽혔다가 그만 주저앉아 웬 그루터기에 몸을 기대었는데 사내애가 보고 달아났을 때는 이미 숨이 져 있었다. 그때 고초는 증조할아버지가 그에게 한 다른 말, 그들의 집안의 사내들은 서서 죽는다던 말을 상기하였다.

"서서 죽어."

거의 입에 내다시피 고초는 생각하였다.

"그런데 나는 아직도 쓰러져 있어…… 일어나야지, 일어나야지…… 죽기 위해서가 아니라 일을 계속하기 위해서……나의 필생의 일을……."

그 시기에 이르러 고초는 꽤 널리 알려진 사람이었다고 할 수 있다. 그는 지난 삼십여 년 동안 온 나라를 북쪽의 험하고 추운 산지대로부터 남해의 유자 향기로운 섬들에 이르기까지, 동해 기슭의 가파른 산비탈로부터 서해 기슭의 야산과 벌판에 이르기까지 두 차례나 자기 걸음으로 샅샅이 재어 돌았다. 시골에서 약시시하는 사람들은 더 말할 것도 없고 산속에서 불지른 자리를 일구어 농사짓는 사람들과 사냥꾼들과 나무꾼

*몸탈:몸에 생긴 병.

들도 그를 잘 알았다. 그리고 절에서 사는 중들도 떠돌아 다니는 중들도 그를 자주 보았다. 표박의 한해도 채 지나지 않아서 초췌하고 헐벗은 그를 보고 바로 얼마 전까지 청빈의 집에서나마 특별한 고생이 없이 산 사람으로 알아보기는 쉽지 않았다. 그러나 소박한 사람들은 그를 언제나 반가이 맞아들여 자기들이 가진 것을 어줍어함이 없이 나누었다. 처음 대하는 이들도 소문을 듣고 그가 용한 의생으로서 사람을 가리지 않고 성의껏 도와준다는 것을 알고 있었다……. 그러나 그는 어느 마을 어느 절에서도 오래 머물러 있으려고 하지 않았다. 주변의 숲과 골을 한 구석 남길세라 깐깐스레 돌아보고 나면 하루 바삐 다시 길을 나서려고 하였다.

첫 방랑 때 그는 주로 처음 보는 풀이나 나무 가운데서 그의 경험과 직각이 그 어떤 약효를 시사하여 주는 듯한 것만 골랐다. 그러나 벌써 이십 년 남짓이 계속되어 온 이 두 번째 방랑의 길에 오른 뒤는 처음부터 낯선 풀은 단 한 포기도 빼놓지 않았다. 모두 시험하여 보았다. 사람의 몸에, 우선 자기 몸에 그것이 어떻게 작용하는지 알아보았다…….

그가 처음으로 죽음에 가까운 것을 겪어 본 것은 오래전 깊은 산속의 크지 않은 절간에서의 일이었다. 깊지 않은 골짜기의 진대나무 그늘에서 벌건 털이 덮인 고사리 주먹 비슷한 잎 대여섯 개가 떨기져 자라는 낯선 보랏빛 풀을 발견한 그는 늘 가지고 다니는 쇠꼬창이로 그것을 뿌리채로 조심스레 파기 시작하였다. 그런데 그 풀의 뿌리가 누기 찬 흙에서 채 드러나기도 전에 벌써 이상야릇한 냄새가 코를 찔렀다. 그것은 그래도 그 어떤 비교가 필요하다면 물결에 밀려나와 모래자갈밭에서 말라가는 바닷말의 냄새와 무르익은 능금의 향기가 섞인 듯한 묘한 냄새였다. 고향집의 여러 벽을 차지한 약장의 어느 서랍에도 그와 같은 냄새가 나는 풀은 없었다. 그것은 틀림없이 처음 보는 풀이었다. 그런데 그가 금방 파낸 두 뼘 가웃이나 되는 풀을 들고 좀 더 편하게 서리려고 몸을 돌렸을 때 진대의 뾰족한 마른 가지에 손등이 할키워 피가 내돋았다. 고초는 거의 기계적으로 그 보랏빛 풀의 잎사귀를 뜯어 그것으로 가느다란 상처를 문질렀다.

저녁녘에 절에서 그날 캐어 모은 풀을 가리다가 고초는 그 보랏빛 풀의 잎사귀가 하나 모자라는 것을 보고는 손등이 마른 나뭇가지에 다쳐 피가 났던 일이 생각났다. 그는 한 손을 보았다. 거기에는 아무런 새 상처도 없었다. 할퀸 자리는 다른 손등에도 보이지 않았다. 고초는 오래 생각하여 보지 않고 송곳같이 뾰족한 주머니칼로 왼손의 등을 손톱의 길이만큼 냉큼 그었다. 다음 그는 보랏빛 잎사귀를 하나 더 뜯어 피가 나오는 상처를 문지르기 시작하였다.

맞은편에 앉아서 이 모든 것을 보고 있던 젊은 중은 눈이 똥그래져서 방에서 뛰쳐나갔다. 그가 무슨 말을 하였는지 얼마 안 지나서 노장중이 여러 중들을 거느리고 고초의 방에 황급히 와서 말없이 둘러 앉아 그의 피얼룩이 진 손을 놀라움과 호기심에 넘친 눈으로 지켜보기 시작하였다. 의생의 손등의 칼자리의 피는 멎지 않았다.

고초는 상처가 아물기를 기다렸다. 그러나 피는 멎지 않았다. 문질려 자줏빛으로 변한 풀잎에서 새어 한방울 한방울 그의 무릎에 떨어졌다. 고초는 의아쩍어 하며 기다렸다. 그 정도의 상처는 약풀을 쓰지 않아도 벌써 피가 멎어야 할 것이었던 것이다. 그런데 한 늙은 중이 고초의 무릎 앞에 놓여 있는 보랏빛 풀을 보더니 갑자기, "그건 '놀가지풀'이 아닙니까?" 하고 외치다시피 하였다.

고초가 놀라워 하는 눈치를 보고 그 중은 말을 이었다.

"그런 풀은 우리 골에 많지 않습니다. 그러나 우리는 때때로 노루가 와서 그런 풀을 뜯는 것을 보았습니다. 냄새가 꽤 역한 풀인데, 일부러 우리 골에 와서 찾아 뜯는 것 같았습니다……."

며칠이 지나 고초는 그 절의 중들이 '놀가지풀'이라고 부르는 풀은 꽤 큰 상처도 말끔히 아물게 하는 신통한 특성을 가지고 있는데, 그와 같은 효험을 그 풀은 아주 신선할 때만 나타낸다는 것을 알게 되었다.

그러나 고초에게는 그 풀의 특이한 냄새가 맨 처음부터 마음의 안정을 주지 않았다. 벤 자리에서 호박빛을 한 즙이 돌아 방울방울 맺혀 반짝이는 그 푸르무레한 뿌리는 아무리 신선하여도 상처를 아물게 하지 않았다. 그러면 그 냄새는 웬 냄새이겠는가? 무엇을 의미하겠는가? 그 뿌리, 그 냄새에는 어떤 힘이 숨어 있겠는가?

고초는 '놀가지풀'의 뿌리를 조금 달여 먹어 보기로 하였다. 그 당시만 하여도 그는 상당히 조심스러웠다. 그가 지레 그렇게 하기로 한 것은 그 풀뿌리의 호박빛 즙을 약간 핥아 보았을 때 어떤 의심스러운 맛도 없었기 때문이기도 하였다……

손님이 죽어 간다는 말에 온 절간이 그의 방에 모여들었다.

그는 맥이 몹시 약하고 고르지 않았고 특히 숨결이 이상하였다. 거의 완전히 멎는가 하면 느닷없이 발작적으로 잦아지곤 하였다. 그리고 그의 크게 뜬 눈은 누구도 무엇도 알아보지 못함에 틀림없었다. 죽어 가는 사람을 어떻게 도와주어야 할 것인지 지어 늙은 중들도 몰랐다…….

엿새가 지나서 고초의 눈앞에는 이상한 색깔들이 아롱거리는 어두운 바탕에 아주 잔 동그라미들이 희뜩희뜩 나타났다. 처음 그 수는 많지 않았으나 점점 더 불었다…….

마침내 몸이 나은 고초가 하직 인사를 드리려고 노장중을 찾아갔을 때 그들 사이에서는 친밀한 이야기가 차근차근 오래 흘렀다. 고초는 집을 떠난 뒤 아마 누구하고도 그렇게 오래 이야기를 나누어 보지 못하였을 것이다. 그는 때로 자기 앞에 중이 아니라 오래 뵙지 못한 아버님이 앉아 있는 것 같이 느껴지기까지 하였다.

"그렇습니다, 스님. 제가 찾는 것은 정말 불사약, 만병통치약이라고 할 수 있습니다. 어떤 병, 어떤 탈이든 다 고쳐 사람들을 오래 고생 없이 살게 할 약을 찾습니다. 저는 병을 고쳐야 합니다. 사람들을 건강하고 행복하게 하는 것이 우리 집안 사내들의 일입니다…….그런데 차츰 저는 이 세상에는 저의 아버님, 할아버님, 증조할아버님이 고치시고 제가 조상들의 뒤를 이어 고쳐야 할 것보다 훨씬 더 많은 탈이 있다는 것을 깨달았습니다. 그리고 알고 보니 사람들은 병의 탓으로만 때이르게 죽는 것이 아니었습니다…….저는 굶주려 죽는 사람들을 보았습니다. 저는 이러저러한 그럴 듯한 구실로 참혹하게 입힌 상처 때문에 죽어 가는 이들도 보았습니다…….저는 인을 논하는 유생도 아니고 도를 닦는 본으로 사람들을 이끄는 교인도 아닙니다. 나라의 법을 지키도록 본 보이며 살펴야 하는 벼슬아치와도 저는 멉니다……. 저는 바로 의생으로서 사람들을 도와야 합니다. 다른 일에서는 아무런 이익도 저는 줄래 줄 수 없을 겁니다……. 몸에 탈이 있으면 재산이 얼마나 되든, 권세가 얼마나 크든, 자손이 얼마나 많든 행복할 수 없습니다. 가난한 사람도 몸이 튼튼해야 조금이라도 더 낫게 살 날을 바랄 수 있습니다. 병이 찾아든 빈한한 집을 보셨겠지요? 병은 사람을 가리지 않는다고들 하지만, 그런 집보다 보기 더 처절한 것은 없습니다. 살림살이가 쪼들린 집의 문은 온갖 탈이 더 자주 두드립니다. 노쇠도 그런 집에 더 일찌기 찾아듭니다. 그리고…… 가난에 부대끼는 사람이나 병약한 사람은 공정하기도 너그럽기도 더 어렵습니다. 남의 설움으로 속을 썩일 힘이 남지 않습니다……. 저는 사람의 몸에서 어떤 병이든 다 몰아낼 약, 사람의 몸도 넋도 건강해지게 할 약, 사람을 오래 젊게 하고…… 그리고 언제나 어질게 할 그런 약을 찾아내고 싶습니다……."

한참이나 서로 말이 없이 각기 자기 생각에 잠겨 있었다.

"미리 용서를 빕니다."

이윽고 노장중이 나직이 말을 떼었다.

"소승은 솔직히 여쭈리다. 장하신 어른에 대한 소승의 심심한 존경이 이렇게 시킵니다. 소승은 그와 같이 신통한 약이 이 세상 어디엔지 정말 있어서 정성과 힘만 깡그리 바치면 아무때라도 반드시 찾아낼 수 있으리라는 것을 믿기 어렵습니다. 그리고 또한 마침내 그와 같은 약을 누가 찾아내더라도 그것이 사람들을, 모든 사람들이 아니면 꽤 많은 사람들이라도, 행복하게 할 수 있으리라는 믿음도 소승에게는 없습니다."

"스님, 저도 그런 생각 많이 해 보았습니다. 그러나 저는 찾아야 하고 찾아내야 합니다. 저는 약풀로 병을 고치는 의생입니다. 그러니 의생으로서 할 수 있다고 보는 일은 끝까지 해야 합니다……. 저에게는 그런 약이 이 세상 그 어디에 있다는 증거가 없는 것과 마찬가지로 그 어디에도 없다는 증거도 없습니다. 저는 찾아야 합니다. 어느 의생이든 나서서 해야 할 일이 아닙니까……. 갚을 수 없을 은혜 많이 입고 떠납니다. 고맙습니다. 스님!"

고초는 머리를 낮게 숙여 절하였다.

"소승은 의원님을 진심으로 부럽게 여깁니다."

노장중은 마당의 첫서리에 단풍진 보리수나무를 물끄러미 쳐다보면서 말하였다.

"죄다 앞에 두신 분이 아닙니까. 의원님은 거룩하신 뜻을 품고 그 뜻을 이룩하기 위하여 헌신하려는 열의도 남부럽잖게 갖추신 분이 아닙니까……. 소승도 한때는 교로 온 세계를 구제하려는 꿈으로 살았답니다. 그러나 알고 보니 세계는 소승 같은 존재로서는 기가 막힐 지경 복잡다단하였습니다……. 사람들의 크나큰 세계만 아니라 사람의 세계, 사람마다의 세계도 알고 보니 소승으로서는 말로 이렇다 할 수 없이 복잡하였습니다. 그리하여 보시다시피 소승은 늙어 이렇게 이 두메 산골의 작은 절에 와 박혀 있습니다. 알고 보니 소승은 신고하는 세계의 구제자가 아니라 이 세상에서 저 자신의 구원의 길조차 몰라 번뇌의 험한 길을 톺는 작고 가엾은 나그네에 지나지 않습니다……. 그런데 중의 멸신 고행이 그래도 결국에 보면 극락 왕생을 바라는 이기에 뿌리를 두고 있다면 의원님의 장한 처신의 바탕은 이타입니다. ……곧이들어 주십시오. 이것이 소승은 부럽습니다. 소승은…… 이 절이 이 세상의 나쁜 절이 아니리라는 자위로 삽니다. ……몸조심하십시오. 그 '놀가지풀' 걱정은 하지 마십시오. 소승들이 가꾸어 옳게들 쓰이도록 힘쓰겠습니다. 잘 다녀가십시오. 이 절의 문이 언제나 의원님 앞에 열려 있다는 것을 잊지 말아 주십시오."

이렇게 말하고 노장중은 합장하고 경건히 머리를 숙였다. 다음 그는 다른 중들과 함께 나서서 고초를 산문 밖까지 바래주었다…….

고초는 눈을 떴다. 눈앞이 흐리마리하여 아무 것도 가려볼 수 없었으나 아침나절이라는 것을 짐작할 수 있었다. 머리는 아프지 않았고 꽤 맑았다. 그러나 몸은 여태 자기 몸 같지 않았다. 허옇게 센 턱수염이 헝클어져 말려올라 코를 간질여 주었다.

'나는 늙었어…….' 하는 생각이 남의 생각 같이 머리에 스며들었다. 그는 여러 해 전 깊은 산골의 절의 노장중과 작별 때 나눈 이야기가 또다시 기억에 되살아났다.

의혹, 회의 그리고 위구…… 이런 것들은 언제나 있었다. 마음속 어느 한 깊숙한 구석에 도사리고 들어앉아서 가물거리고 있었다. 때로 그는 이런 것들과 맞부딪쳐 싸워야 하였다. 그러나 그는 굴하지 않았다, 지지 않았다. 주춤거리지조차 않았다. 시간이 가면 갈수록 자기가 택한 일이 그 언제라도 반드시 열매를 가져오리라는 신심은 점점 더 가냘파졌다. 그러나 이것도 지금까지 찾아 온 것을 끝까지, 숨이 질 순간까지 찾으려는 그의 결의를 헐 수는 없었다…….

아니었다. 그는 자기가 일생의 길을 잘못 고르지 않았는가 하고 의심한 것이 아니었다. 의혹은 그가 일생을 바쳐 온 그 일의 결과밖에 건드리지 않았다.

집을 떠나 숱한 세월을 편력으로 보내면서 많은 고생을 하고 많은 것을 본 고초는 사람이 내세우는 목적은 아무리 고결하여도 그리고 그것에 아무리 애써 헌신하여도 결코 언제나 다, 누구나 다 이룩할 수 있는 것은 아니라는 것을 이미 잘 알고 있었다. 그러나 그는 자기에게는 맨 처음부터 다른 길이 없었다는 것도 잘 알고 있었다. 후회나 미련의 벌레는 그의 가슴을 쏠아 본 적이 없었다. 그렇다, 의혹은 그의 필생의 일의 결과밖에 건드리지 않았다. 그는 자기의 의무, 자기의 사명을 믿었다…….

그럼에도 그런 의혹이나마 그의 희망과 기대를 좀먹어 간 데에는 큰 탈이 있었다. 결의가 점점 더 절망적인 것으로 되어 가서 그에게서 조심성을 빼앗았다. 그는 벌써 오래 전부터 서둘렀다. 서둘다 보니 모험을 거듭하였다.

'일어나야지, 일어나야지…….'

그는 입속말로 웅얼거렸다.

갑자기 발에 경련이 일었다. 고초는 본능적으로 그 발을 움켜쥐려고 하였다. 그러나 그렇게 할 수 없었다. 손을 놀릴 수 없었던 것이다. 하긴 그는 상심하지 않았다. 오히려 기뻐하였

다고 할 수 있다. 발의 경련은 몸도 생기를 되찾기 시작하였
다는 징조였던 것이다. ……단지 그때 그는 징검돌에서 미끌
어진 채 산개울의 얼음물에 며칠이나 잠겨 있었는지 모를 왼
발, 왼다리가 더는 전처럼 성할 수 없으리라는 것을 몰랐다.
그는 기뻐하였다. 몸이 되살아나는 것을 느끼고 기뻐하였다.
얼굴 위에 새싹이 파릇파릇한 나뭇가지가 드리워 있고 그 위
높이 하늘이 솟아 있는 것을 가려보고 기뻐하였다. 필생의 일
을 다시 계속할 수 있을 것을 기뻐하였다.

　새봄의 해가 산 너머에 사라졌을 때 고초는 산개울 가에 비
스듬히 선 나무줄기에 머리를 젖혀 얹은 채 다시 정신을 잃었
다. 그러나 그것은 이미 잠이었을 것이다. 그가 낯선 풀의 독
으로 쓰러진 뒤도 생을 위하여 모든 힘을 다하여 싸우느라고
지칠대로 지친 일찌기 늙은 몸에는 휴식이 필요하였던 것이
다…….

　방랑으로 일생을 보낸 명의가 마침내 어떤 병이든 다 고치
고 늙은이를 젊게 하고 불행한 사람을 행복하게 하는 진귀한
약풀을 발견하고 숱한 흥분된 상사람들의 무리의 환성에 둘
러싸여 수도로 올라온다는 기별이 닿자 조정은 무감 대장이
거느린 오십 명의 칼을 차고 창을 든 군사를 마주 내려보냈
다. 그리하여 고초는 남해의 이름없는 섬으로부터 수도까지의
먼 길의 마지막 작지 않은 토막을 왕의 이름으로 내려온 어마
어마한 군사들의 호위 밑에, 지방의 벼슬아치가 시급히 변통
하여 준 수레를 타고 통과하였다. 어찌나 쇠약하였던지 씩씩
한 군사들과 발맞추어 걸을 형편이 못 되었던 것이다. 그런데

한편 상사람들의 무리는 군사들이 아무리 사납게 몰아도 점점 더 커져서 말 그대로 장사진이 벋어 갔고 드디어 수도에 다다른 군사들이 작은 보자기를 겨드랑이에 꼭 낀 절름발이 늙은이를 수레에서 헐렁한 자루 같이 끌어 내려 궁궐로 몰고 들어갔을 때는 그 앞의 광장이 인산인해를 이루었다.

용상에 임금이 앉았고 그 양쪽으로 문무신들이 권세 반열에 따라 각기 제자리를 차지하였다. 모두들 명망 높은 의원이 나타나기를 기다렸다. 그러나 마침내 궁실의 문이 열리고 무감들이 질색을 한 쪼그라진 늙은이를 들이밀어 보내자 실망과 환멸의 한숨 소리가 한입에서 같이 터져나왔다. 그들의 눈에 그 늙은이는 어찌나 초라하여 보였던지 새하얀 긴 수염까지도 염소 수염의 값밖에 없었다. 게다가 그는 발을 절기까지 하였다. 거멓게 타고 살이 빠질대로 다 빠진 얼굴에는 주름살이 가로세로 깊이 패어 있었고 뼈밖에 남지 않은 듯한 몸은 남의 어깨에 걸쳐 있었을 낡은 홑옷 속에 구부렁이 막대 같이 헐겁게 들어 있었다.

늙은이는 무감들이 시킨대로 용상 앞으로 바삐 몇 걸음을 내디디고 쓰러지듯 엎드리고는 머리를 바닥에서 들 엄두조차 내지 못하였다. 문무신들의 얼굴에는 노골적인 멸시와 혐오의 빛이 떠올랐다. 그들은 옛 화인들이 백년 묵은 소나무 밑에 그린 것과 같은 신선이나 성인을 닮은 사람을 보게 될 줄 알았었을 것이다.

정승이 엄숙한 얼굴을 하고 크지 않은 목소리로나마 빳빳한 투로 말하기 시작하였다.

"우리 임금님께옵서 등극하신 뒤 우리 나라는 온 누리에 둘도 없는 태평과 복지의 나라로 되었다. 백성은 남녀노소 할 것 없이 우리 상감마마의 은덕을 찬송하고 임금님에 대한 충의를 다시 또다시 다짐하는 것을 더없이 큰 복으로 알고 있다. 동서남북 서른여섯 나라에서 자애 그지없으신 임금을 모신 우리를 부러워한다. 네가 상감마마 앞에 지은 그 큰 죄는 명백하다. 너는 백성의 마음을 혼란케 하였다. 무지몽매한 상놈들이 위에서 시키는 일이나 공순히 할 대신에 한길에 떼지어 나서서 괜히 시끄럽게 떠들어대게 하였다. 너는 네가 지은 죄를 능지처참을 당하고도 씻을 수 없다……. 그러나 우리 상감마마께옵서는 한없이 인자하시어 처형 전에 너에게 사죄할 기회를 주신다. 인제는 어디 말해 보아라. 너는 네가 임금님 앞에와 나라 앞에 지은 죄를 뉘우치느냐? 너는 네가 지은 죄가 얼마나 큰지 아느냐?"

늙은이는 온몸을 쪼크리고 겁에 질린 얼굴을 마룻바닥에 박은 채 가까스로 중얼거렸다.

"저는…… 저는 사람들에게 나을까 해서……."

"사람들에게 나을까 해서라니? 누가 그렇게 시켰니? 나라는 큰 집이다. 이 큰 집에는 주인이 계신다. 나랏님이 계신다. 자애롭고 현명하신 임금님께옵서 백성을 보살피신다. 강토의 안녕과 복지는 나랏님의 자식들이 나랏님의 뜻을 받들고 그 뜻으로 살지 않는다면 바라볼 수조차 없다. 임금님을 가까이 모시고 섬기는 우리, 조정의 신하들은 연군과 충의의 본을 보이려는 한마음 한뜻으로 날과 날을 보내는 것을 지상의 의무로, 지상의 행복으로 여긴다."

문무신들은 일제히 머리를 깊이 숙여 찬동의 뜻을 표하였다. 그것을 본 늙은이는 몸을 더 쪼그리고 놀란 눈으로 두리번거렸다. 그는 그와 같은 경우 어떻게 하여야 하는지 짐작조차 없었던 것이다.

"흠, 이놈아, 도대체 너는 무엇을 찾아내었느냐?" 하고 정승은 갑자기 단도직입으로 물었다.

늙은이는 그와 같은 물음이 반갑기라도 하듯이 겨드랑이에 그냥 끼고 있던 보자기를 여위어 삭정이같이 앙상한 두 손으로 받쳐들고 앞으로 내밀었다.

그러나 정승은 얼굴의 힘살 하나 까딱하지 않고 태연스레 물었다.

"그 누더기에는 무엇이 들었느냐?"

"약초입니다. 이름은 모릅니다. 아마도 아직 이름이 없는 풀일 겁니다. 그리고 씨앗도 있습니다."

"웬 풀이냐? 사람의 몸에 어떻게 좋고 어떻게 나쁜 풀이냐?"

"이것은 신기한 풀입니다. 이 풀의 뿌리는 팥알만치만 먹어도 어떤 병이든 다 말끔히 낫습니다. 정말 신기한 풀입니다. 늙은 사람이 갑자기 기운이 솟는 것을 느끼게 합니다. 그리고……"

늙은이는 말을 채 마칠 수 없었다. 용맹으로 이름난 대장군이 먼저 우뢰같은 소리로 웃기 시작하자 문무신들이 모두 웃음보를 터뜨리고 앞을 다투어 가며 비웃는 소리를 지르기 시작하였던 것이다.

"하하하! 또 한 놈의 얼빠진 녀석이 만병 통치약을 찾아냈구나! 난 네가 왜 그렇게 젊어 보이는지 몰랐구나!"

"걷기두 병졸 걷듯 허구!"

"기생딸년같이 뺨이 새빨갛구!"

문무신들은 요란스레 웃으면서 늙은이에게 계속 모욕적인 말을 퍼부었다. 지어 용상의 왕까지도 눈물을 훑으면서 웃었다. 그것은 늙은이가 전혀 예상하지 못한 일이었다.

'장판이야!' 하고 그는 생각하였다.

그는 용감하여졌다. 그는 통치배들이 상사람 앞에서 그와 같이 추잡하게 구는 것은 그가 살아서는 대궐의 문을 나설 수 없다는 것을 알기 때문이라는 것을 몰랐던 것이다.

"내 말 끝까지 들어들 보시오!" 하고 늙은이는 목쉰 소리로 외쳤다.

이번은 문무신들이 뜻밖의 일에 놀랄 차례였다. 물뿌린 듯 조용하여진 궁실에서 그들은 입을 쩍 벌린 채 서로서로 마주들 보았다.

"좋다." 하고 정승이 가까스로 정색을 하며 먼저 말하였다.

"우리는 네 말을 듣는다."

마디마디에서 시퍼런 비수 같은 야유가 번득이는 투였다.

늙은이는 온몸이 다시 겁에 얽히는 것을 느끼고 머리를 낮게 떨어뜨렸다.

"우리는 네 말을 듣는다. 유심히들 듣는다."

늙은이는 겁과 함께 참기 어려운 울분을 느꼈다.

"왜 말이 없느냐?"

정승은 다시 재촉하였다.

늙은이는 머리를 약간 들었다.

"저는 신기한 약초를 찾아냈습니다……."

"그래 어떻단 말이냐?"

"저에게는 씨앗도 있습니다. 단 세 알밖에 안되지만⋯⋯."

그는 나머지 열두 알의 씨앗을 먼 바다의 섬에 심어 놓았다는 말은 하지 않는 것이 옳다는 것을 지각으로 깨달았다.

"그래 어떻단 말이냐?"

늙은이는 정승의 말에서 독살스러운 야유의 투가 사라진 것 같이 느끼고 기를 좀 폈다. 그는 떨리는 손으로 보자기를 풀면서 외치다시피 말하였다.

"우리가 이 풀을 가꾸어 모든 사람들에게 나눠준다면 우리나라는 정말 제일 행복한 나라로 될 것이 아닙니까! 병자만 아니라 가난한 사람도 없고 악한 사람도 없는 나라로 될 것이 아닙니까! 참으로 건강한 사람은 시기도 모르고 간사한 짓도 사나운 짓도 하지 않습니다!"

늙은이는 이미 겁이 아니라 흥분에 떨리는 손을 내들었다. 그의 거먼 손바닥에는 줄기와 잎이 거의 남지 않은 마른 풀뿌리가 놓여 있었다. 그것은 거의 어떤 풀에서나 다 볼 수 있을 듯한 뿌리였다. 다음 늙은이는 낡은 종이장을 조심스레 펴놓고 그 위에 앵두씨보다 좀 작은 불그스름한 씨앗 세 알을 더없이 값진 보배 같이 한 알 한 알 놓았다.

늙은이는 얼굴을 들고 처음 왕을 쳐다보고 다음 문무신들을 천천히 둘러보았다. 왕도 정승도 다른 신하들도 어찌면 좋을지 몰라 서로서로 한참이나 눈치만 보았다.

"그럼 너는 왜 그 꼴이냐?" 하고 대장군이 남먼저 다시 우뢰같은 목소리로 물었다.

늙은이는 그 말의 뜻을 알아들었다. 그는 이미 흥분을 삭인

듯이 조용히 대답하였다.

"저는 이 약이 아까웠습니다. 저는 네 해 전에 우연히 이 풀을 처음으로 보았는데 그때 이 풀의 잎사귀를 먹어보지 않았던들 여러 차례의 중독과 굶주림 때문에 죽은 지 오랬을 수 있습니다……. 그때에 이르러 저는 이미 산 송장이나 다름없었습니다……. 저는 이 풀이 신기한 힘을 가지고 있다는 것을 알게 되자 그 주변 일대를 한치도 남기지 않고 돌아다녔습니다. 그러나 이런 풀은 더는 한 포기도 찾아낼 수 없었습니다. 그래 저는 이 풀이 꽃피어 씨가 맺기를 기다렸습니다. 이 씨말입니다……. 다음 나는 뿌리를 캐었는데 뿌리는 잎사귀보다 더 신통한 약효를 가지고 있다는 것을 알 수 있었습니다."

"이놈, 너는 우리를 속여 독살하려고 그런 허튼 수작을 늘어놓는 것이 아니냐?"

다시 대장군이 우렛소리를 울렸다.

늙은이는 의아쩍어하는 눈으로 그를 쳐다보았다. 그의 얼굴에는 겁의 빛이 없었다.

"그 풀이 신기한 효험이 있다는 것을 너는 무엇으로 증명할 수 있느냐?" 하고 이번에는 정승이 물었다.

"증명할 게 뭡니까. 내가 벌써 먹어 보지 않았습니까."

"그러니 말이다! 하긴…… 좋다. 다시 한번 먹어 보아라. 여기 우리 앞에서 먹어 보아라!"

늙은이는 지친 눈으로 한참이나 왕과 정승을 번갈아 쳐다보았다. 그는 마침내 시키는대로 할 수밖에 없다는 것을 깨달은 모양이었다. 꿇었던 무릎을 펴고 가부좌하듯이 단정하게 앉아 누더기옷도 바로잡아 놓았다. 그는 다시 한번 왕과 그의 신하들을 쳐다보더니 마른 뿌리에서 한 쪼각을 손톱으로 뜯어 천천히 씹기 시작하였다.

아마 몇 분도 채 지나지 않았었을 것이다. 왕과 문무신들의 얼굴에 울려고 하는지 웃으려고 하는지 모를 어색한 표정이 얼어붙었다. 그렇게도 초라하던 늙은이가 마치 점점 더 자라나기라도 하는 것 같았던 것이다. 처졌던 어깨가 벌어지기 시작하였고 등도 곧게 펴져 갔다. 서릿발이 선 성긴 수염은 여전히 희기는 하였으나 대궐 사람들의 눈앞에서 점점 더 함함하여져서 은근한 위풍을 갖추어 갔다. 지친 빛이 영원히 들어앉은 듯하던 움푹하던 눈이 생기 있게 반짝이더니 늠름하면서도 인자한 빛을 조용히 뿜기 시작하였다. 깊이 패였던 주름살들은 사라지지는 않았으나 훨씬 더 가늘어졌다. 그의 얼굴은 이미 검은 흙 같은 빛이 아니었다. 적동색 그을음 속에 건강한 홍조가 피어올랐다. 머리털과 눈썹은 수염과는 달리 더 거매지고 숱이 많아진 것 같았다. 그리고 그의 몸을 빽빽이 싸서 뿌직뿌직 터질 듯한 낡은 홑옷은 그 모든 변화를 한결 더 두드러지게 하였다.

"그럼 발은?!" 하고 문무신 가운데서 누군지 손가락까지 내들고 새된 소리를 질렀다.

위엄 있고 정정한 늙은이는 그에게 눈을 돌리더니 아무런 대꾸도 없이 천천히 일어서서 그 쪽으로 몇 걸음 성큼성큼 내디뎠다. 그 쪽에 앉은 문무신들은 놀라 앉은뱅이걸음으로 바삐 뒷걸음질쳤다. 그것을 본 늙은이는 본래 자리에 돌아와 점잖게 책상다리를 하고 앉았다.

왕도 문무신들도 인자하고 존엄성 있는 인품의 빛발을 뿜는 아주 정정한 늙은이를 말 그대로 아연 실색하여 지켜 보았다. 그리고 늙은이는 왕부터 시작하여 그의 신하들을 한 사람 한 사람 천천히 살펴보았다. 그의 얼굴에는 오만의 빛도 비굴의 티도 없었다.

오랜 침묵 끝에 이번에는 정승이 먼저 아주 정중한 투로 말문을 떼었다.

"의원님! 의원님의 그 뿌리는 어느 사람에게나 그와 같이 훌륭한 약으로 됩니까?"

"그것을 나는 아직 잘 모릅니다." 하고 늙은이는 침착히 대답하였다.

"나는 이 약을 산에서 등뼈가 부러져 쓰러졌던 나무꾼에게 써 보았고 우리, 의생들이 불치의 병이라고 하는 중병에 시달리는 농부 두 사람에게 써 보았습니다. 세 사람이 다 지금은 탈을 모릅니다. 내가 방금 먹은 것처럼 이 뿌리를 저울눈 한 금도 안되게 뜯어 주었는데도 말입니다."

왕이 무슨 말인지 하려고 하였다. 그러나 정승이 앞질러 그에게 절을 하였다.

"상감마마, 상감마마께옵서는 신하들과 백성의 건강과 안녕을 위하여 온 생애를 바쳐 오신 이 걸출하신 의원님을 궁실의 귀빈으로 맞아들이시리라고 소신은 믿사옵니다."

임금은 말없이 끄덕였다.

그 뒤 반 시간 가량 지나서 궁궐 앞의 광장에 공포관이 나섰다. 인산인해를 이루고 설레던 상사람들의 무리는 숨을 죽였다. 공포는 간단하였다.

'간악한 역적 고초는 우리의 거룩하신 임금님과 임금님의 충직한 신하들을 독살하려고 가지고 왔던 약을 부득불 제가 먹고 죽었다. 하늘의 은덕과 신하들의 충성으로 하여 옥체에 해를 입지 않으신 나라님의 만수 무강을 축원하자!'

위에 든 공포가 있은 지 얼마나 지나서였는지 항간에 명의 고초는 독약을 부득불 스스로 먹고 죽은 것이 아니라 대장군의 칼에 맞아 죽었다는 소문이 떠돌았다고 한다. 그러나 그 소문에 앞서 백성들은 조정에서 일대 참극이 벌어졌다는 것을 알게 되었다. 권세를 누리던 이 가문 저 가문이 꼬리에 꼬리를 물고 곡성을 울렸고 서로 피맺힌 철천지 원수라고들 불렀다. 왜 혹은 무엇 때문에 그와 같은 일이 벌어졌는가 하는 데 대해서는 자신 있게 말하기 어렵다. 전하는 말이 너무나도 다양하고 서로 모순적이기 때문이다.

고초의 최후가 어떠하였는가 하는 데 대해서도 아마 아무때도 바로 알 수 없을 것이다. 그러나 오늘까지도 사람들의 병을 고치고 몸을 튼튼하게 하는 데 효과적으로 쓰이는 여러 훌륭한 약풀이 바로 그의 이름과 맺어져 있다는 것은 널리 알려져 있는 바와 같다.

고결한 목적에 모든 힘을 깡그리 바치는 사람의 일생은 지어 그 목적이 이룩될 수 없는 것일 경우에도 헛될 수 없다는 것을 증명하려고 하는 이들이 고초의 이름을 들곤하는 것은 괜한 일이 아닐 것이다.

1964년 작.

청 렴

어떤 속셈으로인지 모르겠으나, 때때로 변덕스럽게 굴기를 좋아하는 운명은 유학자로도 문인으로도 이름난 청 정승과 염 정승의 오랜 생애의 한토막으로 하여금 그 얼마 오래지 않았던 폭군 '황소목'의 통치 시기에 차례지게 하였다.

목이 황소같이 굵고 두 눈이 황소같이 툭 불거지고 성질 역시 황소같이 사납다고 하여 상사람들이 '황소목'이라고 부른, 선왕의 셋째 아들이 어느 하루 수많은 술친구들의 도움으로 조카 뻘인 어린 왕을 죽이고 저를 새 국왕으로 선포하자 조정의 이름있는 문무신들의 일부는 저들이 늘 입과 붓으로 다짐하여 온 '충'이 결코 빈말이 아니었다는 것을 요란스러운 항의로 보여 주고 고통스러운 죽음을 당하였다. 그러나 대다수의 궁신들은 뜻밖의 일에 어떻게 처신하는 것이 상책인지 몰라 틈틈이 숨어 숨을 죽이고 있었다. 갑자기 벙어리로라도 된 것 같았다.

그런데 청 정승과 염 정승과 같은 사람들도 있었다. 그들은 왕권 찬탈에 대한 자기 견해와 태도를 내놓고 표시하지 않은 대신에 갑자기 여생을 학문과 문필에 바치기로 하였다고 하면서, 오늘의 말로 하면, 사표라 할 것을 새 국왕에게 바쳤다. 그것은 그 피비린내 떠돌던 시기, 두말할 것 없이, 상당한 용감성을 요구하는 일이었을 것이다. 그러나 그들의 위구에도 불구하고 새 국왕은 조금도 성내는 눈치가 없었을뿐더러 뜻밖에도 아주 태연한 투로, "짐은 조정의 벼슬에 매달리지 않는 학자들과 풍월객들을 언제나 높이 쳤소." 하고 말하였다.

상사람들은 정변을 좋게 보지 않았다. 황소목과 그의 졸개들에게 아무런 기대도 걸지 않았다. 대대의 왕이 주로 말로만 백성을 사랑하였다면 새 왕은 맨 처음부터 제가 약을 먹인 조카의 흉밖에 보지 않았고 지난 시기의 어느 왕보다 피뽑기를 두려워하지 않았다. 그의 졸개들은 수도와 그 주변에서 말 그대로의 유혈 잔치를 벌이곤 하였다. 우선 그들이 듣는 데서 '황소목'이라는 말을 입에 내고 목이 날아나지 않은 사람은 없었다. 왕궁 앞의 광장에 '모독죄'라는 패가 붙은 머리가 주렁주렁 내걸렸는데 사람들은 그것이 모두 새 왕에 대한 불손한 말을 하였다는 죄로 처형 당한 사람들의 머리라는 것을 긴 설명 없이 알 수 있었다. 전에는 '황소목'이라는 별명을 은근히 자랑하는 눈치까지 보인 자가 왕의 자리를 차지하자 그렇게도 변하였던 것이다.

얼마 안 지나서 나라에는 밀고보다 더 잦은 현상이 없게 되었다. 수도만 아니라 국내의 멀고 가까운 곳에서도 상사람들은 새 국왕을 여전히 '황소목'이라고 불렀다. 그들은 그런 일로 서로 고자질할 필요가 없었다. 그러나 왕권을 업고 혹은 그 손으로 적수를 없애고 저의 벼슬길을 열려고 하는 자들은 어디에도 적지 않았다…….

우리 주인공들에게 되돌아가기로 하자.

거의 동시에 조정의 최고 벼슬을 한 청 정승과 염 정승은 환갑이 멀지 않은 어른들이었는데 전부터 상당히 가까이 지냈으나 황소목의 즉위로 궁궐을 멀리하게 된 뒤 더욱 가까워졌다. 얼마 안 지나서 수도에서는 그들을 막역지우의 본으로 보게 되었다.

그들은 많은 시간을 함께 보냈다. 칠언 한시와 그 당시 마침 유행하였다고 할 시조도 때때로 함께 지었다.

그들이 무엇에 대해서 노래하지 않았겠는가! 이 세상의 모든 고결하고 선하고 아름다운 것이 그들의 시의 주제로 되었다. 그들은 사랑과 절조를 노래하였다. 특히 사랑에 대한 가슴을 에듯 애틋한 시는 널리 부르는 노래로 되었다. 그들은 사람의 세상과 대우주를 지배하는 위대한 진리에 대해서 썼고 옛 현인들의 공덕을 기리는 시도 지었다. 삶의 신비에 대해서도 자연에 대해서도 많이 썼다. 싸늘한 가을달에 대해서 썼고 낭떠러지 위에서 깊은 골의 실개울을 굽어보며 홀로 늙어 가는 소나무에 대해서 썼고 큰 강의 도도히 흐르는 찬 물에서 영원을 찾았다. 그들의 이런 시는 삶의 진실에 넘친 간결하고도 엄한 목화보다 어딘지 아름다운 비단수를 더 연상하게 하였으나 역시 많은 사람들의 마음에 들어 노래로 널리 불리었다…….

사람들은 어디에서나 두 정승을 알아보았다. 걸음을 멈추고 머리를 깊이 숙여 깊은 존경을 표시하였다. 그들의 시에는 흔히 꽤 추상적인 말로 들리기는 하였으나 '청렴'이라는 말이 자주 나왔다. 많은 사람들이 그들의 시에서 깊이 숨은 뜻을 찾았다. 그런데, 잘 알려진 바와 같이, 몹시 찾는 것은 통례로 눈에 보이게 되고야 마는 법이다. 그러나 그렇게도 가혹한 새 정권은 아무 것도 볼 생각이 없는 것만 같았다…….

하루 두 친구는 강변을 거닐면서 서로 시행을 던져 주곤 하였다. 그것은 그들이 즐기는 독특한 놀음이었다. 한 사람이 새 시조의 초장을 길게 끌면서 노래하듯이 읊으면 다른 사람이 열 걸음을 걷기 전에 중장을 지어 역시 그렇게 노래하듯이 받아야 하였고 다음 초장을 원 사람이 종장을 생각해 내어 새 시조를 빨리 끝내야 하였다. 그와 같은 놀음이 훌륭한 시를 많이 낳았다고 하면 거짓말일 것이다. 그러나 드물게나마 괜찮은 시조가 태어날 때는 초장과 종장을 댄 사람을 작자로 보기로 되어 있었다.

한가한 시간이 많아진 두 정승은 나란히 서서 천천히 걸었다. 그날도 날씨가 좋았다. 그런데 보노라니, 숱한 사람들이 어디로인지 한 방향으로 떼지어 몰려가지 않겠는가. 두 정승은 얼마 전에 있은 공개 처형에 대한 공포를 상기하고 마침 곁을 깡충거리듯 달아 지나가는 웬 늙은이에게 물어 보았다.

"어디로들 저리 갑니까? 또 처형인가요?"

"아니올시다!" 하고 늙은이는 웬일인지 이름난 정승들을 알아보지 못하고 대답하였다.

"연못에 누구도 보지 못한 망측한 짐승을 실어다 내놓았답니다!"

"망측한 짐승이라니요?"

그러나 늙은이는 이미 그들의 말이 들리지 않을 데를 달아 가고 있었다. 두 친구는 서로 마주보고는 긴말 없이 왕궁 연못이 있는 쪽을 향해 바쁜 걸음을 내디뎠다.

동대문을 지나고 보니 사람들이 이룬 가없는 바다의 위를 극도의 흥분을 의미할 해일 소리와도 같은 굉음이 너울거리고 있었다. 새로 다듬어 박아세운 굵은 말뚝에 달린 넓은 널판이 눈을 끌었다.

'이 대단히 희귀한 짐승은 이웃 나라 천자께서 우리 임금님의 등극을 축하하여 보내 주셨니라.' 라고 씌어 있었다.

두 늙은이는 어떤 일이 있더라도 그 인산인해를 헤치고 나가 연못에 나서야 한다는 것을 알아챘다. 그들은 팔꿈치와 어깨와 엉덩이를 능란하게 놀려 꽤 빨리, 꽤 성과적으로 그렇게 하였다.

수도의 자랑거리 연못은 알아볼 수 없었다. 웬 환상적인 거인이 두 발을 벋디디고 서서 거기에서 자라고 꽃피는 것을 모조리 엄청나게 큰 쇠스랑으로 헤집어 놓고 헤적여 놓은 것만 같았다. 바닥의 천년 묵은 거먼 감탕이 일어서 흐린 어두운 물의 여기저기에 찢어지고 헝클어진 연잎과 연꽃이 크고작은 섬같이 널려있었다. 구경꾼들은 숨을 죽이고 동그래진 눈으로 그 태초의 혼돈을 살피고 있었다.

"저기 있어!"

홍예 다리 위에 서로서로 맞붙들고 올라선 사람들 가운데서 누가 먼저 소리질렀다.

사람들의 바다 위에 다시 백척의 물결이라도 솟는 듯한 요란한 소리가 날아올랐다. 두 정승은 멀리 물 위에 나타난 웬 번뜩이기라도 하는 듯한 거먼 점들에 눈길이 갔다. 그 점들은 점점 가까이 옮겨 오더니 얼마 안 지나서 푸푸 숨을 몰아쉬는 엄청나게 큰 콧구멍과 시커먼 황소눈으로 변하였다. 시인들의 상상력이 채 발동되기도 전에 웬 본 일도 들은 일도 없는 흉측한 대가리를 한 괴물이 물을 가르면서 만근이나 잘 될 번지르르 기름기 도는 몸뚱이를 끌어 올리듯이 하였다. 바로 물가에 자리를 차지한 사람들은 뒤에서 미는 사람들의 벽을 쓰러뜨리면서 겁에 질려 비켜들 섰다. 그러나 괴물은 제 할 일을 한 듯이 이미 방향을 바꾸어 헤엄쳐 가고 있었다.

"굉장한 황소목이야!" 하고 누구인지 외치자 사람들의 바다는 즉시로 그 말을 받아, "황소목! 황소목!" 하고 메아리쳤다.

괴물은 그 메아리의 반주 밑에 기슭을 따라 헤어 가면서 그 기름진 주름살로 덮인 목을 자랑하였다.

"황소목! 황소목! 황소목!"

한입으로 외치면서 군중은 손뼉을 쳤다.

청 정승과 염 정승은 놀라 서로 마주보았다. 손뼉을 치던 그들의 손은 얼굴 앞에 얼어붙었다. 알고 보니, 그들도 바다의 억센 힘에 끌려들어 그 박자에 맞춰 소리지르고 있었던 것이다.

"여긴 어쩐지 너무 더워서……."

청 정승이 먼저 두 손을 감추면서 말하였다.

"옳은 말씀이요. 가는 게 나을 것 같소……."

염 정승은 얼른 대답하였다.

강변은 좋았다. 상쾌한 산들바람이 물냄새와 모래톱을 굴러가는 도요새들의 울음 소리를 실어왔다. 그러나 두 늙은이의 마음속은 좋지 않았다, 편치 않았다. 그들은 괜히 소심스레 두리번거리곤 하면서 말없이 걸었다. 연못가의 해일 소리는 여기까지 들려 오지 않았다. 거기에는 양반들도 적지 않게 있었을 것이었다. 거기에는 양반만 아니라 일러바치기를 업으로 하는 자들도 있었을 것이었다. 참 좋지 않게 되었다. 그런 녀석들이 어디를 쏘다니지 않겠는가! 참 좋지 않게 되었다. 그런 자리에서 제 정신을 잃고 아둔하게두 손뼉까지 치면서 목놓아 외치다니?

청 정승은 친구를 곁눈질로 흘끔 쳐다보았다. 그는 무슨 큰 걱정거리에라도 시달리는 듯한 풀죽은 얼굴이었다. 청 정승은 몸을 부르르 떨었다. 입을 다물고 열흘을 걷는다고 좋게 끝나 줄 일이 아닐 것이었다. 그는 억지로 빙그레 웃어 보였다.

"염 정승, 오늘 우리는 신선놀이를 잊었습니다그려. 어디 내가 선코를 뗄까요?"

"어서…… 어서 그러시우."

염 정승은 어딘지 친구의 목 근처를 흘끔 쳐다보면서 서둘러 대답하였다.

청 정승은 친구의 얼굴에 금시 나타날 듯하다가 그냥 사라지고 만 웃음기 비슷한 것을 놓치지 않았다. 그는 그와 같은 경우 할 말을 채 하지 않는 것보다 더 위험한 것이 없다는 것을 오랜 벼슬길의 경험으로 잘 알고 있었다. 그래 그 제일 주요하고 중요한 것의 뿔부터 틀어잡기로 하였다.

'화창한 초여름날 연못으로 불렀는데…….'

"아니, 그게 글쎄 웬 말이요? 화창한 초여름날이 우릴 연못으로 불렀소?"

염 정승은 억울한 말이라도 들은 것 같이 자기도 몰래 머리를 저었다. 왼가슴의 위쪽에서 무엇인지 쑤시는 듯하였다.

"왜 그러시우? 나더러 어찌란 말이요?"

청 정승은 속으로 걸음을 세기 시작하였는데 친구가 당황해한다는 것을 잘 알 수 있었다.

'내가 괜히 걱정한 게 아냐!' 하고 그는 생각하였다. '아마 중장을 빼놓을 거야. 사람이 불쌍해두…… 그럼 이제 나는 어찌담?'

그러나 염 정승은 중장을 넘기지 않았다. 친구가 "열!" 하고 셈을 마치기 직전까지 가쁜 숨을 몰아쉬면서 제 발끝만 지켜보는 것 같더니 마침내 단숨에 내뿜었다.

'개구리도 청령들도 신선꽃을 노래하니.'

"아니, 정말이요?"

청 정승은 어이없어 입이 쩍 벌어지고 말았다.

'흠, 자네 심사 알만하이. 난 자네 속 빤히 꿰뚫어 보네…… 오는 말이 어때야 가는 말이 어떻다구…… 어서 받게!' 하고 격해 생각하고 그는 종장을 즐거운 노래의 구절이라도 외듯이 단숨에 내뿜었다.

'이 나이 늙은이들은 말없이 즐겨야지.'

두 친구는 자기 둘의 사이를 어떤 빛깔의 털을 한 고양이가 달아 지나갔는지 깨달았다.

그들은 더는 '시앵기'를 하지 않았다. 그러나 다른 날보다 오래, 훨씬 더 오래 산보인지 산책인지 소풍인지 하는 것을 하였다. 갈라질 수 없었다. 저마다 침묵을 지켜서는 안된다는 것, 침묵은 아무래도 감출 수 없을 것을 더 빨리 드러낸다는 것을 의식하였다. 때문에 이 말 저 말 많이 하였다. 그날 아침 난생 처음으로 본 하마와 황소목만 건드리지 않고는 무슨 말이나 다 신이 나서 하였고 또 많이 웃었다. 웬일인지 음식물에 대한 말이 특히 많았다…….

길 가는 사람들은 여전히 그들을 알아보고 정중히들 머리를 숙여서 그들은 매번 신분을 가리지 않고 깍듯이 답례하였다. 그러나 그날 아침까지의 막역지우의 속에서는 이미 소원의 벌레가 부지런히 이빨을 놀리고 있었다…….

맥진한 두 늙은이가 더는 걸음을 바로 옮겨디딜 힘조차 남지 않아서 마침내 갈라진 것은 자정이 훨씬 넘은 뒤의 일이었다.

시장기가 벌써부터 이만저만이 아니었으나 청 정승은 밥도 반찬도 목구멍을 넘어가지 않으리라는 것을 알고 아내와 종을 내보냈다. 다음 낮은 책상에 정좌 자세로 마주앉아 거의 기계적으로 깨끗한 종이 한 장을 꺼내 놓고 역시 거의 기계적으로 붓을 들어 먹을 찍고는 비장한 얼굴을 하고 '유서'라고 한자 두 자를 단숨에 썼다. '명필이야!' 하는 생각이 머리를 스쳤다. 그러자 그는 온몸의 힘이 되살아나고 그렇게도 곤죽 같던 가슴속에 자기 자신에 대한 존경심이 되돌아오는 것을 느꼈다.

　"정말이지, 사람이란 한번 나서 한번 죽는 건데…… 후손 앞에 부끄럽지만 않으면 바로 산 거야." 하고 그는 입에 내어 말하였다.

　그러나 다음 순간 방금 가뿐해지는 것만 같던 가슴에 분하고 억울한 생각이 차넘쳤다.

　"아이고, 염 첨지. 나는 자네를 세상에 둘도 없는 벗으로 믿어 왔는데 '개구리도 청령들도'가 대관절 뭐요?! 자네 같은 사람은 아마 고자질도 부끄러워하지 않을 거요……"

　이것은 그날 밤 청 정승의 머리에 처음으로 떠오른 생각이 아니었다. 그것은 그들이 강변의 그늘길, 양지길을 거니는 동안 잠시도 그의 머리를 떠나지 않은 생각이었을 수도 있었다. 그러나 혼잣말로이기는 하지만 지금 이렇게 입에 내어 말하고 보니 그보다 더 현실성 있는 일은 없을 것만 같았다. 그는 다시 의기소침하였다.

　"거기 연못가에는 정말 일러바치라고 보낸 자들이 한둘이 아니었을 거야. 벌써 일러바치지 않았다면 아침에는 꼭 그렇게 할 거야……. 그러면 우리를 끌어내다가 목을 베겠지…… 아이고, 염 정승, 염 첨지…… '개구리도 청령들도'가 뭐요?! 난 그래두 제때에 알아챘지! 정말 제때에 알아챘어! 그러나……"

　바로 이때 무슨 생각인지 머리 속에서 번뜩였다. 그러나 그것이 무슨 생각인지 그는 그 꼬리를 잡지 못하였다.

　"당황해 덤벼치지 말고 꼼꼼히 잘 생각해 봐야 해……" 하고 그는 눈을 감고 중얼거리듯 말하였다.

"정말 죽음을 피할 수 없을까? 그 못 가는 말 그대로 인산인 해였잖아, 글쎄. 그 많은 사람을 다 잡자면 그놈의 황소목 백장이 모자랄 거야. 게다가 우리는 거게 오래 있지 않았지. 공연히 그랬다구. 우린 '우리는 상놈들의 상스럽고 천한 고함질을 좋게 보지 않았습니다.' 할 수 있을 거야. 그러나…… 그러나 우리도 손뼉을 치면서 외쳤지. 아이고, 염 첨지, 자네만 제 가죽을 살리려구 친구를 일러바치지만 않는다면야 그래도…… 살아날 구멍이 없지 않을 텐데……."

또 무슨 생각인지 아주 중요한 것이 머리 속에서 번뜩였다. 그러나 그는 이번에도 그 생각의 꼬리를 잡지 못하였다.

'너는 형이 두렵느냐?' 하고 그는 심각해져서 자기 자신에게 물어 보았다. '물론 두렵지……. 그러나 제 팔자를 이 세상에서 누가 어찔 수 있단 말야, 글쎄? 그렇다면 죽어야지……. 후손들이 알아줄 테니까……. 가만 있어, 후손이라니? 누구의 후손 말야? 글쎄 내 목을 자를 놈들이 내 집안을 몰살하지 않고 둘라구? 팔촌 하나 그냥 두지 않을 놈들인데. 정승을 지낸 것이 죄야. 놈들 나의 저술도 한 권 남기지 않을 거야. 이 나라 이 고약한 버릇이 황소목의 세상에 떨어질라구…… 살아 남아야 해! 살아 남아야 해! 살아 남기만 하면 그래도 무슨 수가 트이지……. 그런데…… 어떻게 하면 살아 남아, 글쎄, 이 더러운 세상에?'

생각하면 할수록 머리 속이 더 엉클어졌다. 첫 햇살이 미닫이의 맨 윗 구석의 네모난 칸살을 갈겼을 때 정승은 앉은 자리에서 깡충 뛰다시피 하였다. 어느새 밤이 다 가고 말았던 것이다.

그는 툇마루에 나섰다. 마당일을 하는 늙은 종이 다가와서 무슨 시킬 일이 없는가고 물었다.

"나는 소풍을 좀 하고 오지……."

정승은 대답을 얼버무렸다.

대문을 나서자 발은 늙은이를 저절로 수도의 포청이 있는 쪽으로 몰아갔다. 그는 아직도 어떠한 결의도 채택하지 않았다. 그러나 발은 웬일인지 바로 그 쪽으로 달아가다시피 하였다.

'내 아니야.' 하는 생각이 머리 속을 감돌았다. '운명이 나를 이끌어 가, 몰아가…….'

앞에 포청의 육중한 대문이 나타났을 때 그는 숨을 돌리느라고 걸음을 멈추었다.

'가라, 살아야 한다! 둘이 다 죽는 것보다 더 어리석은 일은 없다. 그것은 이 더러운 세상에서 용서 못할 죄다. 어떻게 해서라도 살아 남는 것이 유일한 수다, 이 더러운 세상을 이기는! 네가 살아 남으면 귀여운 손자손녀도 살아 남고…… 친구의 저작의 일부만이라도 감추어 둘 수가 생길 수 있다……. 너는 벗을 일러바치러 가는 것이 아니다. 그의 죽음이 그의 집안과 그의 저술에 될 수 있는대로 더 적은 해를 끼치게 하기 위한 유일하게 할 수 있는 일을 하는 것이다. 가라! 다른 수는 없다!' 하는 생각이 머리 속에서 천둥같이 요동쳤다.

그는 결단성 있게 걸음을 내디뎠다.

그러나 몇 걸음 안 가서 두 다리의 힘이 무너져 내리는 것 같더니 물갈이 흙에 배어 땅속으로 사라져 가는 것을 느꼈다. 보니, 어떤 논리의 말도 박차가 아니었다. 그는 포청 맞은 편에 선 두 아름 잘되는 오동나무가 있는 데까지 겨우 발을 끌어 갔다. 열병 환자같이 온몸을 부들부들 떨었다. 바로 이때 그는 갑자기 정변이 있은 날 무참히 처형 당한 늙은 스승의 얼굴이 눈앞에 떠올랐다. 온밤 머리 속에서 몇 번이나 아른거리고 만 것이 마침내 생각났다.

"앞에 악이 있을 때 피해 돌려고 한다고 그것에 젖지 않을 수는 없는 법이니라."

이렇게 그이는 끌려 가기 전 제자들에게 말하였다.

"내가 바로 피해 돌려고 했어……. 그런데 왜 나는 이제야 스승의 말씀이 생각났을까?" 하고 청 정승은 입에 내어 물었다.

그런데 바로 이때 그는 바로 곁에 인기척을 느끼고 온몸을 긴장에 떨면서 나무 뒤에서 얼굴을 내밀었다. 그는 염 정승과 코가 마주칠 뻔하였다.

한 순간 그들은 놀라 서로 마주보았다. 그러나 곧 서로 두 팔을 앞으로 내던져 부둥켜안고 울음을 터뜨렸다.

살아나는 그림

자정도 훨씬 넘어서 새 왕국 화랑(畵廊)의 경비대장이 형조 판서를 찾아와서 그의 그러지 않아도 늘 선 잠의 중둥을 무었을 때 그는 정말 꿈에도 생각해 보지 못한 말을 듣게 되었다.

"대감님, 비상 사고가 났습니다!"

흥분에 떨리는 목소리로 경비대장은 보고하였다.

"왕국 화랑에 도깨비가 꾀었습니다. 저와 저의 대원들이 모두 제 눈으로 보았습니다."

"웬 놈의 그런 황당한 수작이냐?! 그런 얼빠진 수작을 하기 더 좋은 시간을 넌 못 골랐니?"

판서는 대노하였다.

"그러나……"

"그러나가 대관절 뭐니?"

"첫째로, 낮에는 대감님께서 제가 틀림없는 참말을 한다는 것을 확인하실 수 없을 겁니다."

"그럼 둘째로는 뭐니?"

"둘째로, 바로 얼마 전에 대감님께서 우리 친위 장교들에게 엄격히 지시하시지 않으셨습니까. 세상에 신이니 마귀니 도깨비니 산귀신, 집귀신, 땅귀신이니 하는 것들이 있다는 소문을 퍼뜨리는 놈들은 모두 악질적인 협잡꾼이라고 말입니다. 그런 협잡꾼들은 왕님보다 더 존귀한 분이 없으신 우리의 개명한 왕국의 지반을 허물려고 하는 간악한 원수들이니 장교들은 어디에서나 그런 놈들을 제때에 발가내어 옥에 처박아야 한다고 말입니다."

"그럼 처박을 거지……. 그러라는 장교가 아니니! 글쎄 이렇게 깊은 밤에 나이 많은 어른을 깨울 건 뭐니?"

"물론 저는 도깨비 얘기를 저한테 한 대원들을 잡아 족칠 수 있었을 겁니다. 그러나 저 자신을 제가 옥에 처박을 수야 없지 않겠습니까. 저는 이 생눈으로 놈들을 보지 않았습니까."

"누굴 봤어?"

"도깨비 말입니다!"

"아이구, 멀쩡한 놈이 말을 해두 원……. 흠, 생눈으로 봤다구?"

"바로 그렇습니다. 이 생눈으로 보았습니다!"

"그럼 왜 넌 그놈들을 잡지 않았니?"

"잡을 수 없었습니다, 대감님."

"왜?"

"제가 놈들을 도적배로 알고 대원들의 앞장에 서서 뛰어들어가자 눈 깜빡일 사이도 없이 놈들은 없어졌습니다. 간데온데없이 사라지고 말았습니다……. 하긴 좀 지나서 놈들은 다시 나타났습니다. 지어 우리를 비웃으며 놀려주기까지 하였습니다."

"뭘?"

"우리를, 아니 저를 모욕하였다는 말입니다."

"어떻게?"

"온갖…… 상스러운 욕설질을 하였습니다."

판서는 생각에 잠겼다.

"어서 같이 가시기 바랍니다, 대감님."

경비대장은 그를 화랑에 끈덕지게 청하였다.

"저와 함께 가 주십시오. 놈들을 대감님께 보여 드리겠습니다. 엿보기 쉽게 대원들이 한 문에 구멍을 뚫어 놓았습니다. 저는 제가 저를 옥에 처박고 싶지 않습니다. 그런데 저는 대감님의 지시를 어길 권리가 없지 않습니까. 그러니 저는 대감님께 놈들을 꼭 보여 드려야겠습니다."

"놈들이라니?"

"도깨비 말입니다, 대감님!"

"장교, 알겠나……. 자네가 정말 제 정신이고 정말 거짓말쟁이가 아니라면 이것은 나의 형조에서 보아야 할 일이 아닐세. 자넨 예조 판서를 찾아가서 자세한 얘길 하게나……. 더욱이 그 화랑에는 그 영감이 들어 있는 그림이 열 폭은 있을 테니까, 나는 두 폭에 들어 있지만……."

그날 밤 왕국 화랑의 경비대장은 예조 판서, 좌의정, 영의정 등 왕국의 최고 벼슬을 하는 자 셋의 밤잠을 더 깨워야 하였다. 그들은 왕실 친위대의 장한 장교의 말을 반신반의로나마 더없이 유심히 듣고 나서 한참 의논한 끝에 죄송스럽지만 왕세자를 찾아가기로 하였다. 왕세자께옵서 친히 장교의 괴상기이한 이야기를 들으시고 현명한 책을 세우시게 하기 위해서였다.

왕세자는 이미 젊지는 않으나 원기 왕성한 사람이었다. 그는 어려서 먹으로인지 또 무엇으로인지 한 알의 굵은 사과를 그리고 부왕의 '아주 비슷하다!' 는 칭찬의 말을 들었다. 그때로부터 그는 자기가 어떤 재간을 타고났는지 알게 되었고 차츰 온갖 예능의 문제에 더없이 조예 깊은 사람으로 자타의 공인을 받게 되었다. 백성은 나라의 어느 구석에서 살든 장안의 으뜸가는 대궁전인 왕국 화랑을 바로 누구의 덕으로 자기들이 가지게 되었는지 잘 알고 있었다.

알고 보니 나라에는 보존되어 온 옛 그림이 많지 못하였다. 그러나 그것도 웅장한 화랑을 짓는 길에 건너뛰어 넘을 수 없는 장애로 나설 수 없었다. 그림 궁전의 건축 공사가 끝나기 훨씬 전에 벌써 진취성과 선견지명으로 이름난 왕세자는 전례 없이 큰 도화서를 열었다. 거기에서는 국내 방방곡곡에서 불러 온 화공들이 일하였다. 제 고을 제 면에서 재간둥이로 제 나름으로 소문난 사람들이라 그들은 비교적 짧은 기간에 무엇이 왕세자에게 필요한지 눈치채고 아주 크고 몹시 아름다운 그림을 대단히 많이 그렸다. 그와 같이 큰 그림은 전에 누구도 그려 본 적이 없었다. 또한 전에 그림 그린다는 사람들이 다만 검정 먹 하나만 썼다면 새 도화서의 화공들은 전통적인 화법에 무지개의 모든 빛깔을 대담하게 도입하였다. 너그러운 왕세자는 온갖 색감과 명주, 비단, 종이 등 그들에게 필요한 것이면 무엇이든 돈을 아끼지 않고 사들여 대주었다. 그때까지 나라의 유구한 역사에는 왕세자의 화공들 만치 배부르게 살아 본 화가가 아마도 있어 보지 못하였을 것이다.

흔히 많은 인물이 등장하는 화공들의 찬란한 그림을 보면서 태평성대의 고관 대작들은 그 기념비적인 규모에만 아니라 세부 묘사의 세밀성과 중점이 바로잡힌 빈틈 없는 구도의 성대하다 할 조화에도 감탄하였다. "얼마나 아름다워!" 하고 그들은 이구동성으로 칭찬하였다. 역시 엄청나게 큰 풍경화도 탄복의 대상으로 되지 않을 수 없었다.

"훌륭하이!" 하고 그들은 외쳤다.

"천하 절경일세!"

새 왕국 화랑의 휘넓은 벽들을 주로 장식한 것은 바로 화공들이 힘을 합쳐 그린 그와 같은 걸작이었다.

왕세자는 늙은이들이 그와 같이 자기를 찾아와 의논하는 것을 좋아하였다. 때문에 그들이 지나치게 일찍이 깨웠음에도 불구하고 이마를 찌푸리지조차 않고 점잖게 맞아들여 이야기를 끝까지 정중히 들었다. 그러나 그들의 이야기는, 보건대, 그를 적지 않게 놀라게 한 것 같았다.

"여러 어른, 이 이야기에는 이상한 점이 없지 않습니다."

한참 잠자코 생각하고 나서 왕세자는 마침내 이렇게 침착히 말하였다.

"우리는 몽매한 천민이 아닙니다. 세상에 도깨비가 없다는 것쯤은 압니다. 내가 날 밝기 전까지 죄다 알아보겠습니다……."

아침에 왕궁에서는 누구나 새 화랑에 대한 말밖에 하지 않았다. 거기에서는 그림이 살아난다고들 하였다. 저마다 살아나는 그림을 자기 눈으로 보고 싶어 하였다. 특히 큰 벼슬을 하는 자들은 화려한 그림에서 걸어 내려오는 자기의 모습을 보고 싶어 하였다. 저마다 자기가 그림에 실지보다 더 잘나고 위엄 있는 인물로 묘사되어 있다는 것을 잘 알고 있었다.

왕세자는 아주 겸손하게 행동하였다. 그의 위신은 벼슬하는 자들의 눈앞에서 시시각각으로 상승을 하였다. 글쎄 그런 살아나는 신기한 그림은 바로 그의 직접적인 보살핌 밑에 창작되었고 또 그런 신기한 그림은 바로 그의 발기로 역시 그의 정력적인 지도 밑에 건설된 호화한 궁전에 걸려 있지 않는가. 그가 다스리는 나라에 어떤 기적이 없었는가?! 그런데 이제는 그림까지 살아난다! 어느 시대 어느 땅에 살아나는 그림이 있어 보았는가?

왕세자는 아침잠이 물론 몹시 모자랐으나 정사에는 빈틈이 없어야 한다는 부왕의 가르침을 이 아침에도 어기지 않았다. 그는 우선 밤에 화랑에 갈 사람들의 명단을 작성하고 차례도 정하였다. 그는 첫날 밤에는 자기가 예조 판서와 형조 판서를 수원으로 데리고 가기로 하였다. 다음 그는 도화서 서장을 불러 화공들의 새로 완성된 걸작을 경비대원들이 구멍을 뚫어 놓았다는 문의 바로 맞은편에 걸어놓으라고 분부하였다. 그리고 화랑의 경비대장에게는 문에 밤손들을 위하여 구멍을 세 개 더 뚫어 놓으라고 하고 그에게는 또한 회화 예술의 새 걸작을 걸어 놓을 진열실의 조명에 대한 책임도 맡긴다고 하였다.

자정까지 얼마 남지 않았을 때 왕세자는 늙은 판서 둘과 함께 화랑의 한 문의 앞에 자리를 잡고 앉아서 이따금 구멍을 들여다보곤 하였다.

백 자루의 석 자씩이나 되는 굵은 밀초를 켜 놓은 진열실에
는 엄청나게 큰 그림이 걸려 벽 하나를 몽땅 차지하고 있었
다. 그것은 왕세자가 수많은 수원들을 거느리고 큰길같이 넓
은 논두렁에서 모내기 철의 젊은 여자들과 만나는 장면을 그
린 그림이었다. 논의 물에는 신통히도 꽃묶음같이 생긴 모춤
이 여러 개 널려 있었다. 그리고 그 그림은 웬일인지 숱한 폭
포수가 죽죽 드리운 웅장한 산이 배경을 이루고 있었다.

　예조 판서는 새 그림의 거의 복판에 선 왕세자의 어깨의 바
로 뒤에 자기의 꽤 젊어 보이는 턱이 넓은 얼굴이 있는 것을
보고 큰 만족을 느꼈다. 그는 그 자기도 왕세자의 뒤를 이어
살아나서 명절빔으로 차려 입은 젊은 계집들의 포동포동한
어깨를 제법 어버이답게 툭툭 쳐 주는 장면을 눈앞에 생동하
게 그려 보았다.

　그런데 형조 판서는 왕세자의 수원들 가운데서 자기를 오래
찾아야 하였다. '저기 내가 있어!' 하고 마침내 그는 생각하
였다. 그러나 얼마 안 지나서 그는 '나와 비슷해!' 할 수 있을
인물을 하나 더 찾아내었다. 어느 쪽이 날까? 어느 쪽을 놓치
지 말고 지켜보아야 할까?…… 자기를 건국의 으뜸가는 공신
으로 여겨온 그로서는 또다시 벌써 몇 번째 크게 속기라도 한
듯한 느낌이었다. 풀이 죽어 늙은 판서는 왕세자를 흘끔 쳐다
보았다. 그러나 감히 물어 볼 용기를 낼 수 없었다.

　왕세자도 환히 밝은 진열실을 몇 번이나 들여다보았다. 그
러나 두말할 것 없이 그는 벼슬아치들이 하고 있는 따위 초라
한 궁리를 할 위인이 아니었다. 그는 예술의 크나큰 힘에 대
해서 생각하였다.

"나에게 영생을 줄 수 있는 것은 바로 이거다!" 하고 그는 속으로 한마디 한마디에 힘을 주며 말하였다.

"나는 행운을 타고났다. 나는 행복하다. 나에게는 왕권만 아니라 자기의 예술도 있다. 이 둘은 나의 날개다! 이 두 날개는 세월의 무상도 아랑곳없이 나를 영원의 세계로 날라갈 것이다. 그래 천년, 만년이 지나서도 이 밤처럼 나는 그림에서 죄 많은 세상에 내려서곤 할 것이다. 언제나 저렇게 크고 정력에 넘친 몸을 하고! 언제나 저렇게 잘난 늠름한 모습을 하고! 사랑은 몰라도 순종과 존경은 충분히 맛본 사내로, 왕자로!"

그런데 바로 이때 송곳눈을 하고 진열실 안만 살피고 있던 경비대장이 귓속말로 외쳤다.

"시작됩니다!"

셋이 다 얼른 문구멍에 눈을 바싹 다가대었다. 처음에는 그저 방금 전 그대로 그림이 보일 뿐이었다. 그러나 이윽고 그들은 누구인지 맨발로 널마루를 척척 밟는 걸음 소리를 가려들을 수 있었다. 다음 갑자기 꽤 여원 누런 개 한 마리가 난데없이 진열실의 복판에 나타나더니 주둥이를 높이 들고 가볍게 저으면서 냄새를 맡기 시작하였다. 아무런 쓸 만한 냄새도 떠돌지 않는지 누렁이는 새 그림이 걸려 있는 쪽으로 슬근슬근 달아갔다. 달아가서 난쟁이솔을 심은 큰 청자 그릇의 곁에서 뒷발 하나를 쳐들었다.

"에끼, 저 몹쓸놈!"

형조 판서가 고함을 지를 뻔하였다.

왕세자는 제때에 눈짓 하나로 그가 제 관청에서처럼 행패를 부리지 못하게 하였다.

"아이구, 여긴 참 밝구나! 어서 이리 오슈!" 하고 누구인지 소리질렀다.

보니, 곁진열실의 문지방에 긴 챗열이 달린 막대기를 어깨에 걸멘 기골이 큰 젊은 사내가 나타났다. 그는 맨발 바람에 누덕누덕 기운 홑옷을 입었는데 한쪽 바지가랑이가 다른 쪽보다 훨씬 더 짧아 보였다.

"어서 어서 오슈, 신선님!"

목동은 다시 빈정거리듯 불렀다.

"왜 그리 볶아치는 거냐? 신선은 별일이 있어두 괴덕을 부리지 않는다는 걸 모르니?"

누구인지 어둠 속에서 이렇게 가는 목소리로 대답하였는데 곧 목동의 쩍 벌어진 등 뒤에 씨물씨물 웃는 얼굴에 코밑수염을 양쪽으로 뾰조록하게 드리운 체소한 늙은이가 나타났다.

"도깨비들이야! 초 아까운 줄 몰라!"

목동은 못마땅하다 듯 머리를 설레설레 저었다.

"난 그놈의 얼뜨기들이 끝내 괜찮은 걸 갖다 걸어서 밝아진 줄 알았지."

"너는 바라는 것두 참 많다!"

그림 쪽으로 멸시를 드러낸 눈길을 슬쩍 던지고 늙은이는 대꾸하였다.

"그네들은 안된다 안돼! 백 번을 변신해두 안된다! 모두 배가 너무 불러서."

"그건 무슨 말이유?! 신선님 소견에 그림은 배를 곯아야 그린단 말이유? 난 난생 그림붓을 들어 본 기억조차 없수."

"요놈의 반편이야! 내가 어디 그렇게 말했니?"

"멀쩡한 장부를 함부로 그렇게 부르시는 건 점잖은 일이 아니올시다, 신선님."

이미 그는 능청맞은 투였다.

"신선님께서 종종 말씀하시듯 저는 알짜 무식쟁이이기는 하오만 신선이라는 말과 현인이라는 말이 같은 말이 아니라는 것 쯤은 벌써부터 알고 있수다."

"서당개 삼년에 뭘 어쩐다더니……."

"서당은 몰라두 사귀는 신선이 신선이니까……."

늙은이는 한발을 굴러 성난 시늉을 하여 보였다.

"제발 용서해 줍소!" 하고 목동은 두 팔로 머리를 싸덮었다.

"다시는 버릇없이 굴지 않겠수다!"

이어 그들은 한바탕 함께 즐겁게 웃었다.

"웬 걸 또 갖다 걸었는지 좀 같이 보자." 하고 늙은이가 먼저 말하였다.

"헌데 요놈의 누렁인 어딜 갔어?"

목동은 목을 뽑아 들고 둘러보기 시작하였다.

"윙윙, 누렁이야, 이리 오너라! 어딜 갔니? 제길, 이 큰 궁궐은 개도 굶겨 죽이겠어……."

"왜 강아질 못견디게 구니? 뛰놀게 두어라."

늙은이는 팔짱을 끼고 새 그림의 앞에 서 있었다.

"이리 와 어서 좀 보아라. 저건 또 그 사낸가?" 하고 그는 고개질로 그림의 왕세자를 가리켜 보였다.

"그놈이겠지."

늙은이의 곁에 가 서며 허우대 좋은 목동은 대답하였다.

"바로 그놈이야. 아마두…… 저 그림에서는 더 위엄차 보이려고 한 모양이야. 아이구, 불쌍하게두! 바로 송장이야. 산 사람이 저런 웃는 상을 어떻게 해, 글쎄?"

왕세자는 온몸에 불시에 경련이 일기라도 한 듯 자기도 몰래 푸르르 떨었으나 자제력은 잃지 않았다. 그는 그 신선과 목동이 어느 옛 그림에서 나왔을 것인지 이미 알고 있었다.

"하긴 저 그림에 그린 녀석들은 모두 상여두 바로 꽃상여에 실릴 차비를 한 송장 같다. 네 말이 맞다. 저런 분칠, 저런 연지 바르기는 큰집 장사 때밖에 하지 않는다."

"에크나, 한 계집이 움직인 것 같수! 살아나잖을까? 이 색시, 어서 이리 내려오우! 같이 장난질 좀 합시다……."

"웬 소릴? 젊은 녀석 생각 탓이다……."

"난 보았수! 저기 저 논물에 들어서서 모춤을 들려고 하는 체하는 계집말이유."

"물에 들어서지 않은 계집 저 그림에 있니?"

"저 제일 왼쪽 구석 젊은 계집 말이유. 에크, 또 움직였수!"

왕세자와 두 판서도 목동이 가리킨, 그림의 맨 왼쪽 끝을 보았다. 아닌게아니라 한 젊은 여자는 정말 머리를 약간 돌리고 누구를 보고서인지 생긋이 웃으려고 한 것 같았다.

"정말 좀 움직인 것 같은 걸……."

늙은이는 먼눈이 어두운 사람같이 실눈을 하면서 말하였다.

"하긴 그저 정말 생각 탓일 거다. 산 사람이 아니다."

"물론 산 사람이 아니지. 도대체 우리 아낙네가 명주옷, 비단옷을 차려 입고 논밭일을 하는 법 어디 있다구……."

"고운 옷이 왜 언짢단 말이니? 너처럼 배꼽을 드러내고 다니는 게 낫단 말이니?"

"아니, 내 배꼽이 글쎄……."

"성내지 말어라. 내가 늘 생각하는 일인데, 너를 그린 사람은 네가 사랑스러워 너에게 무자비했을 거다."

"그 이가 날 사랑했다는 건, 미안합네다만, 신선님네 말씀이 없으셔두 압네다."

"그러나 그 사람은 너의 배꼽을 감추어 주어두 큰 손해 보지 않지 않았을까?"

"왜 감춰?!"

목동은 고함을 질렀다.

"아름답지 못하니 말이지."

"그럼 저 양반네 아름답수? 저 계집네 곱수? 배꼽은 모두 잘 감춰 놓았지만……."

"곱지 않다. 산 사람들이 아니기 때문에 고운 여자들이 아니다. 서툴리 만든 꼭두각시 비슷한 것들이다. 그리고 호인같이 웃어 보이려고 애쓰는 저 양반네두 저 여자들이 곱지 않다는 걸 알 거다. 모르면 왜 논물에 들여 세우고 돈 주고도 못 살 비단옷까지 입혔겠니."

"허나 옷 입힌 건 화공들일 텐데……."

"화공이라니? 화가라니? 화가는 저 따위 치레 아무때두 안 한다……. 하긴 문제는 정말 옷에 있는게 아닐거다……."

"그럼 뭣에 있수?"

"어떻게 말하면 좋을까? 화가는 많은 일을 할 수 있다. 실례를 들어, 신선이 세상에 없다는 것은 너도 알지? 그러나 나는 산 신선이다!"

"그건 정말이야! 정말 산 신선이슈!"

목동은 대 발견이 기뻐 외쳤다.

"내가 산 신선인 것은 나를 진짜 화가가 그렸기 때문이다."

"난…… 난…… 잘 모르겠는데…… 아니, 또 나를 놀려 주려우?"

늙은이는 딱하다 듯이 손을 내젓고 바닥에 털썩 주저앉았다. 다음 그는 주먹으로 턱을 괴고 그림을 유심히 뜯어보기 시작하였다.

"얘, 들어 보아라."

마침내 그는 말하였다.

"나는 저 여자들이 불쌍하다. 그림 그리려구 궁녀들을 데려다 세워 놓았으면 몰라두…… 시골에도 젊고 예쁜 여자들이 있지 않니……."

목동도 기색이 심각해졌다. 선채 막대기 끝에 턱을 올려 놓고 그도 그림을 살피기 시작하였다.

"알겠수, 신선님, 내가 갑자기 무슨 생각이 났는지? 난 나를 머슴으로 부린 첨지가 생각났수. 그 첨지는 나를 몹시 미워했는데 그건 큰일이 아니었수. 나두 그 첨질 미워했으니까. 그런데 문젠 그 첨지가 내가 하는 일을 일로 보지 않은 데 있수. 바로 제게 필요한 일인 줄 잘 알면서두 없신여긴 데 있수. 이 경우도 마찬가지이겠지……. 저 그림 그린 화가들은 농사 일을 일로 보지 않수. 조금이라도 존중하는 것 정말 저렇게 어리석게 치레하지 않을 테니까. 누가 일에 튼 손에 분을 바르겠수……. 하기야 저 그림에는 분칠한 상판대기밖에 없으니까. 저 그림 그린 놈들은 저 양반네두 속으로는 거들떠 보려구도 하지 않을 걸……."

"또 넌 화가, 화가 하는데 웬 놈의 화가 말이니? 진짜 화가의 손은 저걸 스쳐 지나가지도 않았다!"

"좋수! 신선님, 왜 자꾸 괜히 트집이우? 이렇든 저렇든 나 같으면 별일이 있어두 아낙네에게 그들이 본일조차 없는 비단옷을 입혀 찬 물에 들여세워 놓고 황송히 생글거리게까지 하지 않을 거유……. 하기야 지금은 세상이 꽤 달라졌다니까 혹 비단옷밖에 입을 것이 없잖은가?"

"그럴 수도 없지 않지."

늙은이는 생각에 잠기며 조용히 대꾸하였다.

"신선들두 삶이란 한 자리에 서 있는 법 없다고들 하니까."

그런데 마침 어디서인지 개 짖는 소리가 들려 왔다. 목동은 껑충 뛰다시피 하였다.

"신선님, 왜 오늘 우린 이리 지껄이기만 하우? 어서 장난질 좀 합세다! 어서 일어나슈! 자!" 하고 목동은 쾅 하고 발을 굴렀다.

"우리 화가는 나를 먹으로 그렸지만 내 핏줄에서는 시뻘건 피가 콸콸 줄달음이야! 어서 일어서슈! 저 양반네 상판대기에 신선 수염을 달아 줄까 도적 수염을 달아 줄까? 아니 차라리 쇠똥을 끼얹어 줘야지!"

늙은이는 갑자기 '움머!' 하고 소 우는 소리를 하면서 네발걸음을 치더니 벌컥 뛰어 일어나서 숨찬 소리로 말하였다.

"좋은 궁리다! 네 소 어디 있니?"

"검둥아! 검둥아! 이리 오너라! 움머! 움머!"

왕세자는 슬쩍 곁눈질로 늙은 판서들을 보았다. 그들은 툭 삐어진 눈을 하고 말 그대로 얼빠진 사람들같이 문구멍을 들여다보고 있었다.

한편 목동은 계속 소를 불렀다.

"움머! 움머! 검둥아, 이리 오너라! 우린 네 뒷것이 많이 있어야겠다."

어딘지 멀지 않은 데서 소가 영각을 뽑았다. 그것은 마지막 물방울이었다. 장한 경비대장의 참을성에 한계가 없을 수는 없었다. 그는 왕국 화랑의 국보를 목숨으로 지킬 사명을 지닌 근위 장교였다.

"요놈의 두억시니들아, 썩 물러가라! 썩 물러가!"

그는 장검을 뽑아 들고 째어지게 새된 소리를 지르면서 화랑의 문을 차고 안으로 뛰어 들어갔다.

"이건 궁궐이다! 외양간이 아니다! 썩."

그러나 거기에는 이미 아무도 없었다.

1965년 작.

도깨비 장난

　누구나 다 잘 아는 바와 같이, 도깨비들은 캄캄한 밤에는 나돌아다니면서 온갖 짓궂고 고약한 장난질을 하고 둥그런 달이 밝게 뜨는 밤에는 어딘지 괴괴하고 어둑한 곳에 모여 앉아서 회의를 한다.

　"……참, 따지고 보면 도깨비 신세도 가련하지! 아무래도 장난질은 사람하고 할 멋이 있는데 그것도 모두 그놈의 사람이라는 것에 달렸으니 말이지……."

　곤두세운 긴 꼬리의 다보록한 술 위에 등잔을 얹고 앉은 청도깨비가 어깨를 으쓱 들었다 놓으며 머리를 설레설레 저었다.

　"정말 죄다 사람에 달렸소, 지당한 말씀이오."

　등잔불에서 멀지 않은 곳에 앉은 홍도깨비가 다섯손가락을 모아 뾰족하게 내들린 턱수염을 천천히 훑으면서 점잖게 대꾸하였다.

　"한번은 한 영감이 턱밑에 주먹만한 혹이 달린 이웃집 늙은이를 어찌나 방정맞게 놀려 주곤 하는지 보기 하 아니꼽고 밉살맞아서 그 영감의 턱에 훨씬 더 큰 혹을 달아 주었더니만……."

"아니, 홍도깨비야, 그게 뭐 자랑할 일이라구 그러니?"

맞은편의 황도깨비가 코웃음을 치면서 돌아앉았다.

"그런 장난은 중생이 생긴 때로부터 동서양의 도깨비들이 벌써 만번은 했을 거다!"

"누구는 뭐가 팔자라더니 넌 참 시비도 많다. 얘길 끝까지 들어 보기부터 하고 나앉어라……. 흠, 그래 그렇게 혹을 달아 주었더니 말입니다. 느닷없는 날벼락에 정신이 나가지 않으면 적어도 상심만이라도 할 줄 알았는데 그 영감은 글쎄 말입니다. 오히려 마누라 앞에 배를 내밀고 버티고 서서 곤댓짓을 하면서 '어서 좀 만져 보우! 이웃네 그것의 곱은 잘 될 거요. 우린 만운이 터졌소!……' 하고 우쭐거리질 않겠습니까 글세!"

"그 영감 무슨 궁릴 바로 그렇게 했는지 모르겠지만 사람이란 원."

청도깨비가 의장답게 짐짓 위엄스레 말하였다.

"본시 욕심이 돼지 같소. 시기가 잰내비 같고 꾀와 고집이 참당나귀 같고 혓바닥이 간사하길……. 세상의 그 무엇에도 비길 수 없고…… 제자랑이 또……."

"등잔불 드신 이의 말씀을 꺾기 미안하오만, 내 생각에 사람들의 크고 작은 탈은 모두 그들한테 암수의 차이가 있는 데 있소. 그 차이가 너무도 큰 데 있소."

금점꾼들이 버린 지 오랜 거의 다 무너진 귀틀막의 맨 구석에 쪼그리고 앉은 자줏빛 도깨비가 말에 참례하였다.

"사납길 그지없는 욕심부터 황당한 제자랑에 이르기까지 모두 결국에 보면 계집이라고 하는 암컷이나 사내라고 하는 수컷 앞에서 뽐내기 위한 수단이오."

회의에 모인 도깨비들은 이 구석 저 구석에서 서로 앞을 다투어 발언들 하였다.

"정말 제 계집한테 잘 보이기 위해서라면 겨레붙이도 나라도 다 팔아먹는 게 사람이지……."

"그건 모두 바로 사람이라는 짐승이 타고나는 그 탐욕 때문이오! 난 돈닢에 대한 욕심 때문에 아비를 파는 놈, 아우를 파는 놈, 둘도 없이 곱다던 계집을 팔아먹는 놈들을 한 두 번만 보지 않았소."

"미안하지만 그것은 모두 잘 모르고 하는 말이오. 사람은 참으로 귀여운 계집이나 사내는 당장 각뜬대도 내놓지 않소. 그걸 사람들은 사랑이라고 하는데 본시 암컷 수컷의 차이가 있어 보지 못한 우리, 도깨비들로서는 짐작이나 할 수 있는 일이오……."

"난 좋은 안이 있소!" 하고 갑자기 오월의 낙엽송같이 산뜻한 풀빛을 한 도깨비가 벌떡 뛰어 일어나면서 소리질렀다.

"네가 또 웬셈의 엉뚱한 짓을 하려고 그러니?"

홍도깨비가 눈을 치떴다.

"알아 두어라, 다음 번 회의는 내가 의장이다. 또 저번처럼 과보의 대법을 어기는 어리석은 장난질을 했다간 나부터가 널 천당으로 쫓자고 건의하겠다. 미리 경고해 둔다! 거기 가서 어떤 장난질 재미도 더는 보지 못하게!"

"좋소, 좋소, 다음 번 의장 나리! 잘들 계시오. 난 지금 당장 함주벌로 떠나오!"

화주승의 차림을 한 젊지 않은 여인이 울타리문을 밀어젖히고 조금도 서슴거리는 눈치가 없이 총각아이 같은 가벼운 걸음걸이로 마당을 지나 크지 않은 농가에 다가섰다.

"주인님 계신지요?"

여인이 세 차례나 되풀이하여 부른 다음에야 안방의 문이 열리더니 어리둥절해 하는 얼굴을 한 젊은 사내가 나섰다.

"예, 예, 잘 오셨습니다. 뒷산 승방 여스님이시군요. 어서……"

"고맙습니다." 하고 깍듯이 머리를 숙이고나서 여인은 말하였다.

"그런데 저의 눈에 주인님께서는 웬 큰 걱정이 있으신가 본데……"

"예, 스님. 날마다 동트기가 바쁘게 일어나 집안일로 돌아치는 아내가 오늘은 웬일인지 잠자리에 제 정신 없이…… 산 사람 같지 않게 누워 있습니다. 암만 불러도 대답을 않습니다. 온 아침 눈 한번 뜨지 않았습니다……"

"그게 무슨 말씀입니까? 제가 어디 좀 보아……"

"예, 어서 좀 보아 주십시오. 어서 들어오십시오. 숨은 틀림없이 고르게 쉬는데 보지도 듣지도 못합니다. 정말 이상한 일입니다. 저는 어찌면 좋을지 몰라……"

여인은 주인의 말을 채 듣지도 않고 맵시 없지 않은 꽃미투리를 마루 밑에 벗어 던지고는 바삐 안방으로 들어섰다.

"첫눈에 벌써 웬 탈인지 짐작이 갑니다." 하고 여인은 홑이불 밑에서 반신을 드러내고 잠자듯이 누워 있는 젊은 여자의 곁에 무릎을 꿇고 앉으면서 말하였다.

"유감스럽게도 이것은 고치기 극히 어려운 병입니다……. 아이고, 이마가 차기를 얼음덩이 같고 손도…… 발도 모두 서릿발이라도 머금은 것 같고…… 어디…… 맥도 식어갑니다. 이렇게 잘난 새색시가 이런 몹쓸 탈을 만나다니 글쎄…… 사람이 어찌 하늘을 믿고 이 세상에서 산담……."

젊은 사내의 당황해 하던 얼굴은 잠깐 사이에 겁에 굳어졌다.

"윗마을 의생님을 빨리 찾아가서……."

그는 여인의 눈치를 살피면서 중얼거렸다. 그러나 여인은 그의 말을 딱 잘랐다.

"그것은 쓸데없는 일이오. 헛일이오! 어느 의생도 이런 병 못 고치오!"

"그럼 난 어찝니까? 누가 내 아내를 살려 줍니까?!"

"누구도 살려 줄 수 없소. 엿새를 이와 같이 반생 반사로 누워 있다가 조용히 저승길에 오르게 되오. 그런 병이오."

"아니, 그게 무슨 말씀입니까? 아내가 죽으면 나도 죽습니다……. 하루도 더 못 삽니다……."

"세상에 홀아비가 한둘이 아니지만 그 말 곧이듣기 어렵지 않소. 이렇게 예쁜 아내를 잃다니…… 어디 좀 보오. 온몸이 얼음같이 차졌는데 고요히 잠자는 미인이오. 두 뺨의 연분홍도 그냥 아름답게 피고 있소……."

"나도 죽습니다……. 아이고, 웬 놈의 팔자에…… 아이고,

내 아내……."

"이런 아내를 잃게 된 대장부의 심정 알 수 있소. 그러나 나는 그저 함께 서러워할 수밖에 없소……."

여인은 잠자듯 누워 있는 새색시의 앞에 머리를 약간 숙이고 나서 일어서려고 하였다.

"그럼 나는 가보겠소. 도와 드리지 못하는 것이 죄스럽소. 용서해 주오."

"아이고, 스님, 어딜 가시려고 그러십니까? 숨이 끊어지지 않은 한 아무런 도리도 없을 리가 있습니까……. 제발, 스님…… 날 도와주십시오……. 내 아낼 살려 주십시오. 난 더 믿을 사람이 없습니다. 웬 탈인지 짐작이 간다고 아까 말씀하시지 않았습니까……."

여인은 마지못하여 그러듯이 도로 앉으면서 정색을 하고 주인을 쳐다보았다.

"사랑하는 아내를 위해 사내가 무슨 일을 못하겠소만 나는 생때같은 젊은 사내도 죽이고 싶지 않소."

"그게 무슨 말씀입니까, 스님?"

"이와 같이 괴상한 병을 고칠 약은 이 세상 단 한곳에 밖에 없소. 그런데 그리로 가려면 무서운 호랑이골을 반드시 지나야 하오. 그 약 가지러 갔다가 살아 돌아온 사람은 여태 한 사람도 있어 보질 못했소."

"저는 갑니다!"

여인은 다시 젊은 사내의 눈을 마주 쳐다보았다.

"사람은 그 골의 호랑이의 으르렁거리는 소리만 들어도 까무러쳐 쓰러지고 마오. 그 골에 갔던 사람은 뼈 한 토막 남지 않았다고 하오."

"그래도 저는 갑니다! 그 약 어데 있습니까?"

여인은 또다시 한참이나 말없이 사내의 눈을 쳐다보았다.

"그 약은 인수재 고갯마루에 반쯤 묻혀 있는 시뻘건 바위의 틈에 꺼멓게 엉겨 있소. 그런데 그 재까지는 육백리 길이니 하루에 험한 산길을 이백리씩이나 걷고 닫고 해야 하오. 그래야 엿새가 끝나기 전에 대와서 새색시를 살릴 수 있소."

"그럼 전 떠나겠습니다. 단 또 한 가지 스님께 부탁 드릴 것이 있습니다. 제가 돌아올 때까지 아내를 보아 주십시오."

"그 걱정은 말어라."

손님은 완전히 윗사람의 투로 변하였다.

"그리고 일이 이리 된 바에는 한 가지 더 대주어야 할 것이 있다. 호랑이골에 들어서거든 늘 곁에 키 큰 나무가 있게끔 길을 골라 걸어야 한다. 그러다가 호랑이의 으르렁 소리가 울리면 냉큼 나무에 올라 숨을 죽이고 있어야 한다."

"알았습니다, 고맙습니다, 스님."

사내는 잠자듯 누워 있는 아내에게 다시 한번 눈길을 던지고 나서 결단성 있게 말하였다.

"그럼 수고해 주십시오. 전 다녀오겠습니다!"

그는 사흘 만에야 처음으로 눈을 붙였으나 바로 가까이에서 이상한 말소리가 꿈결에와도 같이 자꾸 울려서 그만 잠을 깨고 말았다. 죄다 심상치 않았다. 원두막의 덕대에 올라 거기에 깔려 있는 묵은 볏짚 위에 쓰러져 잠들었을 터인데 둘러보니 그는 웬 큰 건물의 바로 천장 밑에 왜 맺는지 모를 다락 비슷한 것에 누워 있었다. 그리고 밑에 보이는 단청으로 화려하게 장식한 광실은 어디에 무슨 불을 그렇게 많이 켜 놓았는지 대낮같이 밝았다. 거기에는 저마다 서로 다른 빛깔의 호화한 예복 같은 것을 입고 머리에 이름 모를 짐승의 뿔이 한 개 혹은 두 개씩 달린, 역시 서로 다른 빛깔의 높은 고깔을 쓴 사람들이 위엄 있게 앉아들 있었는데, 그 꿈결에 들린 것 같은 이상한 말소리는 바로 그들의 말소리였다.

"······따지고 보면 누구의 말에나 일리가 있을 수 있습니다."

보건대 제일 높은 사람의 자리인 듯한 곳에 앉은 홍색 예복으로 성장한 이가 점잖게 말을 이었다.

"사람은 정말 슬기 하나만으로 살지 않아서 사람일 수 있습니다. 어디 연두의 대사의 이야기를 끝까지 들어 봅시다."

이름 그대로 봄철의 낙엽송 같이 산뜻한 연둣빛 차림을 한 이가 앉은 자리에서 머리를 약간 숙여 보이고 나서 말하였다.

"이미 이야기 드린 바와 같이, 벼슬은 물론 큰 재산도 이름도 없는 보통 농부인 그 사람은 갑자기 병이 걸려서 죽게 된 아내를 살리기 위하여 왕복 천 리나 되는 멀고 위험한 길을 떠났습니다. 첫 이틀을 그 사람은 하루에 이백 리씩이나 험한 산길을 달렸습니다. 그 무서운 호랑이골도 그 사람은 겁내지 않았습니다."

"그래 호랑일 대사는 그 사람과 붙여 줬소?" 하고 누구인지 툭 쏘았다.

"황의 대사께서는 또 비꼬는 모양이신데, 문제는 그 사람이 그 호랑이골에 조금도 망설이지 않고 들어섰다는 데 있을 겁니다. 말이 났으니 말인데, 호랑이는 여념 없이 길을 재우치는 그 사람의 세찬 숨소리만 듣고도 슬글슬근 피해 길을 내주었습니다. 내가 말하려는 것은 간단합니다. 사람의 정보다 더 강한 것은 없다는 겁니다. 그런데 전에 자주의 대사께서도 말씀하신 바와 같이, 그런 정이 어찌 암수의 차이가 없이 있을 수 있겠습니까?"

"그 말씀이 옳소!"

"나도 몇번이나 벌써 그렇게 주장했었소!"

"그러니 어떤 장난질도 그 사랑이라는 걸 가지고는 하지 말아야 하지……."

앉은 자리에서 모두들 앞을 다투어 말하였다.

그러나 금수 은수 장식을 한 홍색 예복을 입은 이가 한손을 들어 정숙을 요청하였다.

"자의 대사, 여기가 어디라고 '장난질'이니 뭐니 하는 말을 하십니까? 혹 남이 듣기라도 하면 어떻게 생각하겠습니까?"

"나는 사람의 세상에는 사랑이라고 하는 것이 정말 있다고 말하려고 했을 뿐입니다."

자의 대사라는 자줏빛 예복 차림을 한 이가 맞서 나서듯 대답하였다.

"글쎄, 그거야 당당한 견해이니 얼마든지 고집할 수 있습니다. 그러나 대사께서는 말조심은 하셔야겠습니다. 또 다른 어떤 견해가 있습니까?"

이때에 이르러 농부는 그 호화한 광실에 그렇게 깊은 밤에 모여 논의를 하는 어른들이 누구를 염두에 두고 말들 하는지 알아챘다.

"홍의 대사, 내 생각에는, 전번 청의 대사께서 말씀하신대로 죄다 정말 사람에 달렸습니다."

번들번들한 검정 예복을 입은 이가 말하였다.

"세상에는 덕을 따르는 사람도 있고 권세보다 더 중한 것이 없는 사람도 있고 그 어떤 의무라는 것보다 더 큰 것이 없다고 여기는 사람도 있고 또 미식이나 색사보다 더한 낙이 없는 사람도 있고……."

"내가 말하려는 것은."

연두의 대사가 눈치를 보다가 냉큼 말머리를 가로챘다.

"사람이 사랑할 때는 사랑보다 더 큰 힘이 없다는 것, 더 큰 힘이 없을 수 있다는 겁니다. 물론 죄다 사람에 달렸을 거고 경우에 달렸을 겁니다. 그런데 말입니다. 일은 예상한 것보다 훨씬 더…… 재미……없게 되었습니다. 그 농부는 이제 이틀도 안 지나서 남쪽 함주벌의 자기 집, 자기 아내에게 돌아갑니다. 그 바위열이라는 약은 한 숟가락도 되지 않습니다. 그 약이 다시 그 바위에 그만치 엉기려면 백년이라는 세월이 흘러 가야 합니다……."

"그래서?"

황의 대사가 또 참을성 없이 따졌다.

"대사, 그렇게 눈치 무디게 굴지 말고 이야길 끝까지 듣소."

홍의 대사가 다시 주의를 주었다.

연두의 대사는 부득이 잠깐 멈추었던 말을 한 마디 한 마디 또박또박 뚜렷이 발음하여 이었다.

"우리가 아는 바에 의하면, 명년 이맘때 외적이 이 나라에 쳐들어옵니다. 강을 건너 사태같이 밀려 들어오는 그 대군 앞에서 이 나라의 군대는 처음 연패를 맛보고 숱한 희생을 보게 되는데, 지금 여기서 서쪽으로 백 리 되는 오로골에 사는 선비가 의병을 거느리고 나섬으로써 형세의 급변을 가져옵니다. 그 의병대는 외적을 쳐부수고 나라를 구원할 새 군대의 기둥으로 됩니다."

"그래서?"

황의 대사가 또 참을성 없이 따졌다.

"아니, 노랑 도깨비, 내가 뭐라고 했소?!"

윗 자리의 홍의 대사가 얼굴까지 시뻘게지면서 목소리를 높였다.

"문제는." 하고 연두의 대사는 눈에 순간적으로 떠올랐던 익살맞은 웃음기를 서둘러 끄고 무게 있게 말하였다.

"그 선비도 농부의 아내와 같은 날에 똑같은 무서운 병에 걸린 데 있습니다. 그 이에게 차례져서 명년의 외란 때 이 나라를 구원할 사람이 살아 있게 할 약은 이제 이틀이 안 지나서 영영 없어지고 맙니다. 그러니 명년의 외란은 이 나라의 예속, 이 나라 백성들의 몰살을 가져올 수 있습니다. 어찌 생각해 보지 않을 수 있겠습니까……."

"그것이 바로 숙명이라는 거요. 우리가 관여할 일이 아니오."

이번 황의 대사는 낙망한 듯 머리를 저었다.

"그럴 수도 있습니다. 이렇든 저렇든 그 약을 그 농부는 정직히 얻었습니다. 그 사람은 그 약을 써서 사랑하는 어여쁜 아내를 살릴 권리가 있습니다. 누구도 그 사람을 나무랄 수 없습니다. 더욱이 명년의 외란에 대해서 지금 누가 알겠습니까?!"

연두의 대사는 조용히 전 그대로 한 마디 한 마디 또박또박 끊어 말하였다.

"그러나…… 그러나 명년의 이맘때는 이 나라의 서로 사랑하는 이들도 모두 외적의 손에 죽을 수 있고 참을 수 없는 욕을 볼 수 있습니다…… 사람의 세상이라는 것이 이런 것이라는 말입니다……."

온 광실이 물 뿌린 듯이 조용해졌다. 홍의도 흑의도 황의도 모두, 자의도 연두의도 모두 머리를 떨어뜨리고 잠자코 숙연히들 앉아 있었다.

농부는 입을 멍하니 벌린 채 다락에서 그들을 지켜보고 있었다. 다음 그는 깜빡 잊었던 것이 갑자기 생각나기라도 한 듯 다락을 둘러보았다. 내릴 길을 찾았다. 품속의 약을 다시한번 만져 보고 나서 그는 다락의 벽에 붙은 쪽에 놓인 사닥다리를 삐걱 소리 한번 날세라 조심스레 내렸다. 사닥다리의 바로 곁에 문이 있었다. 그 문을 열자 바깥은 아직도 꽤 밝은 달이 환히 비쳐주는 들판이었다. 농부는 북두성을 쳐다보았다. 취한 사람 같이 비틀거리면서 그는 걸음을 내디뎠다.

숱한 도깨비들이 원두막의 좁은 덕대에 기어올랐다.

"저 사람은 바로 서쪽으로 간다! 선비를 찾아간다!"

홍도깨비의 말이었다.

"저 사람은 제 정신이 아니다! 미친 사람같이 비틀거리면서 달아간다!"

황도깨비의 말이었다.

"사랑이 다 뭐야?!"

"우린 못할 장난을 한다!"

"나라라는 걸 사람들이 괜히 만들어 냈겠나……."

도깨비들은 어둠속 멀리 사라져 가는 농부를 시퍼런 눈으로 바래면서 승강이질하듯 떠들어댔다.

"잠깐 있소! 난 또 좋은 안이 있소!" 하면서 연둣빛 도깨비가 덕대에서 땅에 날 듯이 가볍게 뛰어내렸다.

"난 정말 좋은 안이 있소!"

"네가 또 웬셈의 엉뚱한 짓을 하려고 그러니?"

홍도깨비가 따라 소리질렀다.

"오늘 것은 네 말을 듣고 꾸민 연극이었지만 다음 번 정식 회의는 정말 내가 의장이다! 또 지나친 장난질을 했다간 나부터가 너를……."

"천당으로 쫓자고 건의한단 말이지?"

연둣빛 도깨비는 잡색 도깨비들이 과일 따는 원숭이 무리 같이 더덕더덕 붙어서 꼬리를 흔들고 있는 덕대를 돌아보며 대꾸하였다.

"좋다! 그렇게 해라! 단 나 같은 도깨비는 아는 것이 너무 많아서 누가 어떻게 쫓아도 천당에 못 간다. 그럼, 여러 대사님, 내일 밤 자정에 내가 기별하는 데로 날아들 오시오!"

선비가 사는 곳을 찾아 지칠대로 지친 걸음을 채찍질 하는 농부의 마음속에 대해서 누가 뭐라고 말할 수 있겠는가? 눈앞에서는 움직이지 않고 잠자듯이 누워 있는 의지가지없는 아내의 모습이 계속 귀청이 터질 지경 외치고 있었다. 그는 벌써 근 닷새를 바로 쉬지도 못하고 바로 먹지도 못하고 달리다시피 하였는데, 그래도 어제 밤까지는 곧 아내가 다시 눈을 뜨고 상냥스레 마주보게 되리라는 희망이 그를 부축해 주고 부추겨 주었었다. 하긴 그는 앓는 선비를 찾아 걸음을 돌린 뒤도 자기가 아내를 죽인다고는 생각하지 않았다고 할 수 있다. 그저 그는 자기에게 다른 수가 없다는 것을 알고 있었다. 그리고 사람이 옳게 행동하면 기적 같은 일도 바라볼 수 있으려니 하는 그 어떤 숨은 믿음이 그의 끝이 드러나기 시작한 힘을 보태 주었다. 그는 신심 직행의 사람이었다…….

날이 다시 어두워졌다. 그의 눈에는 하늘의 별도 처음 가는 길에 마주 솟곤 하는 산의 윤곽도 아예 들지 않았다. 그저 걸음만 자꾸 재촉하였다. 마지막으로 보고 떠난 잠자는 아내의 모습…… 그 모습에 난생 단 한번도 보지 못하였으나 벌써부터 잘 알아 온 것만 같은 선비의 얼굴이 겹비치곤 하였는데, 그럴 때마다 그는 잠이라도 깨려 듯이 머리를 브르르 떨었다. 그리고 걸음을 더 재촉하였다.

이제 한 고개만 더 넘으면 그 선비네 마을이겠지 하는 데까지 왔을 때 갑자기 어디서인지 웬 여자의 곡하듯이 우는 소리가 들려 왔다. 그는 걸음을 늦추지 않은 채 두리번거렸다. 길에서 얼마 안 되는 곳에 어렴풋한 등불이 보였다. 그는 걸음을 돌리지 않았다. 그러나 점점 더 가까워지던 그 불이 도로 멀어지기 시작하였을 때도 여자의 울음 소리는 멎지 않았고 점점 더 애처롭게 들렸다. 그는 그 소리에 쫓기기라도 하는 듯 하였다……. 그래도 얼마 더 가지 않아서 그 울음 소리는 어둠속에 사라졌다. 그러나 그 여운은 그의 귀에 남았다. 그 힘은 울음 소리보다 더 세었다. 그는 걸음을 돌리지 않을 힘이 자기에게 없다는 것을 깨달았다.

농막 같은 초라한 집이었다. 등잔불이 훤히 드러낸 창호지에 몸을 앞뒤로 젖듯이 하며 설움에 잠겨 우는 여자의 그림자가 비쳤다.

"주인님 좀 봅시다."

대답이 없었다. 그러나 그 여자의 울음 소리에는 어떤 절망적인 설움이 넘쳐 있었던지 그는 더 기다리지 못하고 헛기침을 하면서 문고리를 당겼다.

정주간 비슷한 데에 편 자리에 어린 계집애가 누웠는데 그곁에 앉은 여자는 남이 들어온 기척도 차리지 못하고 그냥 서럽게 울고 있었다.

"웬 일이 생겼습니까?" 하고 그는 이상한 예감에 가슴이 죄는 것을 느끼면서 물었다.

여자는 돌아보지조차 않고 계속 곡하듯이 울면서 말하였다.

"일찍 남편을 여의고 혼자 기르는 외딸이 이렇게 죽었는지 살았는지 모른답니다. 이 일 어쩌면 좋습니까? 앨 잃으면 누굴 믿고 난 삽니까?"

"의생님께 보였습니까?"

"여긴 너무도 구석져서 사방 수십리에 의생이 한 분도 안 계십니다. 그런데 길 가시던 스님이 들려 보시고 하시는 말이 이 병을 고칠 약은 세상에 없다고 하셨습니다."

"아니, 아무런 병도 있는 것 같지 않은 귀여운 따님이……"

"하늘의 덕분으로 정말 애는 전에 감기 한번 앓아 보지 못했었는데 이렇게 느닷없이 불치의 탈을 만났습니다. 숨은 쉬는데 벌써 온몸이 얼음 같습니다……"

"언제 이런 탈이 생겼습니까?"

"지난 보름날 밤의 일이니 이제 좀 더 있으면 엿새가 됩니다……. 벌써 엿새나 얘는 말 한마디 않고 천천히 죽어 갑니다. 아이고, 이 일 어쩌면 좋습니까……. 하늘같이 믿어 온 외딸이……."

바깥에서는 도깨비들이 등잔불이 비치는 문의 바로 앞에 모여 서서 숨을 죽이고 귀를 기울이고 있었다.

"이 약을 빨리 쓰십시오. 분초가 아깝습니다. 이대로 빨리 입에 넣어 주십시오……."

다음 한참이나 아무런 말소리도 가려 들을 수 없었는데 이윽고

"엄마, 나 오래도 잤지?" 하는 어린 계집애의 목소리가 울려 나왔다.

도깨비들은 서로서로 마주보았다.

"아이고, 딸아, 네가……."

그것은 이미 기쁨의 울음일 것이었다.

"이 아저씬 누구야요?"

"이 아저씬……."

문이 열리더니 농부가 괜히 허둥지둥 덤벼치는 듯한 걸음걸이로 밖에 나왔다. 그는 그만 도깨비들과 코가 마주칠 뻔 하였다. 그러나 그는 그들만 아니라 다른 아무것도 보이지 않았다. 머리를 깊이 떨어뜨리고 어둠 속으로 터벅터벅 걸음을 옮겨 갔다.

도깨비들은 연둣빛 동료를 쳐다보았다.

"사람의 세상은 이래 좋소!" 하고 휙 돌아서면서 그는 덧붙

였다.

"나는 이 장난의 뒷마무리를 마땅하게 해야겠소. 그럼 수고들 하시겠소!"

"아이, 아침잠 없다고 자랑하는 이가 왜 오늘은…… 상 받을 때가 됐어요……."

부엌에서 아내의 목소리가 들려 오자 생각날 듯 말 듯 하던 새벽꿈이 꼬리 자국조차 남기지 않고 날아나고 말았다.

"나쁜 꿈이 아니었는데……."

"나도 꿈 꾸었어요. 좋은 꿈이었어요……."

아침의 부엌 일을 끝내 가면서 아내가 말하였다.

"내가 글쎄 갑자기 앓아 누웠는데 날 살려 줄 약 얻으려고 당신은 험한 천리 길을 엿새에 다녀왔어요. 도중에 당신은 그 귀한 약 지키는 호랑이도 이기고 도깨비들이 부리는 농간에도 넘어가지 않고…… 난 당신 덕에 살아났어요……."

"아따, 그 도깨비 말 들으니 생각났소. 꿈에 뭘 하려고인지 산길을 가는데, 길섶의 바위에 긴 수염을 땅까지 드리우고 신선 한 분이 앉아 있잖겠소. 그 신선이 날 보더니 하시는 말씀이, '임자는 자기가 어떤 복을 타고났는지 아나? 더 예쁘고 착한 아내 팔도 강산 어느 벌 어느 골의 사내에게도 없네!' 하잖았겠소……."

1965년 작.

나의 밤꾀꼬리

밤꾀꼬리라고 하면 밤에 노래하는 꾀꼬리라는 말로 들리기 쉽다. 그러나 이것은 우리가, 특히 시골에서 나서 자란 사람들이, 어려서 단 몇 번이라도 그 아름다운 노래를 들어 보았을 우리의 꾀꼬리에 대한 말이 아니다. 밤꾀꼬리라고 하면 우리 반도에서 볼 수 없는 전혀 다른 새이다. 우리 꾀꼬리처럼 노랗지 않고 온몸의 빛깔이 어딘지 올리브색 비슷한 데가 있는 갈색을 한, 참새보다 좀 작은 새로써 모습에 그 어떤 특징이 있다면 머리와 새까만 눈알이 비교적 크다는 것 정도이다. 조류학적으로 보아도 이 두 새는 서로 달라서, 꾀꼬리가 꾀꼬리과의 새라면 밤꾀꼬리는 개똥지빠귀, 울타리새 등과 마찬가지로 지빠귀과의 새이다. 이 새의 노래는 명가수로 유명한 우리 꾀꼬리의 노래보다 훨씬 더 다양하고 훨씬 더 복잡하고 훨씬 더 소리가 높다. 세계적으로 이 새보다 노래를 더 잘 부르는 새는 없다고 한다.

나의 러시아 생활의 두번째 봄의 일이었다. 하루 저녁 나는 기숙사에서 함께 사는 몇몇 친구들을 따라 모스크바강의 지류인 야우자강을 끼고 펼쳐진 숲에 산보하러 나갔다. 해가 시내의 먼 건물들이 이룬 묘하게 꺾인 선의 너머로 방금 진 뒤였는데, 주위는 아직 훤하였다. 며칠 전까지만 하여도 그렇게도 시끄럽게 떠들어대던 지빠귀들은 어디로 갔는지 한 마리도 그 노래하는지 외치는지 모를 소리를 지르지 않았다. 고요하였다.

그런데 우리가 물가에 거의 다 나섰을 때 어디선지 나의 귀에선 먼 새의 노랫소리가 꽤 뚜렷이 울려왔고 이어, 내가 그것이 웬 새의 노래일까 하고 생각하여 보기도 전에, 바로 곁에서, 바로 몇 미터 곁에서 틀림없이 그 먼 새의 노래와 같을 노랫소리가 울리기 시작하였다. 우리는 멈춰서서 귀를 세우고 서로서로 마주보았다.

그러나 새는 그 무엇도 아랑곳없이 노래를 계속하였다. 그 노랫소리를 글로 적을 수는 없을 것이었다. 그렇게 한다면 그것은, 제일 나아서, 그 노래에 대한 패러디나 비방 같은 것으로 밖에 될 수 없을 것이었다. 후일 알게 된 일이지만, 수천년을 내려오며 봄마다 밤꾀꼬리의 노래를 들어온 러시아 사람들도 이 새의 노래를 글로 적어 보려는 시도를 했지만 이렇다 할 성과를 거두어 보지 못하였다. 나도 그런 글을 이 책 저 책에서 몇 번 읽어 보고 상상도 하여 보았으나 내가 실지로 자기 귀로 듣게 된 밤꾀꼬리의 노래는 전혀 다른 것, 전혀 다른 수준, 다른 성질의 것이었다.

그날 저녁, 우리는 무심결에라도 새를 놀래어 노래를 방해

할 세라 섰던 자리에들 잠자코 서서 신경을 곤두세우고 그 환상적으로 아름다운 노래에 귀를 기울이고 있었다. 그렇게 아마도 근 반시간이나 잘 지났을 것이다. 갑자기 느닷없이 노랫소리가 멎었다. 아니, 좀더 정확하게 말한다면, 또 한 선율 끝났을 노래가 다시 울리지 않았다. 우리는 몇 분 가량 숨을 죽이고 서서 기다렸다. 노랫소리는 한참이나 지나서야 마침내 다시 울리기 시작하였는데, 그것은 맞은 바래기의 갯버들숲에서였다. 이미 주위는 어슬어슬하였다.

그제야 누군지, "밤꾀꼬릴 당할 노래꾼은 정말 없지." 하였다.

"아니, 정말 밤꾀꼬리였니?" 하고 우리는 그를 둘러싸며 물었다.

알고 보니, 그와 같은 명가수의 노래를 알지 못한 것은 먼 다른 나라에서 온 나뿐이 아니었다. 하긴 어디서나 그런 법이다. 자기네 숲 자기네 강 자기네 산과 벌을 잘 아는 사람이란 이 세상에 얼마 많지 않다…….

지난 일요일 나는 새시장에 갔다. (새시장이라고 하면, 관광안내서에서는 찾아볼 수 없으나 모스크바의 오랜 역사를 가진 명소의 하나이다. 거기에서는 온갖 종의 비둘기, 앵무새, 명금류만 아니라 수십 가지 종의 열대 관상어, 온갖 종과 잡종의 개, 고양이 등을 살 수 있다. 이 시장은 사람 구경의 재미로도 특별하다. 시내를 걸을 때는 상상하여 볼 수조차 없는 유형의 사람들을 볼 수 있다…….) 거기에서는 내가 벌써 몇 해째 잘 아는 모스크바의 유명한 새잡이꾼 세냐 아저씨가 나를 보더니 밀담에라도 부르는 듯한 얼굴을 하고 그 눈에 익은 손가락질을 하여 보였다.

"밤꾀꼬리 좋은 놈 한 마리 있어. 잘 기르면 노래할 거야, 한 주일은 걸리겠지만……."

나는 세냐 아저씨의 말을 곧이듣지 못할 아무런 이유도 없었다. 나는 벌써부터 그의 단골이었다.

이렇게 나의 첫 밤꾀꼬리는 우리 집의 제일 좋은 대나무 새장을 차지하게 되었다. 보통 지빠귀과의 새들은 갇히면 괜히 겁에 질려 자꾸 높이 뛰어오르다가 새장의 천장살에 머리를 다치곤 한다. 그러나 나의 밤꾀꼬리는 소심스럽다기보다 점잖은 데가 있었다. 뿐만 아니라 나는 이 새의 털빛이, 처음 생각한 것과는 달리, 그 어떤 그윽하다 할 고상한 느낌까지 준다는 것도 알아보았고, 상대적으로 큰 머리가 독특한 몸균형을 이루는 것이 제 나름으로 맵시있다는 것도 깨달았다. 이제 이 새가 노래까지 하기 시작하면 나는 틀림없는 보배의 임자가 된 것일 것이었다.

그러나 그날 저녁 새는 삑소리 한 번 내지 않았다. 이튿날도 마찬가지였다. 동물 상점에서 사 온 밀가루벌레를 주었는데, 한두 마리 뾰죽한 부리로 집어 서둘러 삼키고는 횟대에 뛰어올라 그 맨 가운데에 자리잡고 앉아서는 감장구슬 같은 눈으로 어디라 없이 바라보기만 하였다. 나는 밤꾀꼬리라는 새는 밝은 곳에서는 노래하지 않는다는 것도 벌써 책을 읽고 잘 알고 있었다. 그래 나의 방에는 그 새가 제 자리를 차지한 날부터 탁상등조차 켜지지 않았다.

아마 나흘째 저녁이었을 것이다. 이웃집의 미샤 아저씨가 들렸다. "밤꾀꼬리를 기른다지?" 하면서 그는 나의 벌써 어스레한 방에 들어와서 낮은 소파의 한쪽 구석에 앉았다. 왼쪽 의수가 유난히 삐걱거렸다.

"노랠해야 말이지요……."

나는 제법 겸손히 대답하였다.

"그게 뭐 보통 일이라고…… 세상에서 제일 멋진 노랠 함부로 들려줄 놈이 어디 있어……."

다음 미샤 아저씨는 자기네 고향 땀보브 지방의 밤꾀꼬리도, 물론 예로부터 유명한 꾸르스크 지방의 밤꾀꼬리보다는 좀 못할 수 있겠지만, 노래를 썩 잘 부른다는 이야기부터 시작하였다. 나는 그 며칠 동안 그 새에 대한 글이라는 글을 모두 얻어 붉은 연필을 들고 앉아 읽은 것만큼 그의 이야기에는 별로 새로운 점이라고는 없었다. 그러나 나는 그의 이야기를 흥미있게 들었다. 나는 본시 그 무엇에든 마음이 가면 그것에 대한 같은 말이든 같은 글이든 거듭거듭 듣고 읽고 싶어 하는 버릇이랄까 성미이다.

미샤 아저씨의 새에 대한 이야기는 꽤 길었다. 그의 그 이야기를 들으면서 나는 그 자신에 대하여 내가 이미 아는 것에 대하여서도 앞서거니뒤서거니 하면서 새삼스레 더듬었다.

미샤 아저씨는 혁명 후 반볼셰비키 농민 봉기가 오래 멎을 줄 모른 땀보브 지방에서 나서 일찌기 부모를 잃고 외할머니의 손에서 자랐다. 제2차 대전을 몇 해 앞두고 그는 허가 없이 고향 마을을 떠나 수도로 도망쳐 와서 무슨 재간으로인지 이력을 속이고 모스크바 지하철 건설장에서 일할 길을 찾아내었다. 일은 잘하였다. 굴진공으로서 케이슨병에 강한 것으로 이름이 나서 한때 건설장의 신문에 사진이 나기도 하였다. 다음 전쟁이 터진 이듬해 정말 자원하여 전선에 나갔다. 그러나 전선 생활은 반년도 하지 못하였다. 정찰 분대원으로 적진을 향하여 기어나가다가, '재수가 옴 붙었다.'고 그만 아군이 묻은 지뢰를 건드려 왼팔을 어깨까지 잃었다. 그러나 살아 남았다. 일손, 특히 병신이라도 남자의 일손이 부족한 시기라 왼팔이 없어도 이 일 저 일 하면서 먹고 살 만하였다. 전후 땀보브의 고향 마을에 가서 데려온 여자는, 처음 멀어도 친척뻘이라는 께끄름한 점도 없지 않았었으나, 살고 보니 마음에 들었다…….

그에게서 나는 어떤 이야기를 듣지 않았겠는가. 게다가 그는 변죽이나 울리는 사람이 아니었다. 그와의 이태의 교제의 덕으로 나는 러시아 사람들을 보는 눈이 훨씬 넓어졌고 그들에게 더 정을 들이게 되었다고 할 수도 있다.

그런데 미샤 아저씨에게 지금 문제가 있다면, 그것은 이미 다른 어떤 문제도 아니고 그저 술을 자주 그리고 많이 먹는다는 것일 것이다. 그는 지난 5년 남짓이 원거리 운수 사업소의 수위 노릇을 하여오는데, 거의 날마다 먼 출장을 마치고 돌아오는 운전사들이 있어 술을 같이 한다……. 하긴 이것은 미샤 아저씨 한 사람만의 문제도 아니고 그 운수 사업소만의 문제도 아닐 것이다.

나는 그의 아내 나스쨔의 요구를 지킨다는 핑계로 벌써 근 반년이나 그의 앞에 잔을 내놓지 않는다.

그런데 이것은, 이를테면, 일반적이라 할 이야기일 것이고,

그에게는 나를 자주 감탄케 하고 기쁘게 하는 다른 한 면이
있다. 한 실례를 들어 보자.

어느 일요일 아침, 미샤 아저씨는 새시장으로 가는 나를 따
라 나섰다. 언제나 소란스럽고 잡다한 시장의 입구에서 얼마
안 되는 곳에 집시 늙은이처럼 시커먼 머리털이며 수염이 터
부룩한 중년 남자가 피나무로 깎아 만든 여러 가지 짐승들을
크지 않은 널판에 줄지어 세워놓고 앉아 있었다. 어딘지 좀
괴팍스러워 보이는 사람인데, 누가 물건을 사 가든 안 사 가
든 그것은 자기가 알 일이 아니라는 듯한 표정이었다.

미샤 아저씨가 나의 소매를 당겨 나도 그 매대 앞에서 서성
거리는 사람들의 축에 들었다. 목상은 삼사십 개 잘되었다.
곰, 승냥이, 멧닭, 독수리, 스라소니, 사슴에 오소리 등등 별
의별 산짐승들이 다 있었다. 그런데 첫눈에 나를 놀라게 한
것은 그 목상들의 질이, 미술적 질이라고 할 것이 고르지만
않은 것이 아니라 서로서로 너무나도 다르다는 것이었다. 틀
림없이 훌륭한 재간과 좋은 취미가 번뜩이는 것이 있는가 하
면 보기에 들큼한 것, 몰취미 악취미라는 말이 알맞을 것들도
적지 않았다. '어떻게 한 사람이 저렇게도 서로 달리 만들 수
있었을까?' 하는 생각이 그 어떤 억울하기라도 한 생각같이
나의 머리를 스쳤다.

그런데 미샤 아저씨는 한참이나 말없이 그 목상들을 살펴더
니 가닥진 무거운 뿔을 떠인 머리를 낮게 숙이고 숲 속의 시
냇물을 조심스레 맛보는 듯한 큰사슴을 골라 들었다.

그러자 텁석부리는 얼굴에 웃음기 같은 것을 실쭉 짓더니
뜻밖에도 시원스레, "흠, 눈이 있네! 반값에 줘!" 하였다.

미샤 아저씨는 좋은 술 한 병의 값이나 되는, 결코 공돈일 수 없을 돈을 세어 넘겨 주면서, "미안하네." 하였다.

투로 보아 그것은 좋은 물건을 돈 얼마 안 주고 가져가니 용서하라는 뜻일 것이었다. 말이 났으니 말인데, 러시아 땅의 이 고장 저 고장을 돌아다니면서 나는 얼마나 많은 재사라 할 이들과 아름다운 이들을 보았는가. 나는 내가 일찌기 떠나서, 너무 어려서 잘 보지 못하였을, 그러니 내가 모르는 것이 많을 우리 땅에도 재자가인이 못지않게 많으리라는 것을 안다. 그들의 재능이 꽃피고 그들의 아름다움이 우리 땅을 장식하여 주게 하기 위하여서라면 무엇을 아낄 수 있겠는가…….

본이야기로 돌아가자.

하루가 지나서 미샤 아저씨는 또 나를 놀라게 하였다. 그는 맞은편 8층 아파트의 유리에 반사되어 몰려오는 저녁 노을빛이 불그스름하게 물들인 나의 방에 한참이나 잠자코 앉아서 횃대에서 몸을 옴츠리곤 하는 새를 살피더니 말하였다.

"어디 좀 꾀어 볼까?"

"꾀어 보다니요?"

나는 알아듣지 못하였다.

그는 대답하지 않고 새를 지켜보면서 성한 손을 입에 가져갔다.

입술을 다섯 손가락으로 잡아 약간 당기는 것 같이 하였다.

"쩌억…… 쩌억…… 쩌억…….."

어디선지 바로 곁에서 러시아사람들이, '혓바닥 차는 소리'라고 하는 밤꽈꼬리의 노래의 첫 가락이 세 번 울렸다. 다음

"찌 -찍…… 찌 -찍…… 찌 -찍……." 하고 밤꾀꼬리의 노래 의 다음 절이 매번 꼬리를 높이 추키며 울렸다. 그것은 아직 노래가 아니었다. 그 예고 같은 것이었다. 신기하다 할 노래 에 대한 약속이었다.

나는 새를 쳐다보았다. 목을 약간 뽑아든 것 같았다. 그러나 다음 순간 나는 이미 5월이 한창인 냇가의 숲 속에 서 있었다. 저녁 어스름 속에서 밤꾀꼬리가 기승스레 노래 부르고 있었 다. 그 노래가 한 순간 멎자 먼 숲에서 다른 새가 맞부르기 시 작한 노랫소리가 울려왔다. 이윽고 두 마리의 새가 멀고 가까 운 곳에서 목청을 돋우어 합창하기 시작하였다. 아니, 합창이 라는 말은 이 경우 맞지 않을 수 있다. 그것은 노래의 경쟁이 었다. 두 노래꾼의 승벽에 취한 경쟁이었다. 새들은 노래의 첫머리의 그 청중을 불러 모으기라도 하려 듯한 소리에 되돌 아갔다가는 이어 이 세상의 어느 새도 뽐낼 수 없을 그 멋지 고 아름다운 선율로 넘어가곤 하였다. 두 마리의 새의 그 노 래는 서로 섞이며 얽히며 너울거리듯 울려 온 세상을 차지하 였다……. 물론 그것은 어떤 글로도 적을래 적을 수 없을 노 래였다. 계속 변하고 끊임없이 새록새록 더 아름답게 울리는 노래였다…….

그러나 나는 마력에서라도 벗어나려 듯 머리를 부르르 떨고 정신을 가다듬었다. 가까스로나마 저녁녘의 냇가를 떠나 나 의 방에 돌아왔다. 곁에서 미샤 아저씨가 눈을 지그시 감고 한 손의 다섯손가락으로 싸쥔 입술로 봄에 취하고 사랑에 취 하고 제 노래에 취한 밤꾀꼬리들의 노래를 울려내고 있었다.

나는 다시 새를 보았다. 보이지 않는 귀를 갸웃거리기라도 하는 듯하였으나 미샤 아저씨의 '노래'에 아무런 대꾸도 없었다. 나는 새와 미샤 아저씨를 번갈아 살피면서도 그 냇가의 새들의 노래의 세계에서 완전히 벗어날 수는 없었다.

그런데, 보느라니, 나의 밤꾀꼬리가 주둥이의 밑을 숨을 억지로 몰아쉬기라도 하려 듯이 부풀렀다. 그렇게 서너 번 되풀이하였다.

그러나 들린 것은 물을 삼키는 듯한 꿀꺽거리는 소리였다. 그것은 노래의 시도도 시초도 아니었을 수 있다. 그러나 새는 정말 그렇게 목청을 가늠하여 보느라고 하였을 수도 있다. 나는 미샤 아저씨가 여전히 눈을 지그시 감고 새들의 합창을 계속하면서도 나의 밤꾀꼬리의 그 소리를 놓치지 않았으리라는 것을 믿고 있었다. 그는 새들의 노래를 더 영감에 넘쳐 계속하였던 것이다.

그러나 그날 저녁도 나의 밤꾀꼬리는 노래하지 않았다. 마침내 미샤 아저씨는 입술에서 손을 떼고는 한참이나 그 언저리를 문질렀다. 다음 지친 듯 천천히 일어나서 작별 인사도 없이 나의 방에서 나갔다.

이튿날 아침도 나는 눈을 뜨자 새장부터 쳐다보았다. 횃대에 새가 보이지 않았다. 나는 얼른 뛰어일어났다. 다가가 보니 새는 두 날개를 몸을 따라 처뜨리다시피 하고 두 다리를 길게 펴고 장의 바닥의 모래 위에 가로누워 있었다.

저녁녘 내가 집에 돌아왔을 때의 일이었다. 미샤 아저씨가 나의 방에 들어섰다. 어딘지 그의 겨드랑이 밑에서 머리를 들이밀고 언제나 숭굴숭굴한 그의 아내 나스쨔가 인사하였다.

나는 눈길로 새장을 가리켰다. 그들은 첫눈에 영문을 알아보았다.

"오늘 저녁은 새가 꼭 노래한다더니……." 하고 나스쨔는 중얼거리듯 말하였는데, 남편의 눈빛에서 무엇을 읽었는지 돌아서서 방에서 나가 버렸다.

우리는 어스름이 짙어가는 방에 한참이나 묵묵히 서 있었다. 다음 미샤 아저씨는 새장의 문을 열고 죽은 새를 거의 실무적으로 들어 꺼내더니 보지도 않고 주먹과 함께 저고리의 호주머니에 박아넣었다.

"가서 묻어 줄래……." 하고 그는 돌아섰다.

그런데 문지방에서 그는 갑자기 무거운 거동으로 천천히 되돌아섰다.

"노래 없이는 못 사는 새니 죽었어……."

내뱉듯이 하였다.

나는 그의 무표정한 얼굴을 마주보며 얼김에, "잡혀 갇혔으니 죽었단 말이지요." 하였다.

그러자 뜻밖에도 그는 얼굴이 시뻘개지면서 술에 갈린 목청을 돋우어 외치다시피 하였다.

"잡히고 갇히고가 다 뭐야? 왜 사람의 말을 그리도 알아듣지 못해?! 노래하지 않고는 살 수 없는 새가 노래할 수 없어 죽었다는 말야!"

아무런 대꾸도 없이 나는 그의 휙 돌아서서 복도를 육중한 걸음으로 걸어가는 뒷모습을 바랬다.

1956년 모스크바에서 작.

지순한 사랑과 전쟁의 피로 짜낸 비단 폭
—리진의 삶과 그의 소설 문학

김문수(소설가, 한양여대 교수)

그 전쟁 때면/서로 총부리를 겨누었을 친구/모스크바에서 온 시인/남북의 시인이 만나/독한 소주잔을 나눈다/잔에 남은/그의 손 온기가/피의 역사를 지운다.

강민(姜敏) "친구여"—리진 시인에게 全文

1.

리진은 현재 러시아에서 우리글로 왕성한 작품 활동을 하고 있는 문인으로 그의 태생지는 함북 함흥이다. 1930년 생인 그는 함흥 고등중학을 졸업한 뒤 김일성 종합대학 영문과 2학년에 재학 중이던 1950년, 한국전쟁에 군관(장교)으로 참전했으며 1951년 가을, 당시 소련 국립 영화대학에 유학하여 국문학 및 평론학을 전공했다. 그의 학창 시절을 그의 친우인 허진은 다음과 같이 회고하고 있다.

❝그는 고등중학에서나 대학에서 항상 수석이었다. 러시아에서도 변함없는 수석의 전통을 이어갔다. 원래는 생물학을 연구하고자 했다. 아니면 식물학이라도 좋다고 생각했다. 그러나 영어 선생님의 간곡한 권유로 영문학부를 지망하게 되었다. 그의 입학 시험지를 채점한 월북 작가 허준 교수와 북한 국문학의 태두(泰斗)인 전용수 교수는 그를 국문학부로 데려가 그들의 제자로 삼으려 했다. 지금도 그는 식물학에 관해서는 전문가적인 식견을 가지고 있다. 또 그림 실력에 있어서도 직업적 화가 못지 않게 인정을 받고 있다.**❞**

리진은 이렇듯 다재다능 했으며 주변 사람들로 하여금 '걸어다니는 백과사전'이라는 별명으로 불리기까지 했다. 그런 그가 소련에 망명을 했으며 새롭게 참된 삶을 살자는 뜻에서 두 문우와 함께 본명을 버리고 참 진(眞)자의 외자로 이름을 바꾸었다. 한진(韓眞:작고), 허진(許眞:작고) 그리고 리진(李眞)으로. 이 세 사람을 주변에서는 일본말로 '산바가라스(三羽鳥)'라 불렀다. 이 일본말은 '어떤 한 방면에 특출한 세 사람'을 일컫는 말인데 그들이 문학 방면에 특출했음을 뜻하는 것이었다.

당시 그들의 문학에 대한 열정이 어떠했던가를 필자는 1992년, 카자흐스탄의 수도 알마아타의 한 공원 숲속에서 한진으로부터 듣게 되었다. 그는 3분의 1쯤 든 양주를 점퍼 품 안에 몰래 숨겨 와(입은 많은데 술이 적으니까) 연신 내게 권하며 소련에서 우리글로 문학을 한다는 것이 얼마나 어려운지에 대해 말했다. 그의 말에 의하면 그들 삼진(三眞)은 작품을 발표할 길이 없음에도 한글로 작품들을 써서 서로 돌려 읽고 4-5일씩 밤을 새워가며 합평 · 토론을 했다. 그들이 소련 내에서 작품을 써서 원고료를 받으려 했던 것은 아니다. 발표할 지면도 마땅치 않았고 또 한글로 쓰여진 작품을 이해할 사람들이라야 고작 10여 명에 불과했다는 것이다.

그럼에도 그들이 그렇듯 열심히 한글로만 작품을 써 온 것은 우리말을 잊지 않겠다는, 조국을 잊지 않겠다는 강한 의지 때문이었으리라.

이 무렵, 즉 망명 초기에 리진의 생활을 엿볼 수 있는 것은 그의 중편소설 『윤선이』의 서두 부분을 이루고 있는 다음과 같은 장면이다.

부득불 망명의 길을 택하지 않을 수 없게 된 우리 유학생 10여 명, (중략) 우리의 나날은 무자비하게 되풀이되어 처음 3년, 많아서 5년으로 예상했던 망명 생활은 어느덧 우리를 무서운 영원으로 위협하게 되었다.

나도 이 고장 저 고장, 이 마을 저 마을로 옮겨다니며 살다가 마침내 당국의 허가를 받고 볼가강우안의 한 크지 않은 마을에 정착해 사는 것을 낫게 여기게 되었다. (중략) 그 해 내가 러시아 사람들이 골격식이라고 하는 가뿐한 나무집을 짓기 시작했다는 소식을 듣고 곧 휴가를 받고 나의 새 마을을 찾아왔다. (중략) 종일 함께 톱질이며 대패질, 끌질, 도끼질 등 목숫일을 하고 새벽마다 붕어 낚시를 하는 종축장의 못에 나가 멱감고 돌아와서 아직 창문이라고는 틀밖에 없는 방에 앉아…….

물론 여기서의 '나'는 소설 속의 '나'이고 '나'를 찾아와 집 짓는 일을 도와준 사람은 허진도 한진도 아닌 소설 속의 '영웅'이지만 작자인 리진의 생활도 이와 크게 다르지 않았으리라고 믿어진다.

왜냐하면 그가 망명 직후부터 지금에 이르기까지 살고 있는 곳은 모스크바에서 뻬쩨르부르그 방향으로 약 2시간 거리에 떨어져 있는 시골, 까리닌 주(州)의 츄뿌리아노브까 촌(村)이다. 그곳의 그가 사는 '다차'는 우리말로는 별장이라고 번역되나 우리가 생각하는 별장처럼 호화로운 주거의 개념이 아니라 그의 소설에 나오는 '러시아 사람들이 골격식이라고 하는 가뿐한 나무집'인 것이다. 그런데 추운 겨울에는 그곳에서 살아가기가 어려워 한두 달 동안 모스크바에 있는 둘째 딸네 집에 나와 살고 다차에서 생활하는 기간에도 볼일이 있어 모스크바에 나오려면 그때마다 내무부의 허가를 받아야만 했다. 무국적자라는 딱지가 붙어 있기 때문이었다. 그래도 그는 러시아 국적을 취득하지 않고 지금까지도 무국적자로 고통스럽게 살고 있는 것이다. 무국적자의 고통에 대해, 또 그가 러시아 국적을 갖지 않은 이유에 대해 삼진(三眞) 중의 허진은 다음과 같이 증언하고 있다.

❝구 소련에서 무국적으로 산다는 것이 얼마나 큰 고통이 라는 것은 이루 말할 수 없다. 자기 거주지에서 모스크바로 나올 때마다 내무부의 허가를 받아야 한다. 우리들은 국적을 통행증 정도로 인정하고, 일 하는데 도움이 된다면 국적을 가지는 것이 별 대수롭지 않다고 생각하지만 그는 달랐다. 그는 북한의 국적은 버렸으되 러시아 국적은 갖지 않았다. 그는 러시아 국적을 갖는 것은 김일성 독재 체제와의 투쟁의 자격을 상실하는 것이라고 생각했다. 그리고 조선 사람임을 포기하고 영원히 러시아 사람이 되어 버리는 것으로 알았다.**❞**

2.

필자가 리진을 처음 만난 것은 한국문인협회에서 제정한 해외 문학상이 그에게 수여되던 1992년 여름이었다. 그때 모스크바에서 많은 시간을 함께 보냈고 그 후로도 문인협회에서 주최하는 세미나나 1996년 '문학의 해'에 초청 받아 왔을 때, 그리고 최근 국제 PEN 한국 본부에서 김소월 문학을 재조명하기 위해 마련한 심포지엄에 주제 발표자로 참석했을 때…… 그런 때마다 호텔 방에서 함께 자기도 하고 잠을 잘 수 없는 형편이면 밤늦게까지 많은 얘기들을 나누곤 했다. 또 여러 통의 편지를 주고 받았으며 전화 통화도 드물지 않았다. 때문에 한국 문인 중에서는 그와 제일 많이 얘기를 나눈 사람

중의 하나라고도 할 수 있겠다.

그렇게 가까이서 관찰한 리진은 늘 웃는 얼굴이며 술은 입에 대지 않았으나 음식은 까다롭지 않았고 매사에 별달리 격식을 차리지도 않는, 아주 소탈하고 맘씨 좋은 동네 할아버지와 같은 인상이었다. 그의 러시아 친구들이 평한, 때로 고집이 세고 비타협적이고 원칙론자라고 한 얘기가 생각나서 나의 그런 관찰이 잘못된 것일까 싶어 에둘러 물어 봤더니, 무척이나 자기 자신의 사생활에 대해서 얘기를 아끼던 그가 츄뿌리아노브까의 생활에 대해 얘기했다. 그곳에서 꽃을 가꾸는 얘기, 관상어를 기르다 모스크바에서 겨울을 나는 동안 그만 모두 얼어죽어 실패한 얘기, 화재를 만나 원고며 그림들이 다 타버린 얘기, 써 놓은 원고를 고치고 정리하는 작업 등. 그리고 이런 작업들을 방해받지 않기 위해 그 곳에 전화를 놓지 않는다는 얘기, 이런 얘기 끝에 그 마을 사람들 사이에 '자자 리(DJA DJA LEE)'로 통한다는 얘기도 했다. 본인은 딱히 그런 얘기를 않았으나 나는 '이 인자한 할아버지가 그곳에서 인기가 대단하구나' 생각할 수 있었고 또 그것은 틀림없는 사실일 것이다.

'자자(DJA DJA)'란 '아저씨'라는 뜻이어서 그때 나는 체홉의 4대 희곡 중의 하나로 꼽히는 '자자 바냐(DJA DJA VANYA)'를 떠 올렸었다. 물론 '바냐 아저씨'와 '리 아저씨'와의 사이에 어떤 유사점이나 공통점을 느꼈던 것은 전혀 아니고 그냥 '자자 리'의 호칭(그곳 주민들이 애칭으로 불러 댈)이 '자자 바냐'를 연상시켰던 것뿐이었다. 그러나 가만히 생각해 보면 체홉의 '바냐 아저씨'가 절망에 빠졌으면서도 살아 나가지 않으면 안 된다고 자신을 타이르며 다시 일어서는 인물, 즉 비통한 고독을 짊어지고 살아가는 인물이라면, 그 상황은 판이하게 다를지라도 '자자 리' 또한 그것에 비할 수 없이 비통한 고독의 짐을 짊어지고 살아왔다고 느껴지기도 한다.

사실 그는 러시아인을 부인으로 맞아 슬하에 1남 2녀를 둔 그리고 그 자녀들을 모두 장성시켜 나름대로 훌륭한 일가를 이루게 했으며, 노년을 맞아서는 좁지 않은 텃밭을 일구어 그 소출로 대부분의 먹을거리를 얻으며 적지만 연금(망명자에게 지급되는?)도 지급 받는 등 하여 손자를 데려다 자상한 할아버지 노릇을 하는 생활이다. 그리고 그 틈틈이 원고를 쓰고 그림을 그리고 또 꽃도 가꾸니, 거동이 불편해 여행 등 출타가 자유롭지 않은 부인 문제만 아니라면, 아니 그렇더라도 외견상으로는 남부럽지 않게 노후를 보내는 '자자 리'로 보일 수가 있을 것이다. 그러나 리진에게는 늘 무겁디무거운 짐이 지워져 있다. 그의 그 짐은 다음과 같은 그의 시로도 능히 짐작할 수 있다.

또다시/빌미없이/화주독을 입은 듯/앓는 밤/지난날 앞날을 헤더듬는다/오늘을 캔다/초침이 세어 가는 삽시까지/하도 무거워/저도 몰래/한숨이다/한숨이다/이미 버릇…….
『또다시 빌미없이』의 전문

'화주독을 입은 듯 앓는 밤' 그리고 '하도 무거워 저도 몰래 한숨' 짓게 하는 깊은 상처와 무거운 짐에 대해 '빌미가 없다' 는 역설은 차라리 눈물겹다. 이것이 일견 화평스러워 보이고 조화로워 보이기까지 하는 노령에 접어든 망명자, 리진의 속내며 현실인 것이다.

3.

그렇다면 '부득불 망명의 길을 택하지 않을 수 없게 한' 사연은 무엇인가. 허진의 회고에 따르면 그가 모스크바로 유학을 떠나기 훨씬 전 북한에서 이런 일이 있었다고 한다. 그때 북한에서는 공산청년동맹을 조직했는데 친구들이 그에게 거기에 가담할 것을 권유했다. 그러나 그는 가입하려던 생각을 싹 바꿔 버리고 말았다. 그 이유는 공산청년동맹에 가입하면 일본 군수품이었던 군화(헨죠까라고 일컫던) 한 켤레씩을 준다는 얘기를 듣고는 그 말에 심한 불순감을 느꼈기 때문이었다는 것이다.

당시의 북한 사회는 비록 법으로는 명시되어 있지 않으나 이미 1947년 경부터 출신 성분을 따지고 사회 성분을 따져서 아무런 죄도 없는 인민을 함정에 빠트리곤하는 것이 관례로 굳어져 있었으며 그 밖에도 상식으로는 도저히 이해할 수 없는 일들이 비일비재했던 것인데 그 일례로 『안단테 칸타빌레』에 나오는 다음과 같은 장면을 들 수가 있겠다.

해방 후 지나치게 눈치 빠른 자가 '전형적인 무사상적' 노래라고 한 뒤 북조선 어린이들 입에서도 머리에서도 그리고 가슴에서도 사라져 버린 그 동요('낮에 나온 반달'을 일컬음: 필자주)…… 그러나 그 노래는 우리가 일제시대에 그 노래를 부를 수가 없어서 해방 후에야 재발견된 그 노래를 거꾸로 어린 시절로 되돌아가 불렀음에도…….

이런 모순된 체제이고 보니 아마도 리진은 이미 고등 중학생일 때 그리고 대학생일 때, 북한 정권에 대해 상당한 불만을 지녔을 것이라고 짐작된다. 그리고 한국전쟁(6·25)에 군관으로 참전한 후, 모스크바로의 유학의 길이 트였을 때 그는 유학이 아니라 이미 망명을 결심했었는지도 모른다. 그것은 단순한 추측이 아니라 그의 소설들에 나타난 다음과 같은 여러 장면들에 의한 필자 나름의 진단이다.

나의 행복에 대한 예감에는 그 어떤 가셔 버릴 수 없는 설움 같은 그림자가 있었다. ……죄다 바로 전쟁 때문이었을 수도 있다. 정말 그렇게 생각하는 것이 제일 편리할 수도 있었다. 내가 일으키지 않고 윤선이 일으키지 않은 전쟁, 제자들의 손에 죽은 윤선이의 아버지와 한쪽 어깨를 쓰지 못하는 나의 아버지가 일으키지 않은 전쟁, 나의 동창생들과 나의 전우들이 예상치 못한 전쟁…… 나로 하여금 그 나이에 벌써 숱한 죽음과 고통, 강물을 시뻘겋게 물들인 피와 둔덕에 널려 덮인 창자를, 사람의 창자를 보지 않을 수 없게 한 그 전쟁…… 도대체 누가 누구에게 묻고 그런 전쟁을 일으켰는가?!

『윤선이』중에서

우리에게는 허울 좋은 '인민 정권'이라는 새 권세 밑에서 쌓은 5년의 직관적인 경험과 물질적이고 물리적인 단련이 있었다. 그래도 입을 꼭 다물고 있어야 하는 것은 고통도 크나큰 고통이었다. 그리고 전쟁이 우리 겨레들에게 들씌우는 참화가 커지면 커질수록 그 고통은 사람으로서 참아낼 수 있는 모든 한계를 넘어나고 잃어가는 듯 했다. 때로 지옥의 극열의 불이 타는 것은 바로 우리 가슴속인 것만 같았다. 문제는 죄다 그리고 우리가 직접 살상의 불질을 맡고 나선 그 전쟁이 고국강산을 지키기 위한 전쟁이 아니라 바로 동족상잔의 범죄인 데 있었고 그 장본인이 바로 '우리 편'의 '수령'이라는 자인 데 있었다.

『윤선이』 중에서

이러한 기막힌 전쟁의 실상이 리진과 그 세대의 피끓는 젊은 영혼들로 하여금 '부득불 망명의 길을 택하지 않을 수 없게 했던' 원인이었다.

리진에게 있어 또 다른 망명의 이유는 그 자신의 예술을 위함이었다고 사료된다. 이미 그가 '온갖 비극, 불행, 노염에 대해 생각하고 말하는 것은 작가들의 일일 수만은 없을 것이다. 어용 예술은 맨 처음부터, 그 원칙부터 예술과는 다른 성질의 것이다. 소위 태평성대에 꽃피었다고 하는 예술은 그 언제도 구경거리 이상의 것일 수 없었다. 그런데 태평성대라고 떠들어대는 것 자체가 가짜일 때는 어쩌겠는가'라고 자신의 작품에서도 밝히고 있질 않는가.

4.

　리진의 소설은, 단편이나 중편이나 마찬가지지만 특히 그의
중편소설 『윤선이』, 『안단테 칸타빌레』, 『싸리섬은 무인도』
등에는 그 세대의 청년들로 하여금 망명의 길을 걷게 만든 김
일성 정권의 폭정과 그들이 일으킨 전쟁에 대한 강한 비판이
앞에 인용한 부분뿐만 아니라 곳곳에 깔려 있다. 일일이 그
대목들을 다 열거할 수가 없어 각 작품에서 한두 장면씩만 뽑
아 소개키로 한다.

　그(윤선이:필자 주)는 중국제 긴 타월을 깔고 앉아 있었다.
나는 소련제 하늘빛 팬티였다. 나는 소위 '불평분자'는 아니었
음에도 불구하고 '제가 입을 옷도 만들지 못하면서 전쟁을
해……'하는 생각이 머리를 스쳤다.

　"좋아, 영욱이. 전사들은 잘 모르겠지만, 군관은 적어도 반수
가 자네나 나 같은 생각을 해 보았을 거네. 적어도 몇 번씩은.
난데없는 전쟁으로 온 나라가 잿더미로 변한걸 보고, 시키는 경
이나 읽고 있을 등신이 많을라고."

　위 두 장면은 『윤선이』에 나오는 대목으로 의식 있는 군관
(주인공)들이 전쟁의 실상을 깨닫고 이미 반체제 운동의 싹을
틔우는 과정이라면 다음은 '온 나라가 잿더미로 변한 것을 보
고, 시키는 경이나 읽고 있을 등신'이 아닌 그들을 분노로 들

끓게 한 장면들이다.

  ……상관들의 불고기 놀이…… 어느 집의 소라도 잡았기에 온
골짜기에 양념 타는 냄새가 떠돌곤 했겠지요. 그리곤 처음에는
군관들이나 대휴식, 소휴식 때 계집들을 끼고 나서곤 했지만 얼
마 안 지나선 하사관들까지도 어린 계집, 젊은 아낙네의 손을
끌고 수풀 속으로 뛰어 들어가는 꼴을 보게 되었습니다.
                                                    『안단테 칸타빌레』 중에서

  할머니의 얘기는 이러했습니다. 인미는 인민군이 후퇴한 뒤
헛간의 다락에 잘자리를 꾸리고 숨어 살았고 낮에는 마당 밖으
로 한 걸음도 나서지 않았습니다. 그렇게 근 두 달이 지나서 인
민군이 중국 지원군과 함께 다시 나왔다는 소식이 들려 왔습니
다. 그런데 그 소식을 듣고 기뻐한 지 이틀이 안 지나서 밤 열
시가 넘어 따발총을 멘 전사 넷이 아랫방 문을 차고 들어섰습니
다. 그들은 '요년의 양갈보, 어서 일어나!' 하면서 속옷 하나밖
에 입지 않은 인미의 머리채를 움켜잡고 끌기 시작했습니다. 할
머니는 끌려가는 손녀의 발목을 잡고 울고 소리치고 했으나 인
미는 겁에 질렸는지 비명 한 번 지르지 않았습니다. 그 이튿날
저녁녘에야 큰길가에서 거의 알몸의 피투성이 처녀가 발견되어
성진으로 실려 갔다는 것을 알게 되었습니다. 할머니는 그날
밤, 따발총을 멘 놈들에게 밀려 쓰러진 것이 원인이었는지, 그
날부터 지팡이를 짚고도 문 밖으로 나설 수 없게 되었습니다.
                                                    『안단테 칸타빌레』 중에서

"쓸데없는 걱정 말어. 요년의 간첩년! 내가 책임지고 죽여준다. 맛보여 주고 나서 단 매, 단 발로 요정내 준다!" 하는 악의에 찬 남자의 목소리가 짖어대 듯 울려 나왔다. (중략) 여자의 째질 듯한 비명이 솟구쳤다. 상준은 생각하여 볼 겨를조차 없었다. (중략) 시허연 궁둥이를 들어내고 여자의 몸 위에 덮쳐 엎드려 그의 입을 막느라고 덤벼치는 남자의 뒤통수를 내리쳤다. (중략) 소대장의 속옷바람의 어깨를 움켜잡아 오른쪽으로 젖뜨렸다. 첫눈에 들어온 것은 그의 생채 잃은 뜬 눈과 콧구멍과 입아귀에서 흘러내린 임리한 시뻘건 피였고 (중략) "나 사람 죽였어." 이윽고 중얼거렸다. 절망이 그를 휘어잡았다. 여자는 계속 젖가슴을 가리느라 애쓰면서도 상준의 완전히 풀 죽은 얼굴을 불안스레 살폈다.

『싸리섬은 무인도』 중에서

이상은 전쟁 중에 군인들이 저지른 만행의 일단을 묘사한 장면들이지만 결코 소설을 쓰기 위해 꾸민 허구만은 아닐 것이다. 리진이 참전하여 직접 목격하기도 하고 또는 참전했던 친구들에게 들은 실화들이 소설로 쓰여졌으리라고 생각된다. 『윤선이』의 여자 주인공 윤선이는 사랑하는 애인 앞에서 미군 쌕쌕이 조종사가 장난질하듯 한 기총 소사에 죽었고 『안단테 칸타빌레』의 여주인공 인미는 중국 지원군과 함께 몰려 닥친 따발총 무리에게 끌려 가 성폭행을 당한 뒤 정신이상자가 되어 정신병자 수용소에 갇혀 살게 됐으며 『싸리섬은 무인도』의 여주인공 로자는 인민군 소대장으로부터 자신의 정절을 지켜 준 상준과 함께 외딴 싸리섬의 동굴 속에서 숨어살다가

병사하고 만다.

이 세 편의 중편소설은 한국전쟁 이후 지금까지 볼 수 없었던, 북한군 군관 출신 작가에 의해 쓰여졌다는 점에서도 기념비적인 작품이라 할 수 있지만 걸핏하면 '북침설'을 들고 설쳐대는 무리들에게 진실을 밝히는 증언이다. 아니, 사랑을 날줄 삼고 전쟁을 씨줄 삼아 정성껏 짜낸 비단 폭이다. 지고지순한 사랑 얘기에 포장된 처절한 반전 소설이다. 눈물과 피로 엮은 영원한, 민족의 수난사다.

리진이 전쟁의 참상을 이렇듯 지고지순한 사랑 얘기로 포장한 이유는 무엇일까. 그것을 필자의 둔필로 설명하기보다는 작가가 필자에게 보냈던 편지글을 소개하는 것이 독자들에게 더 극명하게 전달되리라 생각한다.

　　망명의 과정은 평탄하지 않아 오래고도 고통스러웠습니다. 망명 직후 시기 나는 바로 그 과정을 형상으로 정리해 보고 싶었습니다. 그런데 이것이 주로 내용과 관계되는 문제라면 나는 주로 이와 같은 사랑의 글이 언제 세상을 보게 될지 모른다는 생각으로부터 출발하여 형식 앞에 일정한 다른 요구를 내세우지 않을 수 없었습니다.

　　형상의 외적 구체성 속에 극히 절제된 언어로 보장된 높은 추상성이 담기게 하려고 하였습니다. '윤선이'도 '인미'도 '로자'도 모두 나에게는 상징에 가깝습니다. 이와 같은 노력은 우리말(문학어)의 전통성만 아니라 우리 문학의 습관적인 틀을 해치는 결과까지 가져왔을 수도 있습니다. 그러나 이것은 모두 내가 의식적으로 한 일입니다. 이미 문수 선생을 만났을 때 한 말 같은 데, 일례로 나의 문학어는 북한식도 아니고 구태 말한다면 남한식과도 거리가 있습니다. 물론 이것은 내가 잘 하는 줄 알고 한 일이지만 그 효과는 의심스러울 수 있습니다.

이 편지글은 자신의 소설에 대한 얘기지만 실은 그의 전체적인 문학관까지도 엿볼 수 있는 내용이라고 생각한다. 그러나 실은 본인의 이런 글 이전에 필자는 그의 소설들을 높이 평가해 왔던 터다.

5.

리진 소설에는 많은 장점이 있지만 지면 관계로 본고에서는 우선 두 가지만을 꼽으려 한다.

그 첫째는 그의 소설에는 우리말의 어휘가 아주 풍부하다는 점이다. 요즘 단 몇 달만 외국에 나갔다가 와도 혀가 잔뜩 꼬여져서 돌아오는 이들이 숱하고 뿐만 아니라 국내의 내노라 하는 학자, 문사들의 글을 읽노라면 이게 우리글인지 외국어를 번역하다 만 것인지 분간이 안 되는 판인데 50년도 넘게, 그것도 완전히 폐쇄되었던 철의 장막 모스크바에 살았으면서도 국내의 웬만한 작가들보다 훨씬 풍부한 어휘를 구사하고 있다는 점이다.

객담 같지만 한번은 모스크바 코스모스 호텔에서 이런 저런 얘기를 나누다가 그로부터 우리 고유의 어휘들에 대한 질문을 받게 되었는데, 그 중에 필자가 대답을 하지 못한 것이 있었다. 그것은, 겨울 준비로 문에 새 창호지를 바를 때 문고리 언저리에 쉬 미어지지 않도록 덧바르면서 그 속에다 흔히 꽃잎이며 볼만한 나뭇잎을 넣는 경우가 있는데 그것을 뭐라 하느냐는 질문이었다. 귀국 즉시 알아서 편지하겠다고 했으나 아무리 조사해도 알 수가 없어 몇 년 뒤, 그가 서울에 왔을 때 '그냥 꽃창호라고 하면 안되겠느냐'고 무책임한 답변을, 그것도 뒤늦게 한 적이 있었다. 그러자 그는 고개를 갸웃거리고는 웃기만 했다. 아마도 어떤 작품에다 꼭 그 정확한 명칭을 쓰고 싶은데 그렇지 못해 퍽 아쉬운 눈치였다. 그는 그만치 어휘에 신경을 쓰는 작가다.

둘째로는 리진 소설이 추구하는 사상과 예술성이다. 사실 이 책들에 실린 모든 작품에서도 쉽사리 느껴지는 문제지만 그는, 예나 이제나 문학에는 인도주의라는 인간의 존엄성이 무엇보다도 중요하다고 주장하고 있다. 즉 인간은 개인이든 크고 작은 집단의 구성원이든 절대적인 가치를 지닌다는 주장인 것이다. 그러므로 그것은, 계속 그 뜻이 갱신되고 풍부해지는 인도주의 입장에서 주위 세계를 보고 또 보여주는 것이 문학인의 소임이라는 말에 다름 아니다.

타락한 사회에서 변태적이라고나 해야 할 모습으로 피학증적인 만족을 느끼게 하는 수단이 문학인 이 시대에 리진의 문학은 참으로 값진 것이며 오히려 신선감을 뿜어낸다.

그의 단편들 역시 이러한 그의 문학 궤도에서 이탈되는 것이 아니지만 한마디 더 덧붙인다면 그의 단편들이 풍기는 풍자미와 은유미 또한 일품이라는 점이다. 그리고 '옛날 얘기'라는 꼬리표가 붙은 일련의 작품들도 옛날 이야기를 가장한 이 시대의 절실한 이야기가 아니던가.

　리진은 1992년, 한국 해외문학상을 수상하여, 그 외롭고도 험난한 작업을 계속해왔던, 그 도로(徒勞)와도 같은 집필에 대한 보잘것없는 그 보상으로 아주 조금은 기뻤겠으나 이번에 발간된 두 권의 소설집은 그보다는 좀더 큰 보상이 되리라 여겨지기도 한다. 이제까지 필자는 리진의 삶과 문학(소설)에 대해 그야말로 주마간산이었는데, 독자들의 이해를 도우려 했던 이 글의 목적이 과녁과는 엉뚱하게 빗나가 작가에게 큰 누를 끼치지나 않았는지 심히 염려스럽다.

　이제 끝으로 본고의 미흡을 보완하는 의미에서, 리진 본인이 마치 자신의 묘비명처럼 적어 놓은, 그러나 리진의 생애와 그의 문학이 어떤 것인가를 약여히 함축하고 있는 눈물겨운, 참으로 눈물겨운 서정시 「나의 눈을 마지막으로(1966년 작품)」 전문을 소개키로 한다.

　나의 눈을
　마지막으로 감겨 주고는
　그리고는
　더는 나를
　보지 말아라
　네 기억 속에 송장이 남지 않도록
　네 기억에
　산 날의 내가 남지 않도록

　내 고향에서 구만 리

가문비 밑에
조용히 묻고는
비석도 세우지 말라
네 기억에 내가 남지 않도록
네 기억에
산 날의 내가 남지 않도록

겨레들이
넋으로 해방되는 날이면
그들에게 전하여라
산 날의 나를
무슨 일을 어떻게 하든
오직 하나
그들에게 축복을 빈
산 날의 나를

더 큰 기쁨을 위하여
싸우면서도
낚시에 걸린 큰 고기에
기뻐 날뛰고
더 큰 불행에 분개하여
싸우면서도
우연히 밟힌 들꽃을 아쉬워하는

인생의 보다 높은 뜻을

찾으면서도
때로 잔일에도 까다로워
너를 못살게 굴고
남의 냅자한 허리와
솟은 가슴에
눈을 팔아
괜히 너를 울게도 하는……

산 날의 나를
겨레들에게 전하여다오
그들이 나를 꾸짖도록 나무라도록
그들이 나를 칭찬하도록 용서하도록
나를
한 땅의
아들로
잊지 않도록

네가 모르고
세상에서 거의 몰라도
나에게는
가장 소중한
우리말로 쓴
몇 권의 공책을 겨레들에게 전하여다오
산 날의 나를
나의 땅에 전하여다오

너는 공책 없이도
산 나를 기억해 주지……
하긴 나는
아직도 오래 살련다
산 나를 나 자신이 전할 때까지
그러나
아, 세상 일……
네게 미리 부탁해 둔다

나의 눈을
마지막으로
감겨 주고는
그리고는 더는 나를 보지 말아라
네 기억에 송장이 남지 않도록
너부터가
산 나를 기억하도록…….